⑥ 倪匡珍藏限量紀念版

衛斯理傳奇之

奇門

（含：奇門・沉船）

倪匡 著

無窮的宇宙，
無盡的時空，
無限的可能，
與無常的人生之間的永恆矛盾，
從倪匡這顆腦袋中編織出來。

——金庸

目錄

奇門

目錄

沉船

奇門

序言

「奇門」是衛斯理故事中相當奇特的一個，因為它有一個天然的繼續故事：「天書」。

然而「奇門」又是完全獨立的，可以只看「奇門」，不看「天書」，而且，在創作「奇門」的時候，根本未曾想到，在若干年之後，又會有一本「天書」。

「奇門」故事的設想，是衛斯理故事中一個新的嘗試，故事中有一個極其美麗的金髮美人，可是卻孤獨愁苦，堪稱是地球上最悲苦的人——米倫太太的美麗和她的不幸的遭遇，很多讀者都為之欷歔，也有人覺得這樣的安排，太「悲劇」了，但，又有甚麼辦法呢？人類的宇宙飛行，只不過是開始，已經有了不少悲劇，或許，宇宙探索這件事的本身，就是一宗悲劇！

「想徹底明白宇宙的祕奧，不是太不自量力了麼？」

那是「奇門」的結束語。

人類，最愛做的事，就是不自量力！

倪匡

第一部：價值連城的紅寶石

有的時候，人生的際遇是很難料的，一件全然不足爲奇的事，發展下去，可以變成一件不可思議的怪事，像「奇門」這件事就是。

在這幾個月中，新的奇事一直困擾著我，那實在是一件神秘之極的事，所以使我非將之先寫出來不可，這件事，就是現在起所記述的「奇門」。

必須要解釋的是：「奇門」兩字，和中國的「奇門遁甲」無關，它的意思，就是一扇奇怪的門而已，當然，一切奇怪的事，也都和一扇奇怪的門略有關聯。

閒言少說，言歸正傳。

整件事，是從一輛華貴的大房車開始的，不，不應該說是從那輛房車開始，而應該說，從那隻突然從街角處竄出來的那隻癩皮狗開始。

事情開始的時候，我正駕著車子，準備去探望一個朋友，那朋友是集郵狂，他說他新近找到了一張中國早期郵票中的北京老版二元宮門倒印票，非逼我去欣賞不可，我對集郵也很有興趣，自然答應了他。

但是，當我離家只不過十分鐘，車子正在疾馳中的時候，一隻癩皮狗突然自對面竄了過來，如果我不讓牠，那牠一定要被車子撞得腦漿迸裂了。

我對駕駛術十分有研究，要在那樣的情形下，避開這樣的一條冒失癩皮狗，本來是輕而易舉的事情，但是，當我的車頭一側，恰好避過了那頭癩皮狗時，橫街上的一輛灰白色的大房車，突然衝了出來。

我連忙煞車，可是已經遲了。

那結果是可想而知的，「蓬」地一聲響，兩車相撞，我的車子已然停了下來，但是那輛大得霸道的房車卻還未曾煞住，它向前直衝而出，撞在對街的一隻郵筒之上，將那隻郵筒，撞成了兩截。

我連忙跳下車，趕過了馬路，在大城市中，一有了甚麼意外，看熱鬧的人，便會從四面八方湧了過來，當我奔到了那輛房車旁邊的時候，已經有十多個人聚集在車子的旁邊，我向其中一個看來十分斯文的人一指，道：「別看熱鬧，快去報警！」

那人呆了一呆，但立時轉身走了開去，我又推開了兩個好奇地向車中張望的人，打開車門，在司機位上坐著的，是一個穿著得十分華麗的中年婦人。

那時候，她已經昏迷了過去，額角上還有血流出，車頭玻璃裂而未碎，看來她的傷勢，也不會太重，幾分鐘之後，救傷車和警車也全都趕到了現場。

各位如果以為這件事以後的發展，和那個駕車婦人，或是那輛車子有甚麼關聯的話，那就料錯了，我一開頭已寫明白，事情只不過從那輛大房車開始而已！

警車來了之後，我是應該到警局去一次的，我可能在警局耽擱了不少時間，所以我先要打一個電話去通知我那位集郵狂的朋友，我和一位警官打了一個招呼，便向最近的一家雜貨舖走去，去借電話。

我還未曾走到雜貨舖，有兩三個頑童，在我的身邊奔了過去，其中一個且撞了我一下！

當那個頑童一下子撞到我身上的時候，我唯恐他跌倒，所以伸手將他扶住，可是那頑童卻將他手中的一封信，迅速地拋在我的腳下，用力一掙，逃走了！

我呆了一呆，彎身從地下拾起那封信來，那封信的信封是很厚的牛皮紙，一看便知道那是用厚牛皮紙來自製而成的，而且，整封信都相當沉重，我伸手捏了一捏，信封中好像不止是信，而且還有一些堅硬的物事。

那些堅硬的物事，看來像是一柄鑰匙。

我在才一看到那封信的時候，還不知道為甚麼那頑童一被我扶住，就要將信拋掉，但是當我向信封上一看之際，我便明白了那頑童為甚麼驚惶失措了。

剛才，那輛大房車在打橫直衝過馬路時，撞在那郵筒上，將郵筒撞成了兩截，有不少信散落在地上，看熱鬧的頑童便將之拾了起來。而他們拾信的目的，也非常明顯，因爲那封信上的郵票已被撕去了！

信還在郵筒之中，信封上的郵票，自然是還未蓋過印的，雖然是小數目，但在頑童的心目中，已是意外之喜了。

我當時拿了這封信在手，第一個反應，自然是想立即將之送回郵筒去，可是我卻立即改變了主意，因爲那頑童撕郵票的時候，十分匆忙，所以，在將郵票撕下的時候，將信封上的牛皮紙，撕去了一層，恰好將收信人的地址，撕去了一大半。

信封上全是英文寫的，在還可以看得到的字跡上，顯示出信封是寄到一個叫作「畢列支」的地方，那地方是在地球上的哪一角落，我無法知道，因爲紙已被撕去了一層。

而收信人的名字還在，那是「尊埃牧師」，而且，發信人的地址，也十分清楚，那就是離此不遠處，我一抬頭，就可以看到那條街的。在發現了那些之後，我改變了主意，將那封信，放進了我的袋中。

我當然不是準備吞沒那封信，而是因爲那封信，已無法按址寄達。而那封信之所以不能寄達目的地，是由於頑童撕去了郵票時弄壞了信封，頑童之所以能得到這封信，卻是因爲那輛大房車撞壞了郵筒，而大房車又是在和我相撞了之後，才撞向郵筒的，所以追根究源，全是我的關係。

我心中已打定了主意，等我在警局的手續完畢了之後，我便去訪問那位發信人，請他在信封上加上地址，那麼我就可以將信貼上郵票，再去投寄了。

我在雜貨舖中打好了電話，又駕著自己的車，和警車一齊到了警局，在警局中，我已知道那個婦人只不過受了一點輕傷，已經出院回家了。

我在警局也沒有耽擱了多久，便已辦完了手續，我走出了警局，我的車子只不過車頭上癟進了一塊，並沒有損壞，所以，我很快就來到了那封信的發信人地址。

那是一幢十分普通的房子，坐落在一條相當幽靜的街道上，我上了三樓，按了門鈴，門打開了一道縫，一個十一二歲的小姑娘問道：「找誰啊？」

我看了那封信，才道：「我找米倫太太，她是住在這裏的，是麼？」

我自然根本不認識那個米倫太太，只不過因爲那信封上寫著，發信人是「圖書路十七號三樓」的米倫太太而已。

那小姑娘一聽，立時瞪大了眼，用一種十分奇怪的神色望著我，道：「你找米倫太太？你怎麼認識她的？從來也沒有人找她的，你是中國人，是不是？」

她向我問了一連串的問題，直到她問到了我是不是中國人之際，我才發現那小姑娘雖然也是黑頭髮，黑眼睛，但是她卻並不是中國人，她可能是墨西哥人或西班牙人。

那小姑娘望著我時的那種訝異的神情，看來十分有趣，我點頭道：「是的，我是中國人，米倫太太是甚麼地方人，西班牙還是墨西哥？」

那小姑娘道：「墨西哥，我們全是墨西哥人，你是米倫太太的朋友？我們從來也未曾聽說她有過中國朋友！」

我無法猜知那小姑娘和這位米倫太太的關係，而那小姑娘又像是不肯開門給我，所以我不得不道：「我可以見一見她麼？」

「見一見她？」小姑娘立時尖聲叫嚷了出來，同時，臉上更現出一種難以形容的神色來，像是我所說的，根本是不可能實現的事一樣，但是我所說的，卻是最普通的事，我只不過想見一見米倫太太而已。

或許，這位米倫太太，是一位孤獨的老太婆，或者，她是一個很怪的怪人，因為那小朋友說她是從來也沒有朋友的，但是，聽了我的話之後，她的反應如此之強烈，這卻多少也使我感到一點意外，不知是為了甚麼。

我重覆道：「是的，我想見一見她，為了一件小事。」

「可是，」那小姑娘的聲音，仍然很尖：「可是她已經死了啊！」

「死了？」我也陡地吃了一驚，這實在是我再也想不到的一件事，我本來立時想說「那不可能」的，但是，那小姑娘的神情，卻又絕沒有一點和我開玩笑之意。

「是啊，半年前已經死了。」那小姑娘補充著說。

我更加懷疑了，我道：「這不可能吧，我知道她寄過一封信，是寄給聲埃牧師的，那封信，只怕是今早投寄的，她怎可能在半年之前，已經死去？」

那小姑娘不好意思地笑了笑，道：「這封信……是我寄的。」

我更加莫名其妙了，道：「可是，那封信卻註明發信人是米倫太太的，小妹妹，你可有弄錯麼？」

小姑娘總算將門打了開來，一面讓我走進去，一面道：「你是郵政局的人員麼？事情是這樣的，米倫太太——」

她的話還未曾講完，便聽得廚房中傳來了一個十分粗暴的女人聲音，問道：「姬娜，你和甚麼人在講話？」

「媽媽！」小姑娘忙叫著，「一位先生，他是來找米倫太太的！」

那小姑娘有一個十分美麗的名字，我向廚房望去，只見一個身形十分高大的婦人，從廚房中走了出來。

我連忙準備向那婦人行禮，可是當我向那婦人一看間，我不禁大吃了一驚！

我從來也沒有看到過如此難看的女人。姬娜是一個十分美麗的小姑娘，而她竟叫那難看的女人為「媽媽」，這實在是令人難以想像的一件怪事！

雖然明知道這樣瞪住了人家看，是十分不禮貌的事，但是我的眼光仍然停留在那婦人的臉上，達半分鐘之久。

我絕不是有心對那婦人無禮，而是那婦人的樣子實在太可怕了，是以我在一望到了她之後，我的眼光竟然無法自她的臉上移開，好在這時是白天，如果是黑夜的話，我一定會忍不住高聲呼叫起來的。

而且，必須明白的是，我並不是一個膽子小的人！

我不但膽子不小，而且，足跡遍天下，見過各種各樣，奇形怪狀的事，可是就未曾見過一個那麼可怖的婦人，她頭部的形狀，好像是用斧頭隨意在樹上砍下來的一段硬木，她一隻眼睛可怕地外突著，而另一隻眼睛，則顯然是瞎的，眼皮上有許多紅色的疙瘩。

她的鼻子是挺大的，再加上她厚而外翻的上唇，就這兩部分來看，她倒像是一頭狒狒——雖然她的眼睛，比狒狒還要可怕得多，她的牙齒參差不齊。

她這時，正用圍裙在抹著濕手，而且，我還看到，在她的臉上和手上，有著許多傷痕，像是刀傷。

當我從震驚中定過神來之際，我看到那婦人可怕的臉上，已有了怒意（那是加倍的可怕）！

她那一隻幾乎突出在眼眶之外的眼睛瞪著我，啞聲道：「你是誰？你來和我的女兒說些甚麼事情？」

那小姑娘——姬娜則叫道：「媽媽，這位先生是來找米倫太太的，他提及那封信，媽，你還記得麼？就是米倫太太臨死前叫我們交的信，但是我們卻忘記了，一直放了半年，到今早才找出來。」

我多少有點明白事情的真相了，米倫太太，可能是和姬娜母女一齊居住的一位老太太。而這位老太太在臨死之前，曾託她們交一封信，而她們卻忘記了，一直耽擱了半年之久，直到今天早上才找出。

而當這封信還在郵筒之中，尚未被郵差取走之時，那輛大房車便將郵筒撞斷，這封信因爲十分重，所以郵票也貼得多些，是以被頑童注意，將之偷走，而又將上面的郵票撕去，因之弄得地址不清。

而也因爲這一連串的關係，我才按址來到了這裡，見到了可愛的姬娜，和她那位如此可怕的母親。

我想通了一切，剛想開口道及我的來意時，那婦人已經惡聲惡氣地道：「那封信有甚麼不妥了！你是誰？」

我勉強在我的臉上擠出了一個微笑來，道：「有小小的不妥，夫人。」我又取出了那封信，道：「你看，信封上的地址被撕去了，如果你記得信是寄到甚麼地方去的，那麼，就請你告訴我，謝謝你。」

我已經準備結束這件事了。

因爲，那婦人將地址一講出來，我寫上，貼上郵票，再將之投入郵筒，那不就完了麼？

我心中在想，總不會巧成那樣，又有一個冒失鬼，再將郵筒撞斷的！

那婦人笑了起來，她的笑聲，其實十足像是被人掐住了喉嚨時所發出來的喘息聲，她道：「信是寄到甚麼地方去的？米倫太太還有甚麼寄信的地方？那當然是墨西哥了，你快走吧，別打擾我們了！」

她雖然下了逐客令，但是我還是不能不多留一會兒。

我又道：「那麼，請問是墨西哥甚麼地方？因爲信上的地址，全被撕去了，只有『畢列支』一個字，那可能是甚麼橋吧？」

那婦人瞪著她那隻突出的單眼，道：「墨西哥甚麼地方？我不知道，姬娜你可知道麼？嗯？」

姬娜搖著頭，她那一頭可愛的黑髮，左右搖晃著，道：「我不知道，媽媽，我從來也沒有注意過。」

那婦人攤開了手，道：「你看，我們不知道，你走吧！」

在那一剎間，我也真的以爲事情沒有希望了，而且，我已知道那封信是被積壓了半年之久的，就算有甚麼急事，那也早已成爲過去的事情了。所以，我已準備躬身退出。

可是，就在那婦人一攤手之間，我卻陡地呆了一呆。我在那一瞬間，看到那婦人的手上，戴著一隻鑲有紅得令人心頭震驚的紅寶石戒指！

那是極品的紅寶石（我對珠寶有著極度的愛好和相當深刻的研究），這種紅寶石的價格，遠在同樣體積大小的上等鑽石之上，那婦人戴這枚戒指的方式也十分特別，她不是將鑲有寶石的一面向外，而是將那一面向裏，所以，只有她攤開手來時，我才看得見。

這樣的一枚紅寶石戒指，和這樣的一個婦人，是無論如何不相稱的！

而我的震驚神態，也顯然立時引起了對方的注意，她連忙縮回手去，並且將手緊緊地握住，那樣，那塊極品紅寶石，就變成藏在她的掌心之中了。

我在那片刻間，心中生出了極度的疑惑來：這樣可怕的婦人是甚麼人？何以她住在那樣普通的地方，又要親自操作家務，但是她卻戴著一隻那樣驚人的紅寶石戒指。這一隻戒指，照我的估計，價值是極駭人的。

而且，上好的紅寶石，世上數量極少，並不是有錢一定能買得到的東西。一樣東西，到了有錢也買不到的時候，那麼它的價值自然更加驚人了！

我在那剎間，改變了我立即離開她們的主意。老實說，我突然改變主意，並不爲了甚麼，我只是好奇而已。

我原是一個好奇心十分強烈的人，我真想弄清楚那可怕的婦人的來歷和那枚紅寶石戒指的由來。

我故意不提起那枚戒指，我咳嗽了一聲，道：「你看，這封信中，好像還附有甚麼東西，可能這是一封十分重要的信——」

那婦人突然打斷了我的話頭，道：「我們已經說過，不知道米倫太太要將信寄到甚麼地方去的。」

我陪著笑，道：「那麼，米倫太太可有甚麼遺物麼？」

那婦人立時張大了口，看她的樣子，分明是想一口回絕我了，但是小姑娘姬娜卻搶著道：

「媽媽，米倫太太不是有一口箱子留下來麼？那隻紅色的大箱子。」

那婦人立時又道：「那不干這位先生的事，別多嘴！」

我仍然在我的臉上擠出笑容來，道：「夫人，你看，這封信是寄給尊埃牧師的，或許，在米倫太太的遺物之中，有著尊埃牧師的地址。她已死了，她死前想寄出這封信，你總不希望死者的願望不能實現吧？」

我知道，墨西哥人是十分迷信，而且相當尊敬死人的，這一點，和中國人倒是十分相似的。

果然，我最後的一句話生了效，那婦人遲疑了一下，道：「好，你不妨來看看，但你最好儘快離去，我的丈夫是一個醉鬼，當他看到屋中有一個陌生男人的話——」

我聽到這裏，實在忍不住笑，我要緊緊地咬住了唇，才不至於笑出聲來。一個男人有了這樣的一個妻子，而居然還要擔心的話，那麼他必然是醉鬼無疑了！

我低著頭，直到可以控制自己不再笑了，我才敢抬起頭來，跟著她，走進了一間房間，姬娜也跟了進來。那間房間十分小，房間中只有一張單人床，在單人床之旁的，則是一隻暗紅色的木頭箱子。

那箱子也不是很大，這時正被豎起來放著，當作床頭几用。在箱子的上面，則放著一個神像。

那個神像好像是銅製的，年代一定已然十分久遠了，因爲它泛著一種十分黝黯的青黑色。我第一眼看到它，便被它吸引住了，因爲我竟無法認出那是甚麼神來，這個神像有一張十分奇怪的臉，戴著一頂有角的頭盔，手中好像持著火炬，他的腳部十分大。

而那隻箱子上，則刻著十分精緻的圖案，刻工十分細膩，絕不可能出於現代的工匠之手！這兩件東西，和那張單人床，也是絕不相配稱的。

那婦人道：「這就是米倫太太的房間，和她在生之前一樣，這箱子就是她的。」

從那箱子、那神像，我忽然聯想到了那婦人手中，那枚非比尋常的紅寶石戒指。我的心中突然有了一個概念，那枚紅寶石戒指，一定也是米倫太太的！

我伸手拿起了那神像（那神像十分沉重，重得遠出乎我的意料之外），放平了那隻箱子，箱子有一柄鎖鎖著。

同時，我順口道：「夫人，你也是墨西哥人，是不是？米倫太太只是一個人在這裏，她何以會一個人在這裏的？她的丈夫，是做甚麼事情的？」

那婦人立時提高了警惕，道：「先生，你問那麼多，是爲了甚麼？」

我笑了一笑，沒有再問下去，並沒有費了多久，我就弄開了鎖，將那隻箱子打了開來。

令我大失所望的是，那箱子幾乎是空的，只有一疊織錦，和幾塊上面刻有浮雕、銀圓大小般的銅片。

我並沒有完全抖開那疊織錦來，雖然它色彩繽紛，極其美麗，我只是用極快的手法，將五六片那樣的圓銅片，藏起了一片來。

我先將之握在掌心之中，然後站起身來，一伸手臂，將它滑進了我的衣袖之中。

就我的行爲而言，我是偷了一件屬於米倫太太的東西！

我當然不至於淪爲竊賊的，但這時，我卻無法控制我自己不那樣做。因爲這裏的一切，實在太奇特了，奇特得使我下定決心，非要弄明它的來歷不可。

當我將那圓形的有浮雕的銅片，藏進我的衣袖之中的時候，我不知道那是甚麼，我只是準備回去慢慢地研究，或者向我的幾位有考古癖、學識豐富的朋友去請教一下，我當時的心中只是想，那位米倫太太，一定是十分有來歷的人，絕不是普通人物。

我的「偷竊手法」，十分乾淨俐落，姬娜和那婦人並沒有發覺，我關上箱子，又將鎖扣上，道：「很抱歉，麻煩了你們許久，這封信我會另外再去想辦法的。」

我一面講，一面向門口走去，到了門口，我向那婦人道別，又拍了拍姬娜的頭，隨口問道：「那封信中好像還有一樣東西，你們知道那是甚麼？」

我只是隨口問問的，也絕沒有真的要得到回答，可是姬娜卻立即道：「那是一柄鑰匙！一柄長著翅膀的鑰匙，米倫太太生平最喜愛的一件東西。」

我呆了一呆，道：「長著翅膀的鑰匙？甚麼意思？」

「鑰匙上有兩個翅膀，是裝飾的，」姬娜解釋：「米倫太太有兩件東西最喜歡，一件是這柄鑰匙，另一件是她的一枚戒指，那戒指真美，她臨死之際送給了媽媽，媽媽答應她死時，也送給我。」

姬娜講到這裏，停了一停，然後又補充道：「我不想媽媽早死，但是我卻想早一點得到那戒指，它真美麗！」

姬娜不住地說那枚戒指真美麗，而我不必她說明，也可以知道她說的戒指，一定就是她媽媽戴在手中的那一枚。

我不再急於去開門，並轉過身來，道：「夫人，那枚戒指，的確很美麗，可以讓我細看一看麼？」

那婦人猶豫了一下，也許是因爲我的態度，始終如此溫文有禮，所以她點了點頭，將那枚戒指自她的手指上取了下來，放在我的掌心。

我能夠細看那枚戒指了，姬娜也湊過頭來。唉，那實在是美麗得驚心動魄的東西，古今中外的人，如此熱愛寶石，絕不是沒有理由的，因爲天然的寶石那種美麗，簡直可以令人面對著它們時，感到窒息！

這一點，絕不是任何人工的製品，所能夠比擬的。天然的寶石，似乎有一種特殊的魔力，如今我眼前的那塊寶石，便是那樣，它只不過一公分平方，不會超過三公厘厚，可是凝神望去，卻使你覺得不像是在望著一塊小小的紅色的寶石，而像是在望著半透明的，紅色的海洋，或是紅色的天空！

我望了半晌，才將之交還了那婦人，然後，我才道：「夫人，恕我冒昧問一句，你可知道這一枚戒指的確實價值麼？」

那婦人一面戴回戒指，一面道：「不知道啊，它很美麗，是不是？它很值錢麼？值多少？五百？嗯？」

我並沒有回答她的問題，我只是含糊說了一句，道：「也許。」

我並不是不想回答她的問題，而是我怕我的答案講出來，會使她不知所措，昏過去的，這樣的一塊上佳的紅寶石，拿到國際珠寶市場去，它的價格應該是在「三百」或「五百」之下，加上一個「萬」字，而且還是以世上最高的幣值來計算！

這枚戒指原來的主人是米倫太太，那麼，米倫太太難道也不知道這枚戒指的價值麼？想來是不可能的，而她將那枚戒指送了人，卻將那鑰匙寄回墨西哥去！

我的心中充滿了疑惑，當我告辭而出，來到了我車子旁邊的時候，我又抬頭向我剛才出來的地方，看了一眼，剛才那不到半小時的經歷，實在是我一生中最奇怪的一樁事了。

我心中不住地問自己，那米倫太太，究竟是甚麼人呢？

我上了車子，坐了下來，竭力使我思緒靜一靜，我要到甚麼地方去呢？我決定去找那幾位對於古物特別有興趣，也特別有研究的朋友。

我知道他們常在的一個地方，那是他們組成的一個俱樂部。這個俱樂部的會員，只有七個人，而要加入這個俱樂部之困難，還是你立定心機去發動一場政變，自任總統來得容易了，要成爲這個俱樂部的會員，必須認出七個老會員拿出來的任何古董的來歷。

我曾申請加入這個俱樂部，我認出了一隻商鼎、一方楚鏡、一片殘舊的文件（十字軍東征時的遺物）、一隻銀製的，屬於瑪麗皇后的香水瓶。

但是我卻在一塊黝黑的爛木頭前碰壁了，後來，據那個取出這塊爛木頭的人說，這是成吉思汗的矛柄。我心中暗罵了一聲「見你的鬼」，我未能成爲會員。

但是，我因爲認出四件古董，那是很多年來未曾發生過的事情，是以蒙他們「恩准」，可以隨時前往他們的會所「行走」。這個「殊恩」，倒有點像清朝的時候，「欽賜御書房行走」

的味道。

我一直將車子開到了這個俱樂部會所之外，那其實是他們七個會員中一位的物業，司閽人是認識我的，他由得我逕自走進去，一位僕人替我打開了客聽的門。

他們之中，只有五個人在。正在相互傳觀著一隻顏色黯淡的銅瓶。千萬別以為他們七個人全是食古不化的老古董，他們只不過是喜歡老古董罷了。

這時，手中不拿花瓶的一個人，就自一隻水晶玻璃瓶中，斟出上佳的白蘭地來。而他們之中，有三個人是在大學執教的，有五個人，是世界著名大學的博士。

他們看到了我，笑著和我打招呼，其中一個用手指扣著那銅瓶，道：「喂，要看看巴比倫時代的絕世古物麼？」

我搖了搖頭，道：「不要看，但是我有一樣東西，請你們鑑定一下。」

第二部：世界上最美麗的女人

他們一共五個人，但是聽了我的話之後，倒有四個人一齊笑了起來，有兩個人異口同聲地道：「衛斯理，你有甚麼好的古物！」

我大聲抗議，道：「以我對古物的認識，已足可以成爲第一流的古物研究者了，但當然比起你們來，或者不如，所以我才來找你們看看這個的！」

我將那枚看來像是銀元一樣的東西，取了出來，交給了他們其中的一個人。

在一路駕車前來之際，我已經看過那枚銀元一樣的東西，它實在是一枚銀元，大小、厚薄都像，但是我卻不知道那是什麼時候的貨幣。它的一面，有六個到七個我完全認不出來歷的文字，而另一面，則是一個戴著頭盔的神像，它的製作，十分精美。

看它的樣子，就像是現在鑄幣廠的精良出品一樣。

第一個接了這枚「銀元」在手的人，面帶輕視之意，將之掂了掂，略看了一眼，便拋給了第二個人，第二個拋給了第三個，第三個拋給第四個……

在他們之間，一直響著輕視的冷笑，最後一個，又將之拋給了我，道：「看來，這像是鎖匙扣上的裝飾品！」

我知道，那絕不是鎖匙扣上的裝飾品，這一定是一件真正的古物。而這「銀元」在經過了他們五人的眼睛之後，卻仍說不出它的來歷，那並不證明這不是古物，而只證明那是一件來歷極其隱晦和神秘的古物。

我忍受著他們的嘲笑，指著另一面的那個神像，這「銀元」上浮雕著的神像，和木箱上那神像是相同的，我問道：「你們看，這神像，你們見過麼？」

那五人總算又勉強地望了一眼，然後一齊搖頭，道：「未曾見過。」

我又道：「可能和墨西哥是有關係的，你們查查看。」

那五人又搖頭，表示他們不必去查甚麼典籍的，一切全在他們的腦中了。就在這時，另一個會員走了進來，道：「墨西哥有甚麼古董？讓我看看。」

我將那枚「銀元」交給了他，他翻來覆去看了一會，道：「喂，你們看到沒有，這些文字，看來十分奇怪喇！」

「那根本不是文字，世界上沒有一個地方的文字是那樣子的。」有兩個人回答他：「那只不過是莫名其妙的花紋而已。」

我氣憤起來，伸手搶回了那「銀元」，道：「你們太自以爲是了，我一定可以證明這是稀世的古物，到時，你們古董專家的假面具，便要撕下來了！」

我實在十分氣惱，是以我的話也說得十分重，令得他們六個人爲之愕然。正在這時，第七個會員進來了，他是一個中年人，他道：「誰在發脾氣？」

我立時大聲道：「是我！」

他笑道：「爲甚麼？看你，脹紅了臉，爲甚麼發火？」

我將那枚「銀元」，重重地放在他的手上，道：「爲了這個，先生，我拿這個來，可是他們卻全取笑我，我想你也是一樣！」

他將那枚「銀元」接了過去，才看了一眼，便露出了十分興奮的神色來，道：「衛斯理，你是甚麼地方弄來這東西的？這東西你是哪裏來的，告訴我。」

我一聽，精神爲之一振，道：「怎麼，你認出它的來歷來了？它是甚麼？」

「我不知道這是甚麼，但是你看，這是我剛收到的南、北美洲考古學會的會刊，你們看這裡！」他打開了夾在脅下的一本厚厚的雜誌，「唰唰」地翻著，然後，打了開來，放在桌上，又道：「看！」

我們一齊看去，只見那兩頁上，是幾幅圖片，第一幅，是一塊石頭，第二幅，則是那塊石頭的拓片，隱約可以看出，有一點如同文字也似的痕跡。

而第三幅，則是幾個人在一幢房子旁邊的合照，說明是墨西哥大學的迪哥教授，發現了那塊「石碑」，石碑上有著任何典籍所未曾有過記載的文字。

那文字，迪哥教授已作了初步的研究，認為那是高度文化的結晶，可是上溯墨西哥的歷史，卻從來也沒有任何民族，曾有過一個時期，是有著那樣輝煌的文化的。迪哥教授懷疑的文字，可能和南美洲部分突然消失了的印加帝國有關，因為發現「石碑」的地方，是在接近危地瑪拉的邊界上。

那是一個叫作「古星」的小鎮，在一座「青色橋」的附近，發現那石碑的，當地教堂的一位牧師，提供這塊石碑給迪哥教授研究，那牧師，叫尊埃牧師。當我一看到「尊埃牧師」這個名字的時候，我幾乎跳了起來！

但是他們七人卻並沒有注意我的神態有異，他們都聚精會神地在將那枚「銀元」一面上的文字，和雜誌上拓印圖片上的文字作詳細的比較。他們全是專家，當然立時可以發覺，那兩種文字，雖然不同，但是卻完全屬於同一種文字的範疇的。

那帶雜誌來的人抬起頭，道：「衛斯理，你真了不起，你看，迪哥教授從文字的組織上去判斷這種文字的結論不錯，你這枚東西，一定是那個文化全盛時期的產品，你看，它多麼精美，而且，它可能是貨幣！」

另一個道：「那麼，這一定是世界上最早的貨幣了！」

又一個道：「當然不是，這如果是貨幣的話，它如此之精美，難道沒有一個發展的過程，一下子就出現如此精美的貨幣了麼？在它之前，一定還有雛形的貨幣！」

另外兩人激動地叫著，道：「人類的歷史要改寫了！」

他們一齊向我望來，剛才我還是一個嘲笑的對象，但是一下子，我變成英雄了！我不等他們發問，便道：「我發現的東西，不止這些，同樣的『銀元』有五六枚之多，還有一具十分沉重的神像，和一隻有著十分美麗浮雕的木箱，和一疊色彩極美的織錦，應該再加上一隻價值連城的紅寶石戒指，和一封寄給尊埃牧師的信，以及一柄鑰匙——有著翅膀的鑰匙。」他們七個人全像傻瓜似地望著我，全然不知我在說甚麼，我將信取出來一揚，道：「一切自它開始！」

他們齊聲道：「究竟是怎麼一回事？你找到了一個寶庫麼？」

我笑了笑，道：「可以說是真正的寶庫，無與倫比！」

他們又七嘴八舌地問了起來，他們的問題，全然是雜亂無章的，根本不可能一個一個地記錄下來，我被他們問得頭也脹了，只得發出了一聲大喝。

在我那一下大喝聲之後，他們總算立時靜了下來，我擺著手道：「你們別問，我將一切事情的經過源源本本講給你們聽就是了，事情的開始是——」

我將如何我爲了去看一張「老版宮門二元倒印票」，出門撞了車，一直按扯去找米倫太太，發現了許多奇奇怪怪的事情，全部對他們講了一遍。

我不能說我自己的敘述十分生動，但是聽得他們個個目瞪口呆，卻是事實，在我講完之後，他們仍然好一會講不出話來。我道：「事情就是那樣了，我想，那個米倫太太當然不是普通人，一定是極有來歷的人，你們的看法怎樣？」

他們又七嘴八舌地爭了起來，最後他們得出了一個結論，這個結論，由他們之首，貝教授向我提出來，貝教授就是帶來那本考古雜誌，發現了我取自米倫太太的箱子中的東西，實實在在是一件古董的人。

貝教授的神態十分正經，他道：「衛斯理，你說的那封信，現在可是在你身邊麼？」

「當然在。」我將信取了出來。

貝教授道：「我想，為了科學上的目的，我們將這封信拆開來看看，應該不成問題的了，我想你一定也同意的了，是不？」

我一聽，不禁皺起了雙眉。每一個人，都有一些事，是他所特別憎恨的，而我所最憎恨的幾件事中，不幸得很，恰好有一件是擅自拆閱他人的信件。

貝教授一面問我，一面已經取起了那封信來準備拆閱了，但是我立時一伸手，將之搶了過來，道：「對不起，貝教授，我不同意那樣做——如果我根本不知道這位尊埃牧師的地址，那我或許會同意的，但是現在我已知道他的地址了，那我當然要將這封信寄給他的。」

貝教授搓著手，道：「將信寄給他？這不十分好吧，你看，這信已然出過一次意外，而它一定十分重要，如果再出一次意外的話，可能人類歷史上未爲人知的一頁，就要從此湮沒了，最妥當的辦法是——」

我不等他講完，便道：「貝教授，我認爲私拆信件，是一項最卑劣的犯罪，我以爲不論用什麼大題目做幌子，那都是不可饒恕的罪行，不必再提了！」

貝教授無可奈何地轉過身去，向其餘六人攤了攤手，道：「各位看到了，不幸得很，我們遇到的，是一頭固執的驢子，我們就此停止對這件事的探討麼？」

「當然不！」他們一齊叫了起來。

貝教授又道：「好，那我們進行第二步——」他又轉過身來，道：「衛先生，我們想託你去進行一件事。我們委託你，去問那婦人，不論以多少代價，購買米倫太太的所有遺物。」

他們要委託我去購買米倫太太的遺物，這倒是可以考慮之事。因爲我自己也有這個打算。米倫太太的那隻箱子、那座神像、那幅織錦，以及那幾枚「銀元」，如果它們的來歷被確定之後，那可能每一件都是價值連城的寶物！

我略想了一想，道：「你們準備出多少錢去買？」

「隨便多少，」貝教授揮著手：「我們七個人的財力，你是知道的，隨便多少，令得我們破產，我們也不在乎的，你去進行好了，主要的是要使我們的委託不落空！」

我聳了聳肩，他們七人的財力，我自然是知道的，他們之中，有四五個是亞洲著名的豪富，如果令得他們破產的話，那麼，那筆錢大約可以買下小半個墨西哥了——如果墨西哥政府肯出賣的話。

我點頭道：「好的，我接受你們的委託，這枚『銀元』我留在這裏，那是我取來的，你們可以先行研究起來，我一有了消息，立即和你們聯絡，再見！」

他們一齊向我揮著手，我走出了那間「俱樂部」。

在俱樂部的門口，我呆呆地站了一會，要買米倫太太的遺物，應該向誰接頭呢？問姬娜的母親，那可怕的婦人？還是要去尋訪米倫太太是不是有甚麼親人？

但無論如何，再去拜訪一次姬娜的母親，卻是十分有必要的事情。

本來，這件事是和我全然無關的，我只不過在看到了那顆紅寶石戒指之後，才引動了我的好奇心。而又恰巧在那本考古雜誌上看到了那種奇特的文字，和那枚「銀元」上的文字，又如此相同。

米倫太太究竟是甚麼樣身份的人呢？越是想不通的謎，便越是容易引起人的興趣，所以一件根本和我無關的事情，就在我的好奇心驅使之下，我倒反而成爲事情中的主要人物了！

我在再到姬娜家中去之前，買了不少禮物，包括一隻會走路、說話的大洋娃娃，那是送給姬娜的，以及兩盒十分精美華貴的糖果，和兩瓶相當高級的洋酒。

當我又站在姬娜的門口按著門鈴之後，將門打開了一道縫，向外望來的，仍然是姬娜。

她一眼就認出了我，道：「喂，又是你，又有甚麼事？」

我笑著，道：「姬娜，我們不是朋友麼？朋友來探訪，不一定有甚麼事，看，我給你帶來了甚麼禮物，你看看！」

我將那洋娃娃向她揚了揚，那一定是姬娜夢想已久的東西，她立時尖聲叫了起來，將門打開，讓我走了進去，她的大叫聲，也立時將她的母親引了出來。

我連忙將那兩盒精美的糖果放在桌上，道：「夫人，剛才打擾了你，十分不好意思，這是我送你的，請收下，這兩瓶酒，是送給你丈夫的，希望他喜歡。」

那婦人用裙子不斷地抹著手，道：「謝謝你，啊，多麼精美，我們好久沒有看到那麼精美的東西了，請坐，請坐，你太客氣了！」

我笑了笑，坐了下來，道：「如果不打擾你的話，我還有幾個問題，想請教你。」

那婦人立時現出了驚惶的神色來。

我一看到這種情形，立時改口道：「請問，我十分喜歡姬娜，我可以和她做個朋友麼？」

「你是我的朋友！」姬娜叫著。

那婦人臉上緊張的神色，也鬆弛了下來，她道：「當然可以，當然可以。」

我笑著，道：「我是一個單身漢，我想，那一間房間，原來是米倫太太住的，你們是租給她的，是不？現在空下來了，爲甚麼不可以租給我住呢？」

「這個……」那婦人皺了皺眉，「我不敢做主，我要問問我的丈夫，先生，事實上，米倫太太生前，一直有租金付給我們，但是她死後，我們的情形已經很拮据了，如果你來租我們的房間，那我們應該——」

她才講到這裏，突然，「砰」地一聲響，起自大門上，姬娜連忙道：「爸爸回來了！」

她一手抱著洋娃娃，一手去打開了門，我也站了起來。我看到一個身材高大之極的人，站在門口，那人的身形，足足高出我一個頭，至少有一九〇公分高。

他頭髮蓬亂，但是他卻是一個十分英偉的男人，姬娜完全像他，他這時，也用充滿了敵意的眼光望定了我，然後，搖搖晃晃地走了進來，喝道：「你是誰？」

這實在是一個十分簡單的問題，但是，我在這樣的情形下，對這個問題，卻也很難回答。因爲我如果對他說，我姓衛，叫衛斯理，我是一個喜歡過冒險生活的人，我有過許許多多奇怪的經歷，而且我對於一切稀奇古怪的生活，都十分有興趣。那樣說的話，或許是一番很好的自我介紹了。

但是我如果那樣說的話，那卻是一點意義也沒有的，因爲他惡狠狠地在問我是甚麼人，只是想明白我爲甚麼會在他的房子中出現而已，是以我想了一想，道：「我是姬娜的朋友，送一些禮物來。」

我一面說，一面向桌上的兩瓶酒指了一指，我想，他如果是一個酒鬼的話，那麼，在他看到了那兩瓶酒之後，他對我的態度，一定會變得很友善了。

可是，我卻料錯了！

他只是向那兩瓶酒冷冷地望了一眼，便立時又咆哮了起來，大喝道：「滾出去，你快滾出去，快滾！」

他一面說，一面向我衝了過來，並且在我全然未及提防之際，便伸手拉住了我的衣襟，看他的樣子，像是想在抓住了我的衣襟之後，便將我提了起來，拋出門口去的。他或者習慣於用這個方法對付別人，但是他卻不能用這個方法來對付我！我雙手自他的雙臂之中穿出，用力一分，同時立即反手抓住了他的手腕。

他用力掙扎著，面脹得通紅。但是以我在中國武術上的造詣而論，他想要掙開去，那簡直是沒有可能的事！

經過了三分鐘的掙扎，他也知道無望了，然後，他用一連串粗鄙的話罵我，我則保持著冷靜，道：「先生，我來這裏，是一點惡意也沒有的，或者，還可使你添一筆小小的財富，如果你堅持不歡迎我，那我立即就走！」

我一說完，便立時鬆開了手，他後退了幾步，在一張椅子上坐了下來，瞪著我，喘著氣，好一會不說話。

我也不再出聲，只是望著他。他喘了半分鐘左右，才道：「你是誰，你想要甚麼？你不必瞞我，姬娜的朋友，呸！」

姬娜輕輕地咕噥了一句，道：「爸，他是我的朋友！」

可是那人向姬娜一瞪眼，姬娜便抱緊了我給她的洋娃娃，不再出聲了，顯然，她十分怕她的爸爸，而這時候，我的心中，不禁生出一股慚愧之感來。

因爲，當我剛才說我自己是姬娜的朋友之際，我並不是太有誠意的，我送洋娃娃給姬娜，也只不過是爲了達到我自己的目的，我可以說是在利用姬娜。

我自問絕不是甚麼工於心計的小人，但是我究竟是成人，成人由於在社會上太久了，在人與人的關係之間，總是虛僞多於真誠的了，可是姬娜卻不同，看她甘冒父親的責罵，而聲明我的確是她的朋友這一點看來，她是的的確確將我當作了她的朋友的。

我立即向姬娜走去，輕輕地撫摸著她的長髮，表示我對她的支持的感激。我道：「是的，我來這裏拜訪你們，是有目的的，我受人的委託，想購買米倫太太——」

我的話還未曾講完，那傢伙突然像觸了電一樣地直跳了起來！

我不禁陡地呆了一呆。令得他突然之間直跳了起來的原因，顯然是因為我提到了米倫太太。但為甚麼一提到米倫太太，他就跳起來呢？

我呆了一呆，未曾再講下去，那人卻已咆哮了起來，道：「米倫太太？你知道她多少事？你怎麼知道她這個人？又怎麼知道她住在這裏的？」

他一面責問我，一面惡狠狠地望著他的妻子和他的女兒，以為是她們告訴我的。在那一剎間，我實在也給他那種緊張的神態，弄得莫名其妙，不知如何才好。

那傢伙還在咆哮，道：「你說，你怎麼知道她的？」

我只好攤了攤手，道：「看來，你是不準備討論有關米倫太太的一切了？如果你真的不願的話，那你等於是在放棄一筆可觀的錢了。」

「別用金錢來打動我的心，」那人怒吼著，忽然，他放棄了蹩腳的英語，改用墨西哥話叫了起來，而他叫的又不是純正的墨西哥語，大約是墨西哥偏僻地方的一種土語，我算是對各種地方的語言都有深刻研究的人，但是我卻聽不懂他究竟在嚷叫甚麼。

但是有些事，是不必語言也可以表達出來的，他是在趕我走，那實在是再也明顯不過的事情。而我心中暗忖，既然情形如此糟糕，我也只好有負所託了！

我幾乎是有些狼狽地走出那屋子的，一直到我來到了二樓，我仍然聽到那傢伙的咒罵聲，我嘆了一聲，一直向樓梯下走去，當我來到了建築物門口之際，忽然看見姬娜站在對街上，正在向我招手！

我呆了一呆，但是我立即明白，姬娜一定是從後梯先下了樓，在對街等我的，我過了馬路，她也不說甚麼，只是拉了我便走，我跟著她來到了一個小小的公園中。

然後，她先在一張長凳上坐了下來，有點憂鬱地望著我。

我在她的身邊坐了下來，道：「姬娜，甚麼事情？」

姬娜搓著衣角，道：「我爸爸這樣對你，我很抱歉，但我爸爸實在是好人，他平時爲人非常和氣的，可是，他就是不讓任何人在他面前提及米倫太太。」

「爲甚麼？」我心中的好奇，又深了一層。本來我的心中，已然有了不少疑問的了，可是我再次的造訪，非但未能消釋我心中原來的疑問，反倒更多了幾個疑問。

「爲甚麼？」我重覆著。

「我想，」姬娜裝出一副大人的樣子來，墨西哥女孩是早熟的，姬娜這時的樣子，有一種憂鬱的少女美，她道：「我想，大約是爸愛著米倫太太。」

我呆了一呆，如果不是姬娜說得那樣正經的話，實在太可笑了，她的爸爸愛上了米倫太太？她的想像力實在太豐富了。

我雖然沒有甚麼異樣的行動，但是姬娜卻也發覺了，她側著頭，道：「先生，你可是不信麼？但那是真的。」

我笑道：「姬娜，別胡思亂想了，大人的事情，你是不知道的。」

「我知道，」姬娜有點固執地說：「我知道，米倫太太是那樣可愛，我爸爸愛上了她，一定是的，米倫太太死的時候，他傷心得——」

姬娜講到這裏，停了一停，像是在考慮應該用甚麼形容詞來形容她父親當時的傷心，才來得好些，而我的驚訝，這時也到了頂點！

我絕不知道米倫太太是一個甚麼樣的人，我只知道她寄了一封信給一個叫尊埃的牧師，而她在半年前死了，她在生前，沒有朋友，沒有親人，只是孤僻地住在一間小房間中，那房間中除了床之外，沒有別的甚麼。

這樣的一個米倫太太，自然而然，給人以一種孤獨、衰老之感。也自然而然使人想到，她是一個古怪的老太婆，而且，她在半年前死了，死亡和衰老，不是往往聯繫在一起的麼？但這時我覺得有點不對了。

因爲姬娜說米倫太太十分美麗！

我吸了一口氣，道：「姬娜，米倫太太很美麗麼？」

「是的，」姬娜一本正經地點著頭，「她很美麗，唉，如果我有她一分美麗，那就好了，她有一頭金子一般閃亮的頭髮，長到腰際，她的眼珠美得像寶石，她美麗得難以形容，我爸曾告訴過我，那是在他喝醉了酒的時候，他說，米倫太太，是世上最美麗的女子。」

我聽得呆了，我一面聽，一面在想著，那是不可能的，姬娜一定是心理上有著病態發展的女孩子，那一切，全是她的幻想而已，不可能是真實的，我搖著頭，道：「姬娜，你形容得太美麗一些了！」

「她的確是那樣美麗！」姬娜抗議著：「只不過她太蒼白了些，而且，她經常一坐就幾個鐘頭，使人害怕。」

我遲疑著問道：「她……她年紀還很輕？她多少歲？」

姬娜的臉上，忽然現出十分迷惑的神色來，道：「有一次，我也是那樣問她，你猜她怎麼回答我，先生？」

我搖了搖頭，有關女人的年齡的數字，是愛因斯坦也算不出來的，我道：「我不知道，她說她自己已多少歲了？」

姬娜道：「她當時嘆了一聲，她只喜歡對我一個人講話，她說，你猜我多少歲了，我說出來，你一定不會相信的，你永遠不會相信的，絕不相信！」

我急忙問道：「那麼，她說了沒有？」

「沒有，」姬娜回答，「她講了那幾句話後，又沉思了起來，我問她，她也不出聲了。」

「那麼她看來有幾歲？」

「看來？她好像是不到三十歲，二十六，二十七，我想大概是這個年齡。」姬娜側著頭，最後，她又補充了一句：「她的確是世界上最美麗的女人。」

我呆了半晌，說不出話來。我雖然仍在懷疑姬娜的話，但是我卻也開始懷疑自己以為米倫太太是一個老太婆的想法是不是正確的了。我一直以為米倫太太是一個老太婆，但如果她是一個風華絕代的美婦人，那倒是一件十分可笑的事情了，那實在太意外了。

我想了片刻，又問道：「你可有她的相片麼？姬娜。」

「沒有，」姬娜搖著頭：「米倫太太從來也不上街，媽說，還好她不喜歡拍照，要不然，每一個男人看到了她的照片，都會愛上她的！」

我皺著眉，這似乎已超過一個十三四歲的小姑娘的想像力之外，看來，姬娜所說的是事實，而不是虛構！

我並沒有再在米倫太太究竟是不是年輕，是不是美麗這一點上問下去。因為在這個城市中，墨西哥僑民，是十分少，我有好幾個朋友，在僑民管理處工作的，我只消去找一找他們，就可以知道米倫太太究竟是不是男人一見她便神魂顛倒的美人兒了。

我轉換了話題，道：「那麼，米倫先生呢？你有沒有見過米倫先生？」

「沒有，米倫太太說，米倫先生在飛行中死了。」

我嘆了一聲，如果米倫太太真是那麼美麗的話，那麼她的丈夫一定也是一個十分出眾的男子，他們的婚姻，一定是極其美滿和甜蜜的，而突然之間，打擊來了，米倫先生在飛行中死了，於是米倫太太變得憂傷和孤獨，便變成了一個十分奇特的人。

我又問：「那麼，米倫太太可有什麼親人麼？」

「沒有，自從我懂事起，我就只見她一個人坐在房中，她根本沒有任何熟人，倒像是世界上只有她一個人一樣。」姬娜皺著眉回答。

我的心中仍然充滿了疑問，道：「那麼，你們是怎樣認識她的，她又如何會和你們住在一起的？」

姬娜搖頭道：「我不知道，我也問過爸媽，他們卻甚麼也不肯說。」

我呆了半晌，道：「你父親叫甚麼名字，可以告訴我麼？」

「當然可以，他是基度先生。」姬娜立時回答著我。我又道：「姬娜，你回去對你父親說，如果他肯出讓米倫太太的遺物，他可以得到一筆相當的錢，如果他答應了，請他打這個電話。」我取出了一張名片給姬娜。

姬娜接過名片，立時道：「我要走了，謝謝你。」

她跑了開去，我向她揮著手，一直到看不見她為止。而我仍然坐在椅上，米倫太太，那個神秘的人物，竟是一個絕頂美麗的少婦！這似乎使得她已然神秘的身份，更加神秘了！

我並沒有在椅上坐多久，便站了起來，我必須先弄明白米倫太太的真正身份，然後才能進一步明白，她如何會有那麼好的紅寶石，和那幾枚不知是哪一年代的「銀元」，以及那尊古怪的神像！

我離開了那小公園，駕著車到了僑民管理處，在傳達室中，我聲稱要見丁科長，他是主管僑民登記的，不到五分鐘，我就走進了他的辦公室，坐了下來。

他笑著問我，道：「好啊，結了婚之後，人也不見了，你我有多少時候未曾見面了？總有好幾年了吧，嗯？」

我想了一想，道：「總有兩三年了，上一次是在一家戲院門口遇見你的！」丁科長搓著手道：「我知道你是無事不登三寶殿的，好，告訴我，我有甚麼地方可以幫助你的？只管說！」

他是十分爽快的人，我也不必多客套了，我道：「我想來查看一下一個墨西哥人的身份，她叫米倫太太，可以查得到麼？」

丁科長笑了起來，道：「當然可以的，你看牆上統計表，墨西哥人僑居在這裏的，只不過八十七人，在八十七個人中找一個，那還不容易之極麼？」

我忙道：「那太好了，我怎樣進行？」

「不必你動手，我吩咐職員將她的資料找來就行了！」他按下了通話器的掣，道：「在墨西哥僑民中，找尋米倫太太的資料，拿到我的辦公室來。」

他吩咐了之後，我們又閒談了幾分鐘，然後，有人敲門，一個女職員站在門口，道：「科長，墨西哥籍的僑民中，沒有一個是叫做米倫太太的。」

我呆了一呆，道：「不會吧，她……約莫三十歲，是一個十分美麗的女子。」

那個女職員仍然搖頭，道：「有一位米契奧太太，但是沒有米倫太太。」

丁科長道：「我們這裏如果沒有紀錄，那就是有兩個可能，一是她根本未曾進入這個城市，二是她偷進來的，未曾經過正式的手續。她在哪裏？我們要去找她。」

我苦笑了一下，道：「她死了，半年以前死的。」

丁科長奇怪道：「不會吧，外國僑民死亡，我們也有紀錄的，是哪一個醫生簽的死亡證？王小姐，你再去查一查。」

我連忙也道：「如果真查不到的話，那麼，請找基度先生，他也是墨西哥人。」

那位女職員退了開去，丁科長笑著道：「衞斯理，和你有關的人，總是稀奇古怪的。」

我搖頭道：「米倫太太和我一點關係也沒有，我根本不認識她——」

我才講到這裏，女職員又回來了。她拿著一個文件夾，道：「科長，這是基度的資料，沒有米倫太太死亡的紀錄。」

丁科長接過那文件夾，等那女職員退出去之後，他將文件夾遞了給我，我忙打了開來，裏面並沒有多少文件，它是一張表格，左下角貼著一張相片。

那正是姬娜的父親，雖然相片中的他年輕得多，但我還是一眼可以認得出來的。因爲在他的臉上，有一種十分野性的表情，那種表情，集中在他的雙眼和兩道濃眉之上，給人的印象十分深刻。對於僑民的管理，所進行的只是一種普通的登記工作，那表格上所記載的一切，當然也是十分簡單的事情，和警方或是特別部門的檔案，是大不相同的。

所以，在那張表格上，我只可以知道這個人，叫基度•馬天奴，他的職業十分冷門，而且出乎我意料之外的，那是「火山觀察員」。而他來到此地的目的，則是「遊歷」，他是和妻子、女兒一齊來的。

那是十年前的事情了。另一張表格，距離上一張表格大約有半年，那是他申請長期居留的一張表格，附有他妻子、女兒的照片。

他的女兒，毫無疑問就是姬娜，在照片上看來，她只有兩三歲，睜著烏溜溜的眼睛，看來非常之可愛。抱著姬娜的，就是那個容顏十分可怖的婦人。

我看完了這兩張表格，不禁苦笑了一下，因為我對那位基度・馬天奴先生，並沒有獲得甚麼進一步的了解！

我將文件夾遞給了丁科長，道：「你不覺得奇怪麼？他是一個『火山觀察員』，而我們這裏，幾百哩之內，絕沒有火山，他為甚麼要在這裏留下來？」

丁科長道：「如果你問的是別人，那麼我可能難以回答，但是這個人，我卻知道的，因為當時，正是我對他的長期居留申請作調查審核的，我還記得，當時我給他的妻子嚇了老大一跳，幾乎逃走！」

我又問道：「他住在甚麼地方？」

「就是那個地址，一直沒有搬過。」

第三部：她是火山之神

我又問道：「那麼，你去調查的時候，在他的屋子中，可曾發現一個滿頭金髮，十分美麗的少婦?她就是——」

我的話只問到了一半，便突然住了口，沒有再問下去，我之所以沒有再問下去的原因，是因爲我發現我的問題，是十分不合邏輯的。因爲丁科長到基度的家中去調查，那已是十年之前的事情了。

在十年前，姬娜只不過是兩三歲的小孩子。而姬娜對我說，米倫太太看來不過是二十六七歲，那麼，十年前，她還是一個不到二十歲的少女而已。

那時候，她可能根本還未曾嫁人，也不會孤獨地住在基度的家中，丁科長當然也不會見過她的。我的問題，只問到一半，便停了下來，以致令得丁科長用一種十分異樣的眼光望定了我，我苦笑了一下，道：「忘了我剛才講的話吧，我思緒太混亂了！」

丁科長卻笑了起來，道：「怪不得你看來有點恍恍惚惚，原來是有一個美麗的金髮少婦在作怪，衛斯理，你已經有了妻室，我看，還是算了吧！」

丁科長的「好意」，令我啼笑皆非！

我忙轉開了話題，道：「那麼，你說說當時去調查的情形。」

「很簡單，」丁科長繼續道：「我問他，為甚麼他要申請長期居留，並且我也提及，在這裏長期居留，他將無法再繼續他的職業了，因為這裏根本沒有火山。但是他說不要緊，因為他得了一筆遺產。」

我皺起了眉聽著，丁科長攤了攤手，道：「他當時拿出一本銀行存摺給我看，存款的數字十分大，只要申請人的生活有保障，我們是沒有理由拒絕的。」

我忙問道：「你難道不懷疑他這筆鉅款的由來麼？」

「當然，我們循例是要作調查的，我們曾和墨西哥政府聯絡，證明基度是墨西哥極南，接近瓜地馬拉，一個小鎮上的居民，他絕沒有犯罪的紀錄——」

我忙道：「等一等，他住的那個小鎮，叫什麼名稱？」

丁科長呆了一呆，道：「這個……實在抱歉得很，事情隔了這麼多年，我已經記不起那個地名來了，好像是……甚麼橋。」

「是青色橋？那個小鎮，叫古星鎮，是不是？」我問。

丁科長直跳了起來，道：「是啊，古星鎮，青色橋，你是怎麼知道的。」

我並沒有回答丁科長的問題，因為在我的心中，正生出了許多新的問題來。基度・馬天奴，原來也是那個小鎮的人！

對於那個叫做「古星」的小鎮，我可以說一無所知，我到過的地方雖多，但也未曾到過墨西哥和瓜地馬拉的邊界，但是如今，我至少知道，這個古星鎮有一座青色橋，在那橋的附近，有一座教堂，這個教堂，是由一位叫作尊埃牧師在主持著的。

而米倫太太和這個古星鎮，一定有著十分重大的關係，因為她生前，也是住在古星鎮來的基度的家中，而她死後，又有一封信是寄給古星鎮的尊埃牧師的。

那樣看來，好像我對米倫太太身份的追查，已然有了一定的眉目，但實際上卻一點也不，我只是陷入了更大的迷惑之中而已，因為我無法獲得米倫太太的資料，她是如何來到這裏的，如何死亡的？我甚麼也不知道！我伸手摸了摸袋中的那封信。

在那一剎間，我的心中，忽然起了一陣奇異之感。

我忽然想到，基度是如此的粗魯，而基度的妻子，又那樣可怕，而孤獨的米倫太太，寄居在他們的家中，是不是米倫太太的死亡，是遭到了他們的謀害呢？

一想到了這一點，我又自然而然，想到了基度和他的妻子許多可疑的地方來。例如我一提及米倫太太，基度便神經質地發起怒來，這不是太可疑了麼？

而也由於我想到了這一點，我的心中，對整件事，也已漸漸地形成了一個概念，我假設：

基度用完了那筆遺產，而他又覬覦米倫太太的美色，米倫太太還可能很有錢，那麼，基度夫婦謀害米倫太太的可能性更高了。

我不禁深深地吸了一口氣，我竟在無意之中，發現了一件謀殺案？

我又將一切細想了一遍，越想越覺得我的推論，十分有理。基度可能知道米倫太太的入境，未經過登記，那也就是說，米倫太太在紀錄上，是並不存在的，他謀殺了米倫太太，甚至不必負法律上的責任！

我站了起來，雙眉深鎖，丁科長望著我，道：「你還要甚麼幫助？」

我搖了搖頭，心中暗忖我不需要你的幫助了，我所需要的，是警方謀殺調查科人員的幫助了，我向丁科長告別後，走出了那幢宏大的辦公大樓。

我應該怎麼辦呢？是向警方投訴麼？

我隨即否定了這個想法。因爲如果我向警方投訴的話，警方至多只能派一個警官去了解一下，甚至不能逮捕基度，因爲在法律上而言，根本沒有米倫太太這個人！而既然「沒有」米倫太太這個人，那麼，謀殺米倫太太的罪名，自然也是絕對不成立的了。

這件事，不能由警方來辦，還是由我自己，慢慢來調查的好。我應該從哪裏著手呢？是直接去問基度，關於米倫太太的死因？還是去找姬娜，在側面了解，還是……

我突然想到，姬娜曾說她的父親是深愛著米倫太太的，一個人在殺了他心愛的人之後，他的潛意識之中，一定十分痛苦和深自後悔的，這可能是基度變成酒鬼的原因。而那樣的人，神經一定是非常脆弱，要那樣的人口吐真言，那並不是一件困難的事情。

我已然有了行動方針，所以，我回到家中，先洗了一個澡，然後將所有的事情，歸納了一下，看看自己的結論，是不是有甚麼錯誤的地方。

然後，我將自己化裝成爲一個潦倒的海員，因爲我料到，基度一定不會在高尚的酒吧去買醉，他去的一定是下等的酒吧，而潦倒的海員，正是下等酒吧最好的顧客。然後，我又臨時抱佛腳，學了一首西班牙情歌，那首歌，是關於一個金髮女郎的。

一切準備妥當，我來到基度住所的那條街，倚著電燈柱站著。那時，天已黑了，我耐心等著。我並沒有白等，在晚上九時半左右，基度走了出來。

他看來已經有了醉意，他搖搖晃晃地向前走著，我跟在他的後面，走過了好幾條街，來到了下等酒吧匯集的所在，臉上搽得五顏六色的吧女，在向每一個人拋著媚眼，我看到基度推開了一扇十分破爛的門，走進了一間整條街上最破爛的酒吧。我也立時跟了進去。

基度顯然是這裏的常客了，他直走到一個角落處，坐了下來，「叭叭」地拍著桌子，立時有侍者將一瓶劣等威士忌，送到了他的面前，他倒進杯中，一口氣喝了兩杯，才抹著嘴角，透了一口氣。

我坐在他旁邊的一張桌子上，這家酒吧的人不多，一台殘舊的唱機，正在播送著不知所云的音樂，我在基度喝了兩杯之後，才高叫了一聲。

我是用墨西哥語來高叫的，是以引得基度立時向我望了過來。

我連看也不去看他，大叫道：「酒！酒！」接著我便唱了起來。

我唱的，就是那首和一個金髮女郎有關的情歌。

當然，我的歌喉，是不堪一聽的，但是我卻看到，基度在聚精會神地聽著我唱，而且，他臉上的神情，也十分激動，當我唱到了一半之際，他和著我唱。

然後，在唱完之後，他高聲道：「爲金髮女人乾杯！」

他口中叫的是「乾杯」，可是他的實際行動，卻完全不是「乾杯」，而是「乾瓶」，因爲他用瓶口對準了喉嚨，將瓶中的酒，向口中疾倒了下去。

我的心中暗喜，他喝得醉些，也更容易在我的盤問之下，口吐真言，我假裝陪著他喝酒，但是實際上，我卻一口酒也不曾喝下肚去，只是裝裝樣子。等到他喝到第二瓶酒的時候，他已將我當作最好的朋友了，他不斷用手拍著我的肩頭，說些含糊不清的話。

我看看時機已到，便嘆了一口氣，道：「基度，你遇見過一個美麗的金髮女人嗎？她是世界上最美麗的女人！」

基度陡地呆了一呆，他定定地望著我，面上的肌肉，正簌簌地跳動著，好一會，才從他的口中迸出了幾個字來，道：「她，你說的是她？」

我反問道：「你說是誰？」

基度苦笑了起來，道：「朋友，那是一個秘密，我從來也未曾對人說過，朋友，我一點也不愛我的妻子，愛的是一個金頭髮的女子，正如你所說，她是世界上最美麗的女子！」

我也大力地拍著他的肩頭，道：「那是你的運氣！」

使我料不到的是，基度在又大口地喝了一口酒之後，突然哭了起來，像他那樣高大的一個男人，忽然涕泗交流，那實在是令人感到很滑稽的事情。

可是當時我卻一點也不覺得滑稽，那是因爲他確然哭得十分哀切之故。在那片刻間，我倒反而不知怎樣才好，我只是問道：「你怎麼了？爲甚麼哭？」

「她死了。」基度落著淚：「她死了！」

我十分技巧地問道：「是你令她死的，是不是？」

我不說「是你殺了她」，而那樣說法，自然是不想使他的心中有所警惕，而對我提防之故。基度對我一點也不提防，他道：「不是，她死了，她活著也和死了一樣，可是她死了，我卻再也看不到她了。」

我的心中十分疑惑，道：「她是甚麼病死的？你將她葬在甚麼地方？」

基度繼續哭著，道：「她死了，我將她拋進了海中，她的金髮披散在海水上，然後，她沉下去，直沉到了海底，我再也看不到她了。」

我問來問去，仍然問不出甚麼要領來，我只得嘆了一口氣，道：「不知道你認得的那金髮女人，叫甚麼名字？我也認識一個——」

基度立即打斷了我的話頭，道：「別說你的！說我的，我的那個叫米倫太太。」

我忙道：「噢，原來是有夫之婦！」

基度立即道：「可是她的丈夫死了，我第一次見到她的時候——」

基度講到這裏，突然停了停。

我的目的，雖然是想要基度在醉後供出他如何謀殺米倫太太的情形來。可是從現在的情形看來，基度謀殺米倫太太的嫌疑，卻越來越淡了！所以，基度提及他第一次認識米倫太太的情形，我也十分有興趣。

我連忙道：「你和她是一個地方長大的，是不是？」

基度橫著眼望著我，我的心中不禁有些後悔我說話太多了。

基度望了我片刻，才搖了搖頭，道：「不是，我不是和她一齊長大的。」

明知道我若是問得多，一定會引起基度的戒心，但是我還是不能不問，我又道：「你是怎麼認識她的？」

基度嘆了一聲，同時，他的臉上出現了十分迷惘的神色來，道：「不會信的，我講出來，你一定不會相信的。」

我心知他和米倫太太的相識，其間一定有十分神秘的經過，是值得發掘的，所以我絕不肯放過這機會，我忙道：「我相信的，你說給我聽好了！」

基度忽然瞪著我，道：「你是誰？」

在那一剎間，我幾乎以爲基度已認出了我，但好在我十分機警，連忙吞下了一大口酒，大著舌頭道：「我和你一樣，也有一個金髮女郎在我的記憶之中，等你講完了你的，我就講我的給你聽。」

基度考慮了一下，像是覺得十分公平，是以點了點頭。

我笑了笑，道：「好，那你先說。」

基度嘆了一口氣，道：「我的職業十分奇怪，我是一個火山觀察員，我想，你一定不十分明白我日常的工作，是做些甚麼。」

我的確不十分明白，我猜測道：「你一定是注意火山動靜的，你是一個火山學家，是不是？」

基度忽然怪聲笑了起來，道：「我？火山學家？當然不是，僱用我的人才是火山學家，我在古星鎮長大，就在離古星鎮不遠的地方，有一座火山，我小時候，曾幾次爬到山頂去，看從那火山口中噴出來的濃煙，從我家的門口，就可以望到那座火山。」

我並沒有打斷他的話頭，只是靜靜地聽著他的敘述。

「我們的家鄉，」基度又喝了一大口酒：「實在是一個十分奇妙的地方，向南去，便是瓜地馬拉，在邊境是沒有人敢進去的森林，北面，便是那座大火山，火山帶給我們家鄉以肥沃的土地，我們——」

我有點不耐煩了，便道：「我想，你還是說說，你是如何識得米倫太太的，或者說，米倫太太是如何來到古星鎮的，你不必將事情扯得太遠了！」

可是基度卻「砰」的一聲，用力一拳，敲在桌上，道：「你必須聽我說，或者，我甚麼也不說，隨你選擇吧！」

我立即宣佈投降，道：「好，那你就慢慢地說好了。」

基度又呆了一會，才又道：「我自小就喜歡看火山，我知道許多關於火山的習性，我十二歲那年，政府在古星鎮上，成立了一個火山觀察站。」他講到這裏，又停了一停。

我聽得基度講到了在他十二歲那年，古星鎮上成立了一個火山觀察站，我就想：米倫太太一定是火山學家的女兒，而基度只不過是一個在小鎮上長大的粗人，他愛上了她，而因為身份懸殊，所以無法表達他的愛情，這倒是很動人的愛情故事。

可是，基度接下去所講的，卻和我所想的全然不同。

「火山觀察站成立不久，我就被他們聘作嚮導，去觀察火山口，而在以後的兩年中，我又精確地講出了火山將要爆發的跡象，使得他們十分佩服，他們給了我一個職位，使我不必再去種田，我成為火山觀察員了，我的責任是日夜留意火山口的動靜。一有異樣，便立時報告他們，我一直十分稱職，一直到十一年前——」

我不能不插口了，我驚詫道：「十一年前？你識得米倫太太有多久了？當時，她已經是米倫太太了麼？」

我打斷了他的話頭，顯然令得他十分惱怒，他「砰砰」地敲著桌子，叫道：「讓我說，讓我慢慢地說下去！」

我立時不出聲，因為我怕他不再向下講下去，我知道，他要講的，一定是一件十分神秘、十分奇妙、同時可以解開我心中許多疑團的事！

基度接著又道：「十一年前一個晚上，我照例躺在野外，在月光下，我可以看到不遠處火山的山影，我看了一會，火山十分平靜，一點煙也沒有，這表示在十天之內，火山是不會出甚麼事的。

「所以，我閉上眼，安心地睡去，我已和鎮上的一個麵包師的女兒結了婚，有了一個女兒，我在想，明天起我可以和她去旅行幾天了，就在我準備矇矓睡去間，我陡地聽到了隆然一聲巨響，我立時認出聲音是火山傳來的！

「我連忙睜開眼來，我敢斷定，我是一聽到聲音，就睜開眼來，可是當我睜開眼來時，似乎整座火山都震怒了，山在抖著，濃煙夾著火星，從火山口直冒了出來，大地在顫動，那是不可能的。

「那真是不可能的，因爲前一刻還是那麼平靜，火山是絕不會無緣無故爆發的，但這一次，火山的確是無緣無故地爆發了，我立時和觀察站通電話，可是電話卻打不通，我奔到了我的車子旁邊，跳進了車子。車子是屬於觀察站的，但歸我使用。

「我駕車向前飛馳，越接近火山，我便越是肯定，那是真的火山爆發，我已可以看到火山的熔漿，在從火山口湧了出來，我感到那是我的失職！

「可是，在事前，真的一點跡象也沒有，車子在地勢較高的崎嶇路上駛著，等到我接近火山的時候，熔岩離我極近，我對著這座火山三十年，但從來也未曾看到它爆發得如此厲害！

「我想我必須將我觀察到的情形，去告訴觀察站，我正準備退回車子，而就在那時候，我……我看到了她！」

我聽到這裏，實在忍不住了，道：「你在火山腳下看到了米倫太太？」

「不是火山腳下，是在半山上！」基度有點氣喘地回答著我。

我聽了之後，不禁苦笑了一下，他媽的，我用了不少心計，滿以爲可以聽到基度講出有關米倫太太的一切來，卻不料這傢伙所講的，卻全是醉話！

他已經說過，火山上滿佈著熔岩，那麼，甚麼人還能在半山出現？那分明是胡說。

我冷笑一聲，道：「行了，你不必再說了，你實在喝得太多了！」

基度呆了半晌，在他的臉上，現出了十分傷心的神色來，道：「我知道你不會相信的，沒有一個人會信那是事實，但那的確是事實，全是真的！」

我也呆了一呆，基度在事先，便已說過，他認識米倫太太的經過，講出來是不會有人相信的，如果他講的是醉話，難道他會事先作聲明麼？

那當然是不可能的，他不可能講有計劃的醉話的。

那麼，他現在所講的，一定是真話了。我於是道：「你可以繼續講下去。」

但是，基度的自尊心，卻已受到了傷害，他不肯再講了，他搖著頭，而且搖搖擺擺地站了起來，看他的樣子，像是準備離去了，我不禁大急，忙伸手在他的肩頭上一按，道：「你別走，你還未曾講完哩！」

可是，在我的身邊，卻立時響起了一個粗魯的聲音，道：「喂，放開手，讓他走，他今天喝得已經太多了！」

我轉過頭去，看到站在我身邊的，是一個身形高大的酒保，我揮著手道：「嗨，你別管我，我還未曾聽他講完我要聽的事！」

那酒保轟笑了起來，道：「原來基度也有了聽眾，他可是告訴你，他是一個火山觀察員，是不是？他還在告訴你，有一次火山突然爆發了，是不是？」

他一面說，一面還在不斷大笑。

我不禁苦笑了起來，我還自以爲我用了妙計才使得他將往事講出來的，但是從那酒保的話中聽來，基度幾乎是對每一個人，都曾經講及這件事的。

我的心中十分氣惱，大聲道：「是的，那有甚麼好笑？」

卻不料我這一句話，大大得到了基度的贊成，他也大聲道：「是啊，有甚麼好笑？」

他一面說，一面用力一拳，向酒保打去。他的身形，已經算是十分魁偉的了，而且那一拳的力道，也著實不輕，可是，那一拳打在酒保的臉上，酒保卻是一點也不覺得甚麼，而且，立時抓住了他的手。

同時，酒保也抓住了他的衣領，推著他，向前直走了出去，一直出了門外，我才聽到了「蓬」地一聲響，然後，酒保拍著手，走了回來，大拇指向門口指了指，道：「喂，你也該回家了，如果你有家的話！」

我連忙衝了出去，剛好看到基度掙扎著爬起來，我過去扶住了他。基度道：「沒有一個人信我，可是我講的，卻是真的話，完全是真的，真的。」

我將他的身子扶直，道：「我信你，請你講下去！」

他用醉眼斜睨著我，打著酒呃，道：「你完全相信我講的話？」

我忙道：「是的，我完全相信，你說下去，剛才，你說到你在火山腳下，看到她在半山腰上，她是誰？就是後來的米倫太太？」

基度的身子靠在牆上，抬起頭望著路燈道：「我看到了她，她站在一塊岩石上，兩股熔岩，繞著那塊石頭流過，她也看到了我，她在叫我！」

基度的神態，越來越是怪異，我只好用他像是一個夢遊病患者形容他，而他所陳述的一切，也像是他在講述一個夢境一樣，而絕不是真實的事情。

他一面喘著氣，顯示他的心中十分激動，一面又道：「她在叫一些甚麼，我完全聽不懂，她身上穿著十分奇異的衣服，她手上拿著一頂帽子，她的一頭金髮，是那樣地奪目，我叫她快跳下來，可是——」

他講到這裏，再度停了下來，然後用力地搔著，並且狠狠地搖著頭，像是不知該如何向下說去才好。

我耐心地等了他大約四分鐘，便忍不住催道：「可是她怎樣呢？」

「她……她非但不下來，反倒……反倒向上去！」

「基度！」我自己也聽出，我的聲音之中，充滿了憤怒：「基度，你剛才說，火山正在猛烈地爆發，而你如今又說她向山上走去，我想弄明白你說的是甚麼意思，你可是說，她踏著奔流的熔岩，向上走去麼？」

基度的頭搖得更厲害了，他道：「不，我不知道，當時我完全呆住了，我只看到她向上走去，然後，她在我的視線中消失，我……我只是呆呆地站著。」

我剛才，在心中已然千百次地告訴過自己：基度講的話是真的，相信他，相信他講的一切。但是，在如今這樣的情形下，我卻也只得嘆了一口氣。

基度的話，實在是無法令人相信的，我發現基度和他的女兒兩人，都可能患有一種稀有的心理病症，他們將根本不存在的事，當作是真的，而且，他們深信著這種不存在的事，而且也要別人完全相信。

我伸手在他的肩頭上拍了拍，那是我準備向他告辭的表示，但是在那一剎間，我卻又想起：如果根本沒有米倫太太，那只是基度的空想，那麼，米倫太太那麼多遺物，又作如何解釋呢？而且，還有那封信！

我的手還未縮回來，基度已用力拉住了我的手，道：「別走，你別走，從來也沒有人聽我講完這件事過，世上除了我之外，也只有尊埃牧師相信這件事：她是從火山來的，她是火山之神，真的！」

我忍受著他的語無倫次，我道：「好，你只管說。」

我拖著他走著，直來到碼頭邊上，那地方是流浪漢的聚集處，你可以在那裏用最大的聲音唱歌，直到天亮，也不會有人理你的。

基度一直在說著話，他真是醉得可以了，他的話，大部分是含混不清的，而且，其中還興之所至地夾雜著許多許多我所完全聽不懂的墨西哥土語。

但也好在他喝醉了，所以大多數的話，他都重覆地講上兩三次以上。

正由於基度所講的每一句話幾乎都是重覆的，所以我聽不懂時，也比較容易揣摩他的意思，並且也可以聽清他口齒不清的一些話，我將他在那晚上所說的話，整理了一下，歸納起來，大抵如下：

那一次，火山突然爆發，他驅車到了現場，在火山熔岩的奔瀉中，看到了一個金髮女郎，後來，那金髮女郎向上走去，照他的說法是，消失在熔岩之中，他駕車回程，在半路上，遇見了尊埃牧師。

尊埃牧師是當地受崇敬的人物，基度一見到他，立時將自己的所見，告訴了尊埃牧師，牧師當然斥他爲胡說，兩人再向火山進發，但隨即遇見了那金髮女郎。

她站在路邊，據基度的形容是：她滿頭金髮，像雲一樣地在飄著，他們兩人停了下來，那金髮女郎向他們走來，他們之間，竟然不能聽懂對方的話，尊埃牧師用他隨身所帶的記事本寫了幾句話，交給那金髮女郎看，但金髮女郎也看不懂。而金髮女郎寫的字，他們也莫名其妙。

他們將金髮女郎帶上了車，火山爆發之勢越來越是厲害，整個鎮上的居民都開始撤退，那金髮女子是和基度的一家一齊撤退的，她很快地就學會了他們的語言，她說她自己是米倫太太，她的丈夫米倫，在一次飛行中喪了生，除此之外，她幾乎不說甚麼，她曾經失蹤了好幾個月，後來又回到古星鎮來，她說在這幾個月中，她到各處去遊歷了一下，她需要安靜，而小鎮中對於她的來臨，卻十分轟動，使她得不到絲毫的安寧。

於是基度的一家，就跟著她來到了遙遠的東方，一切費用全是米倫太太出的，她好像很有錢，但是她在世上，根本可以說一個親人也沒有，最後，她死了，而她一直不知道基度在暗戀著她，基度將她當作神。

至於那口箱子，那是她第二次在路邊出現的時候就帶著的，米倫太太可以整天不說話，她十分孤獨，但是她像是永遠不會老一樣，她一直是那樣美麗，她的死，也是突如其來的，她可能是自殺的，因爲她實在太孤獨了。

歸納起來，基度口中的米倫太太，就是那樣一個神秘莫測的人，她和這個世界，似乎一點關係也沒有，她好像是那一次突如其來火山爆發的產物一樣。

我心中的疑惑，也到了頂點，當我將基度連拖帶拉，弄到他家門口時，幾乎已天亮了，我回到了家中，坐在書桌之前，取出了那一封信來，我將信封輕輕地在桌上拍著，發出「啪啪」的聲音來。

信封之中，有一柄鑰匙在，那是姬娜告訴我的，姬娜還告訴過我，這柄鑰匙，是米倫太太生前最喜歡的東西，那麼，從那柄鑰匙之中，是不是可以找到揭開米倫太太神秘身份之謎的線索？我幾乎忍不住要撕開那封信來了。但是，我還是沒有撕開。

我已然下了決心，我不做平時我最恨人家做的事，真要是好奇心太濃了，我寧可到墨西哥去一次，將信交給尊埃牧師，然後再和他一齊閱讀這封信。

我將那封信放進了抽屜，支著頭，想著：我該怎麼辦呢？我該從哪一方面，再去調查這個神秘金髮的米倫太太的一切呢？

對我來說，想要弄明白米倫太太究竟是怎樣身份的一個人，實在是十分困難的。因爲基度是最早發現米倫太太的人，而且，和她在一齊生活了十年之久！

但是，基度一樣也不知道米倫太太究竟是甚麼身份！

基度只將她當作火山之神，那自然是十分無稽，米倫太太自然是人而不是神，只不過她是如此之神秘，如此之不可測，是以使人將她當作神而已。

我一直想到了天明，才擬好了幾封很長的電文，放在桌上，請白素拍發出去，那是致美洲火山學委員會，和墨西哥火山管理部門的，我問及十年之前，古星鎮附近的那一次火山爆發的詳細情形。在電文中我並且說明，回電的費用，完全由我負責，請他們和我合作，我相信他們一定會答應我的要求的。

然後，我也需要休息了，我回到臥室，並沒有驚動白素，自己躺了下來。她起身時，也是不會驚動我的，這是我們一結婚之後，就養成了的習慣。

我這一覺，一直睡到第二天的下午三時才醒了過來。

我醒來之後，第一眼看到的，便是床頭櫃上的一張紙條，上面寫著：

電報已拍發，考古俱樂部曾兩次來電，請打電話給貝教授。一個叫姬娜的女子打電話來過三次，她竭力想在電話中表示她是一個稚氣未脫的女孩，請轉告她，我不會介意的，她不必那麼費事。

那是白素的留言，看到了最後兩句，我忍不住「哈哈」大笑了起來，她說是「不介意」，可實際上，卻已經大大地介意了！姬娜的確是一個小女孩，而不是大女孩假裝的，我必須向她切實地說明這一點。

我忙跳了起來，我即打了一個電話給姬娜，姬娜一聽到我的聲音，便有些憂鬱地道：「先生，昨天你說，如果我父親肯出讓米倫太太的遺物，他可以得到一筆錢，是不是？他可以得到多少錢？」

我嘆一聲道：「姬娜，我不以爲你父親肯出讓米倫太太的遺物，正如你所說，他實在深愛著米倫太太。」

姬娜停了半晌，才道：「可是，他作不了主，現在是媽和我做主了。」

我吃了一驚，道：「你說甚麼？」

「我爸爸死了。」姬娜的聲音，與其說是傷心，還不如說是一種如釋重負的解脫，還來得好些。這確然是令我大吃一驚的。

我忙道：「姬娜，你別胡說，那……是不可能的！」

在我來說，那的確是意外之極的一個消息，因爲基度昨天晚上還和我在一起，我們幾乎在天亮時分，才分開的，他怎麼可能在突然之間就死了呢？

姬娜嘆了一聲道：「先生，你是我們唯一的朋友了，我怎會騙你？天未亮，警察就來通知我們，爹死了，他是跳進海中淹死的，有人聽到他一面叫著米倫太太的名字，一面跳進了海中去的。」

我呆了半晌，心中不禁十分後悔，如果不是我，基度可能不會喝那麼多的酒！

而就算基度每晚上都喝那麼多酒的話，要不是我引他說了那麼多有關米倫太太的事，他或許也不會跳進海中去的。他跳海的原因，實在很簡單，他要到海中去找尋米倫太太！

這樣看來，基度實在是一個君子，他如此深切地愛著米倫太太，而米倫太太只是一個無依無靠的女子，又是在遙遠的東方城市之中，基度只要有半分邪心，米倫太太是一定遭了他的摧殘的了。但是基度卻半點邪心也沒有，他一直將他的感情藏在心中。

這實在是一個十分美麗的愛情故事，而這個愛情故事的結局，雖然很悲慘，卻也是美麗的悲慘，令人迴腸蕩氣。

我呆住了不出聲，姬娜在電話中又道：「先生，爹死了，我們等錢用，媽說，她希望回墨西哥去，她願意出賣任何東西，甚至那一枚紅寶石戒指。」

我忙道：「姬娜，你不必擔心，如果你們願意回墨西哥去，那自然最好，我不但可以負擔你們的旅費，而且可以保證你們回國之後，日子過得很好。」

「謝謝你，先生。」姬娜的聲音十分高興，她對她父親的死，沒有多大的悲哀，那自然是基度終日沉在醉鄉之中，對她們母女兩人的照拂是太少了。

我道：「你等著我，我一小時之內，便到你家裏來。」

我草草地穿好了衣服，駕車離去，我直駛到那俱樂部中，當我進去的時候，貝教授正在打第四次電話給我，他看到了我，忙道：「事情進行如何了？」

我點頭道：「行了，對方所要的代價，是回到墨西哥去的旅費，和她們母女兩人，今後一生，舒服的過日子所需的生活費，你願意出多少錢，隨你好了。」

貝教授側頭想了想，便開了一張三十萬鎊面額的支票給我。我彈著那張支票，道：「我一小時之後回來，還有許多新的發現，向你們報告的，等著我！」

然後，我又來到了姬娜的家中，基度太太在傷心地哭著，另外有幾個墨西哥人也在，他們並不是基度的親戚，只不過是由於大家全在外國，所以聽到了基度的死訊，便來弔唁安慰一番而已，我向姬娜使了一個眼色，和她一齊進了米倫太太的房間。

我低聲道：「可以使那幾個人快點離去麼？我有話對你母親說。」

姬娜點著頭，走了出去，我一個人在米倫太太的房間之中踱步。

這房間實在太小了，而且陳設得如此簡陋，真難以令人想像，在這間房間中，會有一個風華絕代的金髮美人，住了十年那麼久！

我來回地踱著，踱了十來個圈，我忽然覺出，其中有一塊地板，十分鬆動，當我腳踏到一端之際，另一端便會向上蹺了起來！

我心中一動，俯身將那塊地板撬了起來，在地板之下，是一個小小的孔穴，我伸手過去，取出了一本小小的簿子來，那日記本很薄，但是頁數卻非常之多，上面寫滿了淺藍色的字，而那種極薄的紙張，是淺灰色的。那種紙雖然很薄，但是卻絕不是透明的！

我草草翻了一下，所有的字中，我一個也不認識，而不但是文字，那簿子之中，間中還有不少圖片裝釘著。文字我看不懂，圖片我卻是可以看得明白的。

那看來像是一本日記簿，每隔上二十幾頁，就有一幅圖片，而且還是彩色精印的，那種印刷之精美，我實在是難以形容，它們給人以一種神奇的感覺，在一看之下，彷彿人便已進入了圖片之中去了！

我在不由自主之間，連呼吸也急促了起來，因爲我知道，我一定是發現了一樣極其重要的東西，那本本子自然是米倫太太留下的，和米倫太太的身份秘密，一定有著極其重大的關係，可是那上面的文字，我卻一個也看不懂，幸而，圖片是沒有隔閡，我急速地翻著，那些圖片，大多數全是風景圖片。

那是美麗之極的風景圖片，有崇峻的高山，有碧波如鏡的湖，也有綠得可愛的草原，還有許多美麗得驚心動魄的花朵，我一張一張地翻了過去，在翻到最後一張的時候，我才看到了那是兩個人。

那兩個人是一男一女，那男的身形十分高大，比那女的足足高出一個頭，寬額深目，十分之好看。而真正好看的，卻還是那一個女子，那是一個金髮女郎，她的一頭純金色的頭髮，直長到了腰際，散散地披著，像是一朵金色的雲彩一樣地襯托著她苗條的身形。

在那一剎間，我甚至有了一種窒息之感，如果這個金髮美人就是米倫太太的話，那麼，難怪基度會如此深切地愛著她，我只不過看到了她的照片，在感覺上而言，已然是如此之難以形容了！

那真是難以想像的，如果我真的看到了那樣一個金髮美人的話，會有甚麼感覺。

第四部：一艘大型潛艇

我吸了一口氣，這時，已聽到了門柄轉動的聲音，我連忙將那本小本子藏了起來，向外面走去，外面已只有姬娜和她的母親兩個人在了，我來到基度太太的身邊，她抬起頭來，苦笑著：「他終於跟著她去了。」

我明白她講的是甚麼意思，基度太太又道：「我一點也不怪他，因為她是那樣迷人，誰都會為她著迷的。」

我略想了一想，便自袋中取出了那本簿子來，翻到了有那一男一女圖片的那一頁，遞到了基度太太的面前，道：「你看，你們稱之為米倫太太的是她麼？」

基度太太深吸了一口氣，道：「是她，你是在哪裏找到的？那是她，這照片拍得很好，但是她真人更美麗。」

我沒有再說甚麼，又藏好了那本簿子，將那張支票取了出來，基度太太一定從來也未曾見過那麼大面額的支票，是以我必須作一番解釋才可以使她明白，這張支票不但可以使她回國，而且可以使她以後的日子，過得非常之好，不必再憂衣食。

基度太太高興和感激得在房中團團轉，道：「你可以取走她的一切東西，你全取去好了，還有這個，我當然也給你，因爲那也是她的東西。」

她一面說，一面脫下了那枚紅寶石戒指來。

我接過了那枚戒指，那實在是美麗之極的一枚戒指！

當我接過戒指來的那一剎間，我心中不由自主，想起像米倫太太那樣的美人，如果戴著那樣一枚戒指的話，那將是如何令人神往的一種美麗？基度在這十年中，精神上雖然很痛苦，但是我卻很羨慕他！

因爲他看見過那種情景。

我將那枚戒指掂了掂，轉過身來，向站在一旁的姬娜招了招手，姬娜向我走了過來，我將這枚戒指，套進了她的手指之中，道：「姬娜，這是我送給你的。」

姬娜張大了口，一句話也說不出來，我在她的頭上輕輕地拍著，道：「記得，姬娜，這枚戒指，是十分名貴的東西，你戴上之後，最好不要再除下來。」

姬娜興奮得流出了淚來，我又轉向基度太太，道：「我相信，我可能會到古星鎮去的，我要去看尊埃牧師，到時我們可能會見面的，我可以取走那箱子麼？」

「可以，可以！」基度太太連聲說著。

我重又走進米倫太太的房間，將那神像放進了木箱之中，然後，提著木箱，向基度太太和姬娜告辭，三十分鐘之後，我已經和貝教授他們七個人在一起了。

這實在是一項十分公平的買賣，基度太太和姬娜，在得到了支票和戒指之後，大喜若狂，但是貝教授他們，在看到了那箱子之中的東西之後，他們的喜悅，絕不在姬娜和她的母親之下，貝教授立時握住了我的手，道：「衛斯理，你已經是我們的會員了！」

我忙道：「你們看看清楚，這些東西是不是有價值。」

貝教授大聲道：「這一切全是無價之寶，我們經過了通宵的研究，以及和哥迪教授的越洋長途電話的討論，哥迪教授認爲，那塊石頭上的文字，是人類有歷史記載之前的東西，在不知多少年前，墨西哥可能已有高度文化的人在活著！」

貝教授講得揮手頓足，興奮之極。的確，對一個深嗜考古的人來說，的確是沒有甚麼發現比這個發現更值得令他興奮的了，但是我卻不得不掃他的興。

我道：「貝教授，你別忘記，這一切的東西，都屬於一個叫米倫太太的女子的。」

貝教授揮著手，道：「那有甚麼稀奇！當然是這個米倫太太在無意之中發現這些古物，便據爲己有了，是不？」

我搖著頭，道：「不，我不這樣認爲，第一，你們看，這箱子是木製的，這織錦是一種織維，如果照你們或哥迪教授的說法，那是史前的東西，那至少已有幾百萬年了，這些東西，怎可能如此地完整？」

貝教授忙又道：「朋友，在考古研究之中，我們所不可忽略的是，有許多現代人所不知道的特殊因素，例如我們不知道古埃及人用甚麼方法製造木乃伊！」

我笑著，道：「好，那麼，我再給你們看一件東西，那是甚麼？」

我取了那本簿子來，放在桌上，他們七個人輪流地看著，現出驚訝莫名的神色來，我又道：「那個金髮美人，就是物件的主人，她叫米倫太太。」

他們幾個人真的呆住了。

他們呆了足足有兩分鐘之久，然後才一齊叫了起來，道：「那是不可能的。」

我聳聳肩道：「那是甚麼意思，你們不以爲我是捏造了事實，或者這本簿子是我僞造的麼？我想你們總也看出，那簿子上的文字，和這些『銀元』上的字，是同一體系的。各位先生，如果那是屬於史前文化的話，那麼，你們認爲米倫太太是甚麼人？」

他們七個人，個個瞠目結舌，不知所對，我又道：「我想，你們不至於認爲這位米倫太太，是史前那些有文化的人中的唯一的後裔吧。我看，事情和你們所設想的，多少有些不同了，那不是史前的東西。」

過了好久，貝教授才反問我，道：「那麼，是甚麼？」

我苦笑了起來，道：「我不知道，各位，我一點也不知道，我還可以告訴各位——」

我將基度的話，轉述了一遍，而且，也向他們說明，基度已經死了。當我說完之後，貝教授大聲叫了起來，道：「我們到墨西哥去，到古星鎮去！」

其餘六人中，立時有三人附議，可是我卻不希望他們都去，他們都是極有身份的人，他們行動，受人注意，而這件事，從一開始起，便籠罩著一種十分神秘的氣氛，使我感到，整件事的底細，如果揭發出來的話，一定是十分之駭人聽聞的。

所以，我心中便自然而然不想這件事太轟動。我道：「你們去了，也沒有甚麼作用，而我倒是真的要去走一遭，我要替尊埃牧師送那一封信去。」

「衛，」他們之中有人叫著，「將那封信拆開來看看，那樣，我們或許立時可知事情究竟了，信在你身上麼？」

看他的情形，信若是在我身上的話，他一定會不顧一切地將信搶過去，拆開來看個究竟的，但信卻不在我的身上，我搖頭道：「不在，而且，我也不會拆開來的，我立時動身，一見到那位牧師，我就將信交給他，他一定會將信給我看的，我立時拍電報給你們！」

他們無可奈何地搖著頭，我將那本簿子取了回來，道：「這是我自己發現的東西，不在你們交易的範圍之內，而且，這也絕不像甚麼古董，是不是？」

他們沒有說甚麼，我離開了那俱樂部，駕車回家，我有一種異乎尋常的迷迷濛濛的感覺，那種感覺是十分難以形容的，貝教授他們說，那些東西是史前的遺物，但是從那本簿子上，我卻感到，那不是地球上的東西。

換句話說，那位美麗的米倫太太，根本不是地球人！

這樣的感覺，似乎荒誕了些，但是當我回家之後，我已接到了美洲火山學會的詳細覆電，他們說，十年之前，墨西哥南端的火山爆發，是由於受到一種突如其來的震盪所致的，那種震盪，可能是源於一種猛烈的撞擊，恰好在火山中發生所致。

一種猛烈的撞擊！

那是不是可以設想為一艘龐大的太空船，突如其來的降落呢？太空船降進了火山口，引致火山爆發，總不能說沒有這個可能！

我認為我所設想的，已和事實漸漸接近了，米倫太太和米倫先生駕駛的太空船降落地球，米倫先生死亡了，米倫太太便只好孤寂地在地球上留了下來。

這樣的假設，不是和事實很接近了麼？

我一面辦理到墨西哥去的手續，一面仍然不斷地研究著那本簿子中的文字和圖片。那簿子上的文字，毫無疑問是十分有系統和規律的，但是由於我根本一個字也不認識，所以自然也沒有法子看懂它們。

倒是那幾張圖片，越看越引起我巨大的興趣。我已經說過，那些圖片印刷之精美，是無與倫比的，它們雖然小，但是卻使人一看就有置身其間之感。

那些圖片上展示的風景，都美麗得難以形容，那種碧綠的草原，清澈的溪水，澄清的湖，積雪的山，一切景物，全都令人心曠神怡，有一種說不出來的舒服之感，這究竟是甚麼星球呢？竟如此之美麗！

那星球，若是從這些圖片上看來，無疑比地球更美麗！

那些風景，非但比地球上的風景更美麗，而且，給人以一種十分恬靜寧謐之感，真有一種「仙境」的味道。我自然不知道那是甚麼星球，但是如果叫我離開地球，到那星球去生活的話，我是會考慮的。

我有點奇怪，何以那個星球上的人，會和地球人一模一樣，而且看來，不但人一樣，連草、木，也是一樣的。當我發現這一點的時候，我開始用一個放大鏡，仔細地檢查著那些美麗的風景圖片。

我可以在那些圖片上，輕而易舉地叫出好幾種花卉的名稱來，那是野百合花，那是紫羅蘭，我還可以看到豔紫的成熟了的草莓。最後，在清溪之中，我又看到了一群魚，毫無疑問，那種魚有一個很正式的名稱，叫作「旁鱗鯽」，但俗稱則叫作青衣魚。

我可以毫無疑問地肯定在那溪水中的是那種魚，不但是因爲我已經提及過，那些圖片的印刷極其精美，使我可以在放大鏡之下，淸楚地看到那種魚背脊所閃起的青色的反光。

而且，那種魚游的時候，喜歡一條在前，兩條在後相隨，所以又叫做「婢妾魚」，而那時，這一群魚，大多數正保持著那樣的形態在水中向前游著。

當我發現到這一點的時候，我的心中，對我的假設，又起了動搖。

我剛才的假設是：米倫太太是來自另一個星球，因爲太空船的失事，而不得不羈留在地球上，所以她是星球人。

我這樣的假設，本來是很合理的，但是現在我卻起了懷疑：如果米倫太太是來自另一個星球的話，那麼，這個星球上的一切，和地球未免太相似了！

在茫茫的太空中，會有兩個環境完全相同的星球，以致在這兩個星球上所發展的一切生物，都完全相同的可能麼？

那實在是無法令人想像的事！

那麼，米倫太太不是來自別的星球的了？這些圖片上的風景，就是地球？我的心中著實亂得可以。

我獨自一個人，對著那本簿子，足有兩天之久，但除了發現圖片上的一切，和地球都完全相同這一點外，我並沒有發現別的甚麼。

第三天，旅行的手續已辦妥了，我準備啓程去墨西哥，在這兩天中，我未曾和姬娜母女聯絡，我想她們大約還未曾離開，或者我還可以和她們一齊前往。

但是當我打電話到她們家中去的時候，電話鈴一直響著，卻沒有人接聽，我不得不放下電話來，心中十分疑惑。她們不應該在離去前不通知我的！

或者她們正在準備離去，不在家中，而我自己，也一樣要做些準備工作，是以我吩咐家人，不住地打電話給姬娜，直到接通爲止，我則去做準備工作。

可是到我黃昏回來的時候，姬娜的電話，仍然沒有接通，我心中的疑惑更甚，不得不親自上門去找她們。

我駕著車子，當時是傍晚時分，車子經過的道路，就是幾天之前，我爲了閃避一隻癩皮狗，而和那輛大房車相撞的那條路，那隻被撞壞的郵筒，已然換上了一個新的，一切看來似乎和以前一樣。

但是對我來說，卻是完全不同了，因爲我已發現了一件十分奇特的怪事！

我心中在暗暗希望著，這件事最好不要再另生枝節了。

但即使我心中在暗中那樣希望時，我已然知道事情必然還會有意外的波折的，因爲這件事的本身，實在太神秘了，使我下意識感到沒有那麼容易便會有答案的。

我來到了姬娜家門口，按著門鈴，好久都沒有人來開門，我決定先將門弄開，在屋子中等她們。我用百合鑰匙，輕而易舉地打開了門，走了進去。

我才跨進了一步，便呆住了！

天色已黑了下來，屋子中灰濛濛地，但是我卻立即清楚地可以看到地上有著一件不應該在地上的東西！

那東西，就是我送給姬娜的那隻會走會叫的洋娃娃！

那隻洋娃娃不但在地上，而且，它的一隻手臂還折斷了，顯然是經過十分大力的拉扯，這隻洋娃娃是姬娜十分喜愛的東西，我和姬娜的友誼，也可以說是在這隻精巧的洋娃娃之上建立起來的。

雖然，我交給基度太太的那張支票，可以使姬娜購買許多那樣的洋娃娃，但是姬娜決計不是那樣的女孩子，這隻洋娃娃被扯壞了，棄置在地上，這說明了一點：姬娜母女，已遭到可怕的意外！

我在門口呆了並沒有多久，連忙走進去，在地上拾起那隻洋娃娃來，直走到電話之旁，當時我已決定立即向警方報告這件事了，可是，我的手才放在電話上，便突然聽到身後響起了一個聲音，道：「將手放在頭上，別動。」

那聲音生硬而帶有外國口音，我呆了一呆，想轉過頭去，看一看我身後的究竟是甚麼人。但是我身後那人，分明十分善於監視別人，我還未曾轉過頭去，他便已然喝道：「別轉頭，我們有槍，你一動，我們就發射！」他並不是虛言恫嚇，因爲我聽到扳動保險掣的聲音。

這時候，我的心中實是又驚、又怒、又是疑惑。當我才一看到那隻洋娃娃被棄置在地上，想到姬娜母女可能已發生了事故之際，我只當那是因爲她們突然有了巨款，是以才招致了意想不到的禍事。

她們或者是遭了她們同國人的搶掠——我當初的確是那樣想著的。但現在，事實卻顯然完全不是那樣的了。

因爲在我身後，喝我不要動的那人，其口氣、動作，完全是一個老於此道的人，而絕不是臨時見財起意的歹人。

我放下了那隻洋娃娃，依言將雙手放在頭上，我竭力鎮定著，道：「你們是甚麼人、姬娜和她的母親怎麼了？」

我的這兩個問題，都沒有得到回答，我只是聽到，在我身後，有好幾個人的腳步聲，在走來走去，接著便有一個人道：「沒有發現，找不到甚麼。」

另一個人則道；「這個人，一定就是她們所說的那個中國人衛斯理了。」

我大聲道：「不錯，我就是衛斯理，你們是誰，你們究竟在幹甚麼？你們是警方人員麼？怎麼可以隨便闖進別人家裏來？姬娜和她的母親，究竟——」

我沒有能講完我的話。

因為當我講到一半的時候，我覺出在我身後的那人，在迅速地向我接近，同時，由身後的一股微風，我可以知道，那人正在用力舉起手來！

他是想用甚麼東西，敲擊我的後腦，令我昏過去！

我不等他這一下敲擊來臨，右肘便猛地向後一縮，一肘向後，疾衝了出丟，那人已經來到了我背後極近的地方，是以我那一撞是不可能撞不中的。

而在我右肘撞出之際，我的左手也沒有閒著，我左手向身後反抓了出去，抓住了那人的衣服，而我自己也在那剎間，轉過身來。

本來那人是在我的背後威脅著我的，可是在一秒鐘之內，形勢卻完全改觀了，我右肘重重地在那人的胸口撞了一下，同時左手又抓住了那個人！

所以，當我轉過身來之後，那人不但已被我制伏，失去了抵抗的能力，而且，他還擋在我的前面，成了我的護身，他手中的槍（本來是他用來想敲我後腦的），也在我一伸手下，而到了我的手中！

但是，當我一轉過身來，看清了眼前的情形之後，我卻一點也不樂觀！

在我的面前，至少有六個人之多。而且，那六個人，顯然全是對於一切緊急局面，極有應付經驗的人，因為就在我轉身過來的那一剎間，他們都已找到了掩蔽物，有兩個甚至已經立時閃身進了房間！

我絕不以為我可以對付他們六個人，雖然我有槍在手，而且還制住了一個人。所以，我並沒有採取甚麼新的行動，只是扭住了那人的手臂，讓那人仍然擋在我的身前，然後，才揚了揚槍，道：「各位，現在我們可以談談了！」

在我的那句話之後，屋中靜得出奇。誰也不說話。

我勉強笑了一聲，道：「好了，你們是何方神聖？」

我連問了兩聲，才聽得一個躲在後面的人道：「放下你手中的槍，那才能和我們談！」

我心中怒意陡地升了起來，厲聲道：「要我放下槍，那你們也得放下槍，你們如果不回答我的問題，我立即向街上開槍，警察也立時會上來的！」

在沙發椅後面的一個人，緩緩地站起身子來，道：「請你別和我們為敵，我們之間實在是不該有敵意的！」

我冷笑了一聲，道：「是麼？在我的背後突然用槍指住我，又想用槍柄敲擊我的腦袋，令我昏過去，這一切全是友善的表示麼？」

「我們，我們只不過想請你去，問你一些問題而已！」那人已完全站了起來，他是一個身形十分魁偉的人。

我依然冷笑著，道：「我不明白那是甚麼邀請方式，現在，你們先回答我的問題。」

那人遲疑了一下，道：「可以的，我們會回答的。」

我問的仍然是那個老問題，我問道：「你們究竟是甚麼人？」

那人十分鄭重地道：「我們是現役軍官，海軍軍官。」這回答倒是大大出乎我意料之外的，我又忙道：「屬於哪一個國家？」

他說了一個國家的名字，然後道：「我是季洛夫上校。」

季洛夫上校所說出的那個國家的名稱，令得我震動了一下。這個國家的名字一被提及，通常就立時被人和特務、間諜聯想在一起，這使我更加不明白，季洛夫上校和那麼多人在這裏是做甚麼。

基度兩夫婦是間諜？那實在太可笑了。姬娜是間諜？那簡直荒謬，那麼，難道米倫太太，是一個美麗的女間諜？

我的心中又亂了起來，那些我所看不懂的文字，難道只是特務用的密碼，那當然不是沒有可能的，但米倫太太的出現，又如何解釋？難道全是基度的胡言亂語？

米倫太太的來歷，本來已然煞費思量的了，我甚至曾假設她是星球人，而如今，她的身份，又多了一宗可能，那便是，她可能是一個美麗的女間諜！

我的心中亂得可以，我呆了大約有半分鐘，才勉強笑了一下，道：「上校，我想我們間的確不應該有任何敵意的，對於貴國的一切，我十分生疏，而且我也無意知曉，我只想知道姬娜母女的下落。」

「她們在我們那裏，她們提到過你，所以，我們的專家，和我們的司令員，都想和你談一談，我正式邀請你前去，希望你別使我們的關係緊張。」

我實是感到又好氣又好笑，道：「貴國的所有人全是那樣的麼？連你們的外交家也是，如果不照你們意見做，就是導致雙方關係緊張，這是甚麼邏輯？」

季洛夫上校道：「事實上，你接受邀請，是對你有好處的。」

我聳聳肩，道：「別說連你自己也不相信的謊言！」上校終於忍不住了，大喝道：「你去不去？……」

我沉聲道：「對了，這樣才好得多，你們要我去，當然是有求於我，我必須知道你們要求我的，是甚麼事。」

季洛夫上校還不肯承認，他大聲道：「我們不必求任何人，我們只不過要弄清一些事實，我們要弄明白，米倫太太究竟是甚麼人！」

在上校的口中，講出了「米倫太太」這個名字來，那並不令我感到意外，因爲我是早已經想到過他們這些人之所以會在這裏，是和米倫太太有關的了。

我心中暗忖，米倫太太是甚麼人，這正是我所竭力要弄清楚的事情，看來，跟他們去一次的話，或者對我反而有些幫助，所以我用力一推，將被我握住的人，推開了幾步，道：「好，我們走吧！」

隱藏起來的人，都走了出來，上校來到了我的身前，道：「可是，你還必須蒙上眼睛，因爲我們的行動是秘密的。」

我略呆了一呆，心中實在感到十分憤怒，但是細想一下，原是我自己不好，是我先答應他們，而且答應得太爽氣了。

他們這種人，都是一樣的，你答應他們得太容易了，他們便以爲自己吃了虧，必然會提出附帶條件來！

所以我忍著氣，道：「有這個必要麼？我保證保守秘密就是。」

季洛夫上校像是完全佔了上風一樣，鐵板著臉，道：「不能，我們不能相信任何人，所以你必須蒙上眼睛。」

我大聲道：「如果那樣，那麼，我就不去，別忘了我的手中還有槍！」

我的回答，顯然是出於上校的意料之外的，他呆了一呆，才道：「如果你一定不肯蒙上眼睛，那麼，如果我們的秘密被洩露了，對你是不利的。」

我立時回敬他，道：「你們的秘密如果被洩露了，只有你們才會不利，和我有甚麼關係？我不妨告訴你，我本人，對米倫太太也很有興趣，我之所以答應跟你們去，完全是爲了我本人的興趣，明白麼？」我的態度一硬，季洛夫上校便立時變得十分和藹可親了，他甚至作老友狀，拍著我的肩頭，道：「自然，自然，誰不對那樣的金髮美女感到興趣呢？」

季洛夫的話，令我陡地一呆，他怎麼知道米倫太太是金髮美女的？

我連忙那樣問他，可是我的問題，卻反而令得他呆了一呆，他道：「我爲甚麼會不知道？是我發現她的啊！」

我心中的疑惑，更達到了頂點，忙道：「你在說甚麼？是你發現她的？據我所知，發現她的，是一個墨西哥人，叫基度•馬天奴，而且，是十年前的事了。」

他只是翻了翻眼睛，道：「朋友，我們該走了！」

這時，就算他再提出要將我的眼睛蒙上，才能跟他們走，我也一定會同意的，因爲季洛夫也知道米倫太太是一個金髮美人，而且還說甚麼是他發現她的！

那實在太不可思議了，而且不可思議的程度，遠在我想像之上。

我知道暫時想在季洛夫上校的口中，再問出些甚麼來，是不可能的。他們這個國家的人，最善於在別人的口中套取秘密，而他們自己則守口如瓶。

他們之中，有兩個人已然推開了門，站在樓梯口，我和季洛夫上校一齊走了出去，還有四個人跟在後面，我們迅即來到了街上，那時天全黑了。

一到了街上，立時有兩輛大房車駛了過來。我、季洛夫和另外兩人上了第一輛，一上了車，車子立時開動，向前疾駛而出，車子是向碼頭駛去的，不到二十分鐘，已然停在碼頭邊上，而一艘遊艇正泊在碼頭邊上，季洛夫上校向那遊艇指了一指，道：「請。」

我又被那五六個人簇擁著，一齊登上了那遊艇，我被和季洛夫上校，以及另外三個人，安排在一間艙房之中。我立時可以感到，遊艇以十分高的速度，向外駛去，不一會，便完全沒入黑暗的大海之中了。大約在半小時後，遊艇才停了下來，我們來到了甲板上。

在那半小時之中，我想盡了方法，想逗季洛夫上校講講有關米倫太太的一切，可是，他卻一句也未曾提及米倫太太，只對我講一些全然無關的事。

我在到了甲板上之後，只見四面全是茫茫的大海，正在不明白他們何以要將我帶到甲板上來之際，忽然遊艇搖晃了起來，而這時海面卻十分平靜。

接著，在前面海面突然洶湧起來，接著，一陣水響，一個黑色的、長方形的東西，已從海底下慢慢地升了起來，那是一艘潛艇！我知道最終的目的地，是那艘潛艇！

我看看那艘潛艇慢慢地升起，冷冷地道：「上校，這是侵犯領海的行為！」

「是的，」上校居然直認不諱，「但如果我們接到抗議，我們可以有九百多種否認的方法，相信你也明白。」

我用鼻孔中的冷笑，表示了我的不屑，上校解嘲地道：「朋友，不單是我們，除非被當場捉住，否則，每一個國家都會作同樣的否認的，對不對？」

我沒有理睬他，這時，那艘潛艇已全部露出水面了，出乎我意料之外的是，那是一艘十分巨大的大型潛艇！這樣的大型潛艇，竟被用來作為特務用途，的確是很出乎意料之外的，當潛艇完全露出水面之後，遊艇又慢慢地向前靠去，已有人從潛艇處走出來。

我又問道：「姬娜和她的母親，是在潛艇之上麼？」

季洛夫上校狡猾地笑著，道：「請跳到潛艇的甲板上去，快，由於你看到過這遊艇，我們必須毀滅它了。」

我跳上了潛艇的甲板，遊艇上的人全部過來了，潛艇向外駛開了一百多碼之後，一聲巨響，那一艘遊艇果然起了爆炸，轉眼之間，便消失無蹤了。

季洛夫上校帶著我，走進了潛艇，在潛艇內部狹窄的走廊中走著，不一會，便到了一扇門之前，那扇門立時打開，門內是一個相當大的艙房。

這個艙房當然不是如何宏大，但是對一艘潛艇而言，卻已是夠大的了。因此我可以立即相信，在艙中的那幾個人，一定全是十分重要的人物。

在一張辦公桌之後，坐著一個留著山羊鬍子，穿著海軍少將制服的將軍，他大約就是上校口中的司令員了。而其餘三個人，則看來不像是軍人，他們多半便是上校口中的「專家」，但是我卻沒有法子判斷他們究竟是哪一方面的專家。

季洛夫在門口立正，那少將點著頭，道：「進來，你們全進來。」

季洛夫上校和我一齊走了進去，門已自動關上，那少將站了起來，向我伸出了手，我也伸出手去，他自我介紹道：「海軍少將肯斯基，歡迎你前來，我們想知道一些事，請坐。」

我坐了下來，肯斯基少將立時道：「有一位米倫太太，你是認識的？」

我看到另一個人，按下了一具錄音機的掣，顯然他們是認為我的回答，是十分重要，有著紀錄的價値的。

我搖了搖頭，道：「我不認識米倫太太，但是我知道有這位女士。」

肯斯基的雙眉皺了一皺，道：「我們又知道，你花了一筆巨款，收買了米倫太太的一些東西，那些東西實在是不値錢，爲甚麼你對之那樣有興趣？」

我仍然據實答道：「將軍，那是基於考古上的理由。」

肯斯基一聽，立時放肆地笑了起來，道：「考古的理由，哈哈，這是多麼好的理由啊，現在，請你將那些東西交出來，我們要研究米倫太太這個人。」

別說肯斯基的態度是如此惡劣，就算他好言相勸的話，也是難以答應他的了，是以我只是冷冷地道：「對不起，我只不過是受人所託收買那些東西，而那的的確確，是爲了考古上的理由，那些東西，現在不在我這裏，而你們要來也沒有用處的。」

肯斯基少將伸手一拍桌子，厲聲道：「是不是有用，這等我們來決定。」

我怒道：「你們有本事，就自己回去拿回來好了！」

肯斯基奸笑著，道：「所以我們才將你扣留，要在你身上得到那些東西！」

我直跳了起來，道：「你說甚麼？你們憑甚麼扣留我？我是季洛夫上校請來和你們共同商量事情的，甚麼叫扣留，你必須好好地向我解釋這說法！」

肯斯基冷冷地道：「何必解釋？你現在是在我們的潛艇之內，你沒有反抗的餘地，那就是你已被扣留的事實！」

我待要向前衝去，可是肯斯基立時用一柄槍指住了我。

我也只好坐著不動，肯斯基道：「或許，給你時間考慮一下，你會合作？或許，讓你和米倫太太見見面，你們可以商量一下，是不是該說實話？」

在那一剎間，我實在呆住了！肯斯基在說甚麼？讓我和米倫太太見一見面？

米倫太太不是早在半年前死了麼？我如何見得到她？

我呆了半晌，才道：「我不明白你說的是甚麼意思。」

肯斯基冷笑著，道：「我的意思是，你和米倫太太是同黨，米倫太太來刺探有關我國潛艇活動的情報，她刺探不止一日了，直到被我們發現為止！」

我大力地搖著頭，這是甚麼話？實在令人難以接受！

而肯斯基則繼續著，道：「而她已得了許多資料，那些資料，現在在你的手中了！」

我仍然只好搖著頭，講不出任何的話來。讀者諸君，如果你們在我這樣的情形下，有甚麼話可以說的？在那時，我只是想，我們之間，一定有一方面是瘋子，不是我瘋了，就是肯斯基他們是瘋子！

第五部：和米倫太太在一起

再不然，就是我所知道的米倫太太，和他們口中的米倫太太，根本是兩個人！

肯斯基又陰聲細氣地笑著，道：「好了，我們並不想難爲你，甚至也不想難爲米倫太太，但是我們卻絕不想我們潛艇的秘密洩露，你明白我們的意思了麼？」

我只是苦笑著，老實說，我一點也不明白，他們究竟在說些甚麼，我一點也不明白！我完全給他們弄糊塗了！

肯斯基又道：「我們只想得回你們所得到的資料，然後，你和米倫太太，都可以離開這裏，我們以後再也不會見面，我們可以將這件事完全忘記，你同意麼？」

我竭力想自我紛亂的思緒中理出一個頭緒來，但是我卻無法做到這一點，但是，在突然間，我的心中卻陡地一動，我立時問道：「我可以見見米倫太太麼？」

我在問出這一句話的時候，我的心劇烈地跳動著，連氣息也不禁急促了起來，我急切地等著對方的回答。

可是天地良心，那時，我也不知道，如果對方竟然立時答應了我的話，我會不會昏過去，因爲米倫太太是那樣神秘的一個人物，而且，在我所知有關她的一切中，她是一個早在半年前便已死去的人。

而我竟能和這樣的人見面，那實在是太難想像了！

肯斯基陰森森地望著我，大約有半分鐘不講話，他大概是想藉此來考察我的反應，但是我真感激這半分鐘的間歇。在這半分鐘之中，我已經作好了思想準備，不論他怎樣回答我，我都不至於失態了！

肯斯基在望了我足足半分鐘之後，卻還不直接回答我的問題，只是反問道：「你爲甚麼要見她？」

我立時道：「正如你所說，我是她的同黨，那麼，在我有所決定之前，不是要先和她商量一下，才能決定麼？」

這時，我心中早已不顧一切，是同黨也好，不是同黨也好，只要能見到米倫太太，就可以了。我那樣說，就是爲了使肯斯基可以考慮，答應我的要求。果然，我的話使肯斯基有點心動了，他又沉吟了片刻，才道：「好，你可以和她見面。但是，我只給你十分鐘的時間。」

我連連點頭，已然急不可待地站了起來，肯斯基向一旁的一個尉官揮了手，道：「帶他去見米倫太太！」

我的心頭又怦怦亂跳了起來！

我可以見到米倫太太了，我立即可以見到她了！米倫太太本來已經是夠神秘的了，自從我從一個如此偶然的機會中，知道有她這個人存在以來，她最初的身份，在我的想像之中，是一個孤零零的老婦人，但後來才在姬娜的口中，知道她是一個金髮美人。

而接著，我又在基度的口中，知道她是在一次火山爆發中突然出現的，於是，我又猜想她是來自別的星球的人，但不論我如何猜想，我都當米倫太太是早已死了的，她在半年前死去，這似乎是事實。

但現在，連這一點事實，也起了改變！

米倫太太竟然沒有死，她被當作了一個美麗的女間諜，她如今正被困在這艘潛艇之上，這一切，實在是太不可思議了，她沒有死，為甚麼基度說她已死了呢？她和基度之間，究竟有著甚麼曲折的經過呢？

我的心中只是一片混亂，摸不出絲毫的頭緒來。我跟在那尉官的後面，向外走去，而且，我立即可以覺出，在我的身後，又有一個人跟著我、監視著我。

我的心中雖然混亂，但是卻也十分興奮，因為不論如何，我總是快可以見到這個神秘莫測的金髮美人了！

潛艇的走廊十分狹窄，只能容一個人走過，而每當對面有人來時，便不得不停下來，側身讓我們先通過，不多久，已來到了潛艇的尾部。

那尉官在一間艙房前停了下來，艙房前，有一個衛兵守著，那尉官吩咐道：「將門打開，司令命令這個人去見米倫太太，她還是一樣不說話麼？」

那尉官前幾句話，全然是官樣文章，講來十分之嚴肅，但是最後一句話，卻十分異樣，分明是他對米倫太太，表示十分關心，這很令人覺得奇怪。

那衛兵的回答更使我愕然，他的語調竟然十分之傷感，只聽得他道：「是的，她一聲不出，一句話也不肯說！」

而那尉官在聽了之後，居然還嘆了一口氣！

我心中只覺得有趣，米倫太太是被以間諜的罪名，困在這艘潛艇之中的，但是，她卻顯然得到了潛艇上官兵的同情，那是爲了甚麼？是不是爲了她過人的美麗，使人不由自主地產生出憐憫之心來呢？

那尉官在嘆了一口氣之後，揮了揮手，道：「將門打開來，讓他進去，記得，司令只准他們會面十分鐘，十分鐘之後，將門打開，將他帶出來！」

「是！」衛兵答應著，取出鑰匙，打開了鎖，緩緩地推開了門。

那時，我實在已經急不可待了！

那衛兵才一將門推開，我立時便向門內望去，那是一間很小的艙房，可能是軍官的艙房，房中有成丁字形的上下兩個鋪位，在下面的一個鋪位上，有一個女人，正背向著門，躺著。

我自然看不清她的臉面，可是，那女人一頭美麗的金髮，卻毫無保留地呈現在我的眼前。那是甚麼樣的金頭髮，我實在難以形容！

金髮十分長，從鋪上瀉到了地面，就像是一道金色的瀑布一樣！

如果真要我形容的話，那我只能說，那不是頭髮，而是一根根的純金絲，但是純金絲卻又沒有那樣柔和，純金絲是沒有生命的，她的金髮則充滿了生命的光輝！

我深深地吸了一口氣，聽得艙房的門被關上的聲音。

我看到隨著我吸氣的聲音，和艙房門被關上的聲音，躺在鋪上的那女子，略動了一動。隨著她的一動，她滿頭金髮，閃起了一層輕柔之極的波浪。

我被允許的時間只有十分鐘，而我又是一個性急的人，照理來說，我應該立時開始和米倫太太交談才是，但是不知爲了甚麼，我卻只是呆立不動。

我不知呆了多久時間，大約至少有三分鐘之久吧，我才叫道：「米倫太太，你可是米倫太太麼？」

鋪上的那金髮女子伸手理了理她的頭髮，她的手指是如此之纖細潔白，看來像是一碰就會斷折的玉一樣，然後，她慢慢彎起身，坐直了她的身子。

這時，她已是面對我的了。

她望著我，我自然也立即望著她，而當我一望到她時，我便不由自主，向後退出了一步，我那一步是退得如此之突然，如此之倉促，以至令得我的背部，「砰」地一聲響，重重地撞在艙房的門上！

那一撞雖然重，可是我卻一點也不覺得痛，因爲我完全呆住了，我全身所有的注意力，都被米倫太太吸引去了，那時，別說我只是背在門上撞了一下，就算有人在我背上刺上幾刀的話，我也不會有感覺的。

當我看到米倫太太時，我第一個印象便是：她是人麼？

她那頭金髮，是如此之燦然生光，而她的臉色，卻是白到了令人難以相信的地步，和最純淨的白色大理石毫無分別，唯一的分別是大理石是死的，她是活的！

她的眼珠是湖藍色，明澈得使人難以相信，她的雙眉細而淡，是以使得她那種臉型，看來更加是有古典美。

她坐著，望著我，而我的心中則不斷地在問：她是人麼？她是人，還是一具完美無比的希臘時代的作品呢？還是，正如基度所說，她根本是女神呢？

基度曾說過米倫太太美麗，他說，任何男人一見到她，都會愛上她的，那真是一點不錯的。但是需要補充的是，那種「愛」，和愛情似乎略有不同，而是人類對一切美好的物事的那種愛，是全然出自真誠，自然而然的。

我在後退了一步之後，至少又呆了兩分鐘之久，才又道：「米倫太太？」

她仍然不出聲，而且一動不動。

我勉力想找些話出來，逼她開口，是以我道：「你一定不相信，我知道你，是因為我的車子和別的車子相撞而開始的。」

米倫太太仍然不出聲，我搓了搓手，道：「米倫太太，不論你是甚麼人，我們現在都得設法離開這裏，你同意我的話麼？」

米倫太太仍然不出聲，我向前踏出了一步，她已慢慢地站了起來。

她一站了起來，我才發現她十分高，幾乎和我一樣高了，女人有那樣高的身形是很少見的，再加上她的金髮，我想她可能是北歐人。但是，北歐人如何會到了墨西哥去的呢？

我忙又道：「米倫太太，我只有十分鐘的時間和你交談，我已經浪費了一大半時間了，如果你再不肯和我交談的話，可能我再沒有機會見你了！」

但是，米倫太太對我的話，似乎一點也不感到興趣，她轉過了頭去，甚至不再望我了，我苦笑了一下，道：「米倫太太，你有一封信給尊埃牧師，在信中，你想對尊埃牧師說一些甚麼？可以告訴我麼？」

米倫太太仍然不出聲，她又緩緩地坐了下來，似乎她除了站起和坐下之外，根本不會有別的動作一樣。

而我也不知道她是不是聽得懂我的話，以前，我對於一個金髮美女何以可以一個人在房中，經年累月不出去一事，感到不可理解，但是現在，我卻完全可以理解了，從米倫太太現在的情形來看，她的確是可以好幾年留在一間房間中不出去的。

我急切地想找話說，可是越是那樣，就越是覺得沒有甚麼可說的，我甚至急得頓足，又僵了兩分鐘，我才又問了一句，道：「你，你究竟是甚麼人？」

米倫太太用她那雙湖藍色的眼睛，向我望了一下，看來她仍然沒有回答我的意思。而在這時，「喂」地一聲，門又被打開了，那衛兵道：「時間到了！」

我轉過身來，也不知是為了甚麼緣故，我竟然發那麼大的火，我大聲道：「別打擾我，甚麼時間到了？你以為我是在監獄中麼？快走，將門關上！」

如果我的呼喝，竟能起作用的話，那倒好笑了，那衛兵先是呆了一呆，但立時踏了進來，用槍指住了我，喝道：「出去！」

我當然不想出去，但是我也知道，和衛兵多作爭論，是完全沒有用處的，我要再和米倫太太談下去，一定要去和肯斯基交涉，是以我立時走了出去。

我在門口停了一停，道：「米倫太太，我一定立即再來看你，請相信我，我是你的朋友！」

米倫太太仍然不出聲，只是眨了眨她的眼睛，那衛兵將我推了一下，「砰」地將門關上，我大聲叫道：「帶我去見你們的司令，我要見肯斯基！」

兩個尉官立時向我走來，我重提我的要求，那兩個尉官立時將我帶回到了肯斯基所住的艙房中，我立時道：「將軍，我要再和米倫太太談下去！」

肯斯基冷冷地道：「你已經談得夠多了，你和她講的是甚麼秘密？」

我實是啼笑皆非，大聲道：「你聽著，我不是間諜，米倫太太也不是，米倫太太是甚麼人，我還不知道，但如果你有著普通人都具有的好奇心，你應該先設法知道米倫太太究竟是甚麼人，而不是瞎纏下去！」

肯斯基道：「我沒有好奇心，而且，我已知道她是甚麼人了，不必你來提醒我。」

我陡地吸了一口氣，道：「你早已知道了！那麼她是甚麼人？」

我在那樣問的時候，心中是充滿了希望的，卻不料我得到的回答仍然是：「她是一個女間諜，來自和我們敵對的國家！」

我呆了一呆，我的心中，實在是十分急躁，但是我卻知道，我發急是沒有用的，我甚至不能得罪肯斯基，雖然肯斯基蠢得像一頭驢子，但我要說服他！

我勉力使自己急躁的心情安頓下來，我雙手按在桌子上，身子俯向前，靠近肯斯基，盡量用聽來十分誠懇的聲音告訴他，道：「司令，你錯了！」

卻不料我才說了一句話，肯斯基便已咆哮了起來，他霍地站直身子，由於我正是俯身向著他的，是以他突然站起，幾乎和我頭部相撞，我連忙向後縮了一縮，肯斯基已大叫道：「胡說，在我們國家中，沒有一個人是可以犯錯誤的，我尤其不能，我是司令！」

我仍然心平氣和，道：「但是，你的確是錯了。」

肯斯基又是一聲怪叫，突然伸出巨靈之掌，向我摑了過來，我的忍耐力再好，到了這時，也忍不住了，我自然不會給他摑中，我一伸手，抓住了他的手腕！

同時，我大喝一聲，道：「你蠢得像一頭驢子一樣！」

我一面罵他，一面突然一伸手，肯斯基的整個身子，便被我隔著桌子，直拖了過來，「砰」地跌倒在地上，我正想用力在他那張一看就知是蠢人的臉上，踏上一腳之際，我的背脊卻已被兩管槍指住了。

同時，我的頭頂之上，受了重重的一擊，那一擊，令得我的身子一搖，而立即地，在我的後腦上，又受了同樣沉重的一擊。

我不由自主，鬆開了肯斯基的手腕，身子晃了兩晃，天旋地轉，不省人事，昏了過去。

我無法知道自己昏了過去多久，當我漸漸醒過來的時候，我覺得我的面上，冰涼而潮濕，我睜開眼來，可是卻看不到甚麼，因爲在我的臉上，覆著一條濕毛巾，那條濕毛巾，可能是令我恢復知覺的原因。

我正想立時掀去臉上的毛巾，坐起身來，但是也就在那一剎間，我聽到了一下輕輕的嘆息聲。那一下嘆息聲，十分低微，十分悠長，聽了令人不由自主，心向下一沉，感到說不出來的惆悵和茫然。

我沒有挪動我的身子，仍然躺著，因爲那下嘆息聲，很明顯地，是一位女子發出來的，而我也立時想到，我現在，是在甚麼地方呢？和誰在一起呢？

而且，我更進一步想到，我是不是幸運到了在昏了過去之後，被肯斯基將我和米倫太太，囚禁在一起了呢？

如果真是那樣的話，那我實在太幸運了。

我在等著嘆息聲之後的別的聲音，但是我等了足有兩分鐘之久，還是聽不到別的聲音，一直到我正想再度坐起來之際，才又聽到了一句低語。那自然又是一個女子的聲音，可是我卻聽不懂那是一句甚麼話。

而在接著那句話之後，是一下嘆息聲，然後，又是一句我所聽不懂的話——是聽不懂，而不是聽不清！

這時候，我幾乎已可以肯定，在發出嘆息聲和低語的，一定是米倫太太了，因爲基度曾說過，當他第一次聽到米倫太太的話，他也聽不懂！

而如今，我所聽到的話，也是我從來也未曾聽到過的一種語言，那種語言，聽來音節十分之優美，有點像法文，但當然，那絕不會是法文。是法文的話，我就不應該聽不懂，而可以知道她在講甚麼了。

我和米倫太太在一起！

我的心頭狂跳了起來，我在想，我應該怎樣呢？我是拿開覆在我面上的濕毛巾，坐起身來呢，還是繼續躺著不動，仍然假裝我是在昏迷之中呢？

如果我繼續假裝昏迷，那麼，我自然可以繼續聽到她的嘆息聲，和她的自言自語聲，但是我卻始終不能明白她是爲了甚麼嘆息，和她在講些甚麼！

但如果我坐起身來呢？可能她連嘆息聲也不發出來了！

我想了好一會，決定先略為挪動一下身子，表示我正在清醒與昏迷之中掙扎，看看她有甚麼反應。我發出了一下輕微的呻吟聲和伸了伸手臂。

在做了那兩下動作之後，我又一動不動。在接下來的半分鐘之內，是極度的靜默，接著，我便聽得那輕柔的聲音道：「你，醒過來了麼？你可以聽到我的話？」

我當然聽到了她的話，於是，我又呻吟了一下，伸手向我臉上摸去，裝著我是才醒過來，不知我自己的臉上有著甚麼的樣子，但是我的手才一碰到了那毛巾，便另外有一隻手，將毛巾自我臉上取走了。

我深深吸了一口氣，睜開眼來，我看到米倫太太，正站在我的旁邊。她那對湖藍色的眼睛，正望定了我，我連忙彎身坐了起來，她則向後，退出了一步，在那一剎間，我已然看清，我仍然是在剛才見過她的艙房中。

而且，在那一剎間，我也有些明白究竟是發生了一些甚麼事了，肯斯基一定是仍然想知道我和米倫太太這兩個「同黨」，商量些甚麼，是以他將我們囚在一起，可以進行偷聽以及通過電視來監視我們。

這一切，我全不在乎，我只要能和米倫太太在一起就好了。我摸了摸後腦，道：「好痛，是你令我清醒的麼？謝謝你，米倫太太，十分謝謝你！」

米倫太太望著我，仍然不出聲，我正想再找話說，米倫太太忽然又開口了，她問道：「你，你是甚麼人？」

我忙道：「我是姬娜的朋友，姬娜，你記得麼？那可愛的小姑娘！」

米倫太太的臉上，浮起了一重茫然的神色，然後她點了點頭，道：「我記得，她的確是可愛的小姑娘，是她告訴你，她的父親將我拋進了海中的麼？」

「不是，」我搖著頭，「是基度將你拋進海中的？我不知道有這回事，我只知道，基度說你死了，那是半年前的事，他說，是他將你海葬了的。」

「他說謊。」米倫太太緩緩地說，然後又重覆著道：「他說謊！」

我深深地吸了一口氣，怒道：「基度這畜牲竟想謀害你？你是被他推下海的？你在海上漂流了半年之久？」

米倫太太道：「不是半年，只有六七天，他不能算是謀害我，但是當時我沒有死，我只是被他推下海去，我……我是要他那麼做的，你聽得明白麼？」

我自然不是理解能力低的人，我還是有著十分清醒的頭腦和善於分析事理的人，但是，我卻不明白米倫太太在說些甚麼，我不得不搖著頭，道：「不明白。」

米倫太太苦笑著，道：「那是我要基度做的，那叫作甚麼？是了，那叫自殺，是不是？」

我呆了半晌，自殺！在我們這個社會中，自殺並不是一個甚麼冷僻的名詞，它甚至還和我們十分熟悉，幾乎每一天都有人在做著那種愚蠢的事情。

但是，「自殺」這兩個字，和米倫太太要發生聯繫，那實在是超乎想像之外的事！

我呆住了，不知該說甚麼才好，米倫太太又苦笑了一下，道：「我說得太多了，我從來也未曾說過那麼多的話，即使對姬娜，我也不曾說得如此之多！」

我忙要求著，道：「說下去，米倫太太，請你說下去！」

米倫太太搖著頭，道：「我說甚麼呢？誰知道基度竟是那麼好心，他不將我推下水去，卻將我放在一隻小艇上，任由我在海上漂流，他將我打昏了過去，還在小艇上放著許多食水和食物，他是個好人。」

我問道：「那麼，為甚麼他說你在半年之前死了？」

「我不知道。」米倫太太回答，「我不知道，我未曾再見過他。」

我略想了一想，為甚麼基度的一家說米倫太太在半年前就死了，仍然很難明白，或許這是他們三人之間的約定，怕人追問米倫太太的去處而出的下策。

而米倫太太竟是想自殺，所以才叫基度推她下海的，而基度卻又不忍那樣做，這一切事情，全是我以前所絕對想不到的，現在我明白了，基度真的是深愛著米倫太太，這是他為甚麼在醉後跳海的原因！

他雖然未曾將米倫太太推下海中，但是他的心中，總感到極度的內疚，是以他才在酒醉之後，也在海水中結束了他自己的生命，他可說是一個十分可憐的人！

米倫太太苦笑著，道：「我在海中漂流了幾天，便遇上了這些人，他們一直將我囚在這裏，向我逼問許多我不明白的事，他們是誰，究竟想怎樣？」

我望著她，道：「米倫太太，我可以先問你幾個問題麼？」

米倫太太呆了一呆，並沒有反應。

我緊接著問道：「米倫太太，你是從何處來的？」

這實在是一個十分奇怪的怪問題，當我向她問這個問題的時候，我仍然有點懷疑，她究竟是不是一個地球人。

米倫太太的身子震動了一下，轉過頭去，在她頭部旋轉之際，她的金髮散了開來，揚起了一陣眩目的光芒。

米倫太太在轉過了頭去之後，並沒有回答我這個問題。

她向外走開了兩步，面對著牆，站著不動，我輕輕地走到了她的背後，離得她十分之近，我想將我的手放在她的肩頭上，又想將手輕輕地撫摸她的金髮。

但是我卻只是想，沒有動，我怕驚嚇了她，因爲看來，她是如此脆弱，我聽得她喃喃地道：「我是從哪裏來的？究竟是從哪裏來的？我是……」

她這樣講著，突然轉過頭來，面對著我，我和她隔得如此之近，那實在給人窒息的感覺，我深深吸了一口氣，道：「你想說些甚麼，米倫太太？」

米倫太太也深深吸了一口氣，道：「太陽，你們叫它爲太陽，是不是？」

我大吃了一驚，道：「你，你是從太陽上來的？」

「我從太陽上來？」米倫太太顯然也吃驚了，她重覆著我的話，反問著我：「當然不是，太陽是一個不斷地進行氫核子分裂的大火球，沒有甚麼生物，能夠在太陽上生長的，我……說得對麼？」

我一疊聲地道：「對，當然對，那麼你是從——」

我因爲可以和米倫太太交談了，而感到十分高興，是以在講話之間，不由自主，手舞足蹈，而米倫太太的態度，也變得自然多了，她伸出白玉般的手指來，掠了掠她的金髮，道：「我問你一個問題。」

我道：「請問，請！」

米倫太太先苦澀地笑了一下，道：「太陽，是一系列行星的中心，有許多小星球，是繞著太陽，在它們自己的軌道上不斷運行的，我的說法對不對？」

我呆了一呆，米倫太太竟在如今這樣的情形下，和我討論起天文學上的事情來，這的確有點使我啼笑皆非。但是我還是耐著性子回答她，道：「是的。」

米倫太太再吸了一口氣，看來，她的神情，十分緊張，她那種緊張的神情，使我想到，她以下講出來的話，一定是和她有著十分重大的關係的，她緩緩地道：「那麼，太陽的軌跡上，有多少行星？」

我又呆了一呆，道：「米倫太太，你是問大行星，還是小行星？」

「大的，當然是大的。」米倫太太立時又緊張地說。

「大行星，環繞太陽運行的，那是九個——我是說，到如今爲止，我們發現了九個，那便是九大行星。」

米倫太太閉上了她那湖藍色的、美麗的眼睛，道：「那麼，請問，離太陽的距離是光的行進速度八分鐘的那個星球，你稱之爲甚麼？」

我皺起了眉，一時之間，不明白她問的是甚麼。她顯得十分焦急，道：「我說的是，有一個行星，在大行星中，自離太陽最近的算起，它在第三位，那是甚麼星球？」

我已完全明白米倫太太的話了，但是我的心中，疑惑也更甚了，我大聲道：「米倫太太，你說的那星球，那是地球！」

米倫太太又道：「地球在甚麼地方？」

地球在甚麼地方？

這實在是一句只有白痴才問得出來的話。然而米倫太太那時的神情，卻顯示她正迫切地需要問題的答案。

我也十分用心地答道：「米倫太太，地球一直在它的軌跡中運行！」

「那麼，我們在甚麼地方？」

「我們當然在地球上，米倫太太，難道你對這一點，還表示懷疑麼？」我十分有誠意地回答著，但是米倫太太對我的這個回答，卻表示了明顯的失望！

她雙手掩住了臉，轉過身去，又不斷地重覆著一個單字。我聽不懂這單字是甚麼意思，我只是從直覺上，覺得她似乎不斷在說著一個「不」字。我將手輕輕放在她的肩頭上，她在抽噎著，肩頭在微微地發著抖。我低聲道：「米倫太太，你或者是受了甚麼刺激，將你的過去完全忘記了？那不要緊，失憶症是很容易治療的。」

失憶症其實是很難治療的，但是爲了安慰米倫太太，我卻不得不那樣說。

我的話才一出口，只見米倫太太轉過身來，淚痕滿面，道：「我沒有忘記以前的事，我的記憶一點也沒有受到損害，我的一切，我完全可以記得十分清楚。」

我扶著她，使她坐了下來，道：「那麼，請你對我說說你的過去，如何？或許你不知道，你是一個謎，你是從何處而來的？你為甚麼如此美麗，你的那枚戒指上的紅寶石，你箱子中的那些錢幣，何以是世上的人所從來也未曾見過的，你……」

我沒有再說下去，我已經說得夠了，我說了那麼多，已經足夠使對方明白我的結論，我仍在懷疑她來自別的星球！

而她也立時搖了搖頭，道：「我明白你的意思了，你以為我是從別的星球來的，不是屬於你生活的星球的？」

我有點尷尬，因為這是十分荒謬的懷疑，但是我還是點了點頭，表示我的確是那樣地懷疑著她。使我奇怪的是，米倫太太並不以為忤，只是輕嘆了一聲。

她道：「你猜錯了，我和你一樣，全是……地球上的……人，全是……地球人！」

她在講到「地球」和「人」時，總要頓上一頓，從她那種奇怪的語氣中聽來，好像她對「地球」或是「人」這兩個名詞，都感到十分之陌生一樣。

但是，她又自稱是地球人，而絕非來自其它星球！

我忙又道：「你——」

可是我只講了一個字，艙房的一角，肯斯基粗暴的聲音，便突然打斷了我的話頭，肯斯基的聲音，自然是通過隱藏的傳音器而傳到了艙房中來的。

他大聲咆哮著，道：「夠了，你們兩人的把戲玩夠了！」

我怒道：「我們並不是在玩把戲，像馬戲團中的蠢熊一樣的是你，你最好不要打斷我們的談話，當然，你也絕得不到甚麼情報的，因爲我們根本不是間諜！」肯斯基繼續咆哮著，罵出了很多極其難聽的話來。接著，「砰」地一聲響，艙房門打開，兩個持槍的軍官指住了我，肯斯基繼續在大叫：「我們要將你帶回去審訊！」

一聽得肯斯基那樣講法，我也不禁吃了一驚，因爲一旦被他們帶回去，何年何月才有機會逃出來，那實在不得而知了。我向那兩人叫道：「你們來幹甚麼？」

那兩人向我瞪著，並不回答我，只是擺了擺槍口，令我走出船艙去，我吸了一口氣，轉頭向米倫太太望了一眼，米倫太太也向我走了過來。

可是，她還未曾來到我的面前，另一個軍官卻已橫身攔在我和她之間，在那一剎間，我只覺得心中極其難過，因爲我知道，他們要將我和米倫太太分開來！

至於爲甚麼一想到要和米倫太太分開，我便會那樣難過，那我也說不上來，我只是大聲道：「米倫太太，我會再設法來見你的！」

那軍官將槍口在我的腰眼中抵了抵，道：「快走！」

我出了艙房，另一個軍官也退了出來，房門「砰」地一聲關上。

我的心中又感到一陣抽搐，我突然大叫了起來，道：「將米倫太太當成間諜，你們全是瘋子，全是瘋子！」

站在我面前的那個軍官，冷冷地望著我，在我叫嚷了兩下之後，他才道：「我們是有證據的，先生，我們的證據，證明她是女間諜！」

「證據在哪裏？」我立時大聲吼叫。

「你不問，我們也要帶你去看了，看到了證據之後，你也難以再抵賴你的身份了！」那軍官冷冷地回答著。

我冷笑一聲，道：「好，我倒要看看，你們是憑甚麼而作出那樣錯誤的判斷來的。」

那軍官並沒有再說甚麼，就押著我向前走去，走過了肯斯基的艙房，來到了另一間艙房中，那艙房的光線十分黑暗，我可以看到，在幾張椅子上，已經坐著三個人，但是，我卻看不清他們是誰。

我被命令在一張椅上坐了下來，那軍官站在我的後面，他手中的槍，槍口對準了我的後腦，我一坐下之後，他就吩咐道：「只向前看，別四面張望！」

我聽得他這樣吩咐我，不禁呆了一呆，爲甚麼他不准我四面張望呢？看來這艙房中，並沒有什麼值得保守秘密的東西在！

而我也立即想到，他之所以禁止我四面張望，主要的目的，怕是不讓我看清那黑暗中的三個人究竟是甚麼人！

當我一想到這一點之際，我立時聯想到，那三個人一定是十分重要的人物，他們的地位，可能比肯斯基更高，這艘潛艇既然是間諜潛艇，那麼在潛艇上有幾個間諜頭子，也不是十分值得奇怪的事了！

我聽從那軍官的吩咐，並沒有回頭向那三人望去，但是我心中卻已有了一個計劃。

在我坐下不久後，肯斯基也走了進來，肯斯基一進來，在我面前站了一站，發出了「哼」的一聲。

然後，立時向我的身後走去，我聽得他走到了那三人之前，低聲講了一句甚麼，然後就坐了下來。

肯斯基是一個十分喜歡咆哮的人，但是他走到了那三人面前所講的那句話，聲音卻十分之低，低得我聽不清楚，從這一點來看，更可以證明我的判斷不錯，那三個人的地位，一定比肯斯基高！

第六部：大海亡魂

肯斯基進來之後不久，又有兩個人走了進來，然後，才聽得肯斯基道：「你還是不承認你自己是間諜，是不？」

「我根本不是間諜。」我十分平靜地回答。

肯斯基冷笑道：「那麼，給你看看這個，或者可以使你的記憶力恢復，知道米倫太太是甚麼身份的了，你看，這是甚麼？」

隨著肯斯基的話，我聽到有人按下幻燈機開關的聲音，接著，一道光芒，射向我前面的白牆上，我看到了一幅清晰的幻燈片，那是一具儀器。

在那儀器之旁的是一隻手，那隻手的作用，顯然是用來比較儀器的大小之用的，是以我一看便看到，那東西很小，不比一片指甲大多少，它看來像是一具照相機，但是我卻不能確定它究竟是甚麼。

我看了幾秒鐘，莫明所以，而肯斯基又問道：「那是甚麼東西？」

我呆了一呆，道：「我不知道，看來，像是照相機？」

肯斯基又咆哮了起來，道：「我是在問你，不是要你來反問我！」

我心中在盤算著自己的計劃，是以我盡量避免和肯斯基的衝突，我只是心平氣和地道：「那麼，我不知道這是甚麼，我從來未曾看到過這種東西。」

在我講完之後，我聽得有一個人，低聲講了幾句話，那當然不是對我講的，我又立即聽得肯斯基道：「將原物拿給他看，使他的記憶力更好些！」

一名軍官立時道：「是！」

接著，一股燈光，直射在我的面前，一張小几被推了過來，在小几上，就放著那東西，我的好奇心十分之熾，我立時將那東西，放在手中細看著。那東西看來，實在像是一架照相機，它有一個精光閃閃的鏡頭，它的其它部分，是一種灰色的、堅硬的金屬，看來像是一個整體，難以分得開來。

肯斯基又道：「或許，你可以告訴我們，怎樣打開它？」

我遲疑了一下，道：「這東西，你們可是從米倫太太那裏得到的麼？」

「不錯，我們的人發現她在水上漂流，而將她帶到潛艇之後，在她的身上發現了這個，這一定是一架攝影機，是我們以前沒有見過的，是間諜用品！」

我吸了一口氣，道：「我可以解釋這東西，但是不是如今這樣的情形下，我需要一個鑷子，而要聽我解釋的人，應該在我的面前，才能聽明白。」

肯斯基笑了兩聲，道：「這樣好多了，這樣，你或者可以避免被我們帶回國去了，給他一柄鑷子，快去取來！」

有人走出去，不一會又走了回來，將一柄十分尖利的鑷子交了給我，而原來在我身後的三個人，也一齊來到了小几之前。燈光也移動了一下，使我可以看到更多的範圍，我握著那鑷子，心中十分緊張。

我將那鑷子在那東西上面輕輕地敲了一下，道：「這東西，是十分精巧——」我話講到一半，突然雙足一蹬，連人帶椅，一齊向後，疾仰了下去！在我身後，是一直有一個軍官，用槍指住了我的後腦的，我那突如其來的一仰，固然可以使他在剎那間驚惶失措，但是卻仍不能避開他的射擊的！

這便是爲甚麼我要一柄鑷子的原因了！

我身子向後一仰，手中的鑷子，便已然向那軍官的手腕，陡地刺了出去！

那一刺，其實絕不能令人致命的，但是任何人對於尖銳的利器來擊，都有一種自然而然的恐懼，那軍官也不能例外，我一鑷子刺了上去，他手便向上一揚。

也由於他手向上一揚的緣故，他那一槍，便未曾射中我，而是向艙房上面射了出去，我左手一揚，已一拳擊中了他的下顎骨，同時一扭他的手臂，將他手中的槍，奪了下來，人也立時向後跳去。

我放過了肯斯基不理，一直跳到那三個人面前，那三個人倉皇起立，但是我一伸手，奪來的槍，槍口已陷進了其中一個人的肚子之中，足有一寸深了。

我還是第一次看到這三人，但雖然是第一次，我還是立即可以看出，被我用槍指住了的那個正在開始發胖的中年人，正是三人之中，最重要的一個。

我一伸手，握住了他的手腕，把他的手臂扭了過來，而我也在那一剎間，轉到了他的背後，我手中的槍，自然也變成抵在他的背脊之上了，這一切，不過花了我幾秒鐘的時間而已，我已經佔盡上風了！

等到肯斯基拔出他那特大的軍用手槍之際，他已然沒有用武之地了，我已經躲在那人的身後，控制了那人！

那三個人中其餘兩個人，迅速地向一旁跨了出去，他們跨開了兩步，才發出一聲怒吼和驚呼混合的聲音來。

而被我制住的那人，卻自始至終，一聲不出。肯斯基揮著手中的槍，道：「住手，放開他，你一定是瘋了，快放手！」

我也不出聲，由得他去叫嚷，他叫了足有一分鐘，終於喘著氣，停了下來，而我當然沒有鬆手，我等他停口之後，才道：「司令，看來你還是快點著手安排我和米倫太太如何離開這艘潛艇的好！」

肯斯基又咆哮了起來，道：「你在做夢，絕不能！」

我用槍柄敲了敲被我制住的那人的後腦，發出「啪啪」的聲響來，道：「我不是在做夢，倒是你，要想清楚，如果他死在這裏，你會受甚麼處分！」

肯斯基張大了口，結結巴巴地道：「你，你知道他是甚麼人？」

我並不給他正面回答，只是哈哈大笑了起來，這時候，出乎我意料之外，被我制住的那傢伙，也吼叫了起來，但他並不是向我吼叫，而是向肯斯基。

只聽得他叫道：「快照他的話去做，你知道我死在這裏，你會有甚麼結果的！」

肯斯基頓時手足無措起來。

那人又叫道：「快問他，他準備怎樣，照他的話做！」

我不等肯斯基問我，便道：「升上水面去，我相信你們有快艇可以供我和米倫太太離開的。我再一次說明，讓我們離去，對你們毫無損失，我們不是間諜。」

肯斯基爲難地望著其他兩人，那兩個人的臉色十分陰沉，木立不動，過了好久，才看到他們兩人，點了點頭，肯斯基這才向外疾走了出去。

我推著那人，走前幾步，將桌上那好像小型相機也似的東西取過，放入袋中，我準備向米倫太太問那是甚麼，然後，我便緊張地等著。在等待中，潛艇彷彿已經升上了水面了。

約莫過了五分鐘，肯斯基才又匆匆地推門，走了進來。

我劈頭就問道：「準備好了麼？」

肯斯基的面色十分難看，道：「你們可以離去，利用子母潛艇，你駕駛過一種由魚雷管發射的小潛艇麼？」

我怒道：「爲甚麼潛艇不升上水面？而要我們由水下面走？」

肯斯基道：「只能如此，潛艇在未曾接到特別命令之前，是不准浮出水面的。小潛艇在魚雷管發射之後前十分鐘的速度，是每小時九十浬，以後，也可以保持每小時四十浬的速度，你們可以安全離去。」

我想了一想，道：「也好，那麼請你帶米倫太太來，和我見面。」

「她已在門外了。」肯斯基立時回答。

我推著那人，向門口走去，門也在這時被打開，我看到米倫太太站在門口，一個衛兵，站在她的身後，她臉上的神情，仍然是十分之陰鬱，我忙道：「米倫太太，我們立時可以離開這艘潛艇了！」

米倫太太的嘴角略動了一動，可以看出，她心中對於可以恢復自由這件事，並不表示如何熱切，這又使我的心中覺得十分奇怪，她自然不會喜歡被囚在此處的。

但是，從她的神情看來，似乎到甚麼地方去，在她來說，都沒有甚麼分別，她全不喜歡，爲甚麼這樣美麗、年輕的一個金髮女子，會這樣憂鬱呢？

我不明白，因爲我根本不明白她究竟是怎樣的一個人！

我又道：「米倫太太，你不必驚惶，我們立即就可以脫困了，我們一齊由一艘小潛艇離去，我制住了他們的一個大人物！」

米倫太太的嘴掀動了一下，但是她卻仍然沒有說甚麼，我苦笑了一下，轉頭對肯斯基道：「好了，我們該在甚麼地方離去，要你帶路了，你最好別玩花樣！」

肯斯基悶哼了一聲，大踏步向前走去，我連忙向米倫太太道：「我們走！」

米倫太太默默地向前走著，不一會，便來到了潛艇的艇首部分，我看到了一艘小潛艇，那小潛艇外形像一支雪茄煙，只可以勉強容兩個人。

肯斯基道：「你們先進去，然後，經由彈道發射。」

我冷笑了一下，道：「這是甚麼辦法？我們兩人進了小潛艇，你不發射，我們還不是等死？要去，我們三個人一齊去！」

肯斯基冷冷地道：「你自己看得到，這潛艇容不下三個人。」

我也冷冷地道：「那麼你就另外安排別的方法好了。」

肯斯基道：「你們兩人一進去，小潛艇立時經由彈道發射，你們也立即可以離開了，我向你保證這一點！」

我忍不住笑了起來，道：「貴國的所謂保證，究竟有多少價值，我想閣下自己，也不會不知道的，還是少向我談保證，多提供一些切實的辦法吧！」

被我制住的那人，也叫了起來，道：「將潛艇升上水面，讓他們離去，別以爲我有那麼大的忍耐力，快！」

我立時補充道：「也別以爲我有那麼好的耐性，你要是在十分鐘內想不出辦法來，那麼，我反正是那樣，他的性命——」

我講到這裏，再度用槍柄敲著那人的腦袋，而發出「啪啪」之聲來，那人低聲吼叫著，顯然是心中已怒到了極點。肯斯基苦笑道：「好，好！」

他指著那小潛艇，又道：「米倫太太可以先進去，你可以在小潛艇中，利用自動控制系統，自己將自己射出去，在十分鐘之後，你就離我們十五浬了！」

我遲疑了一下，道：「你弄開艙蓋來，讓我看看。」

肯斯基大聲吩咐著兩名軍官，那兩名軍官揭開了艙蓋，一面解釋著，道：「艙蓋是利用磁性原理緊合的，在五百公尺深度之內是絕對安全的。」

我向艙中看去，有兩個座位，在座位之前，是許多控制儀和儀表板，其中有一個掣鈕之下，寫著「自動發射」的字樣，看來肯斯基倒不是在胡說八道。

我點了點頭，表示滿意，然後道：「好，將它納入彈道之中再說。」

肯斯基又下了命令，許多器械移動著，小潛艇漸漸升高，它的頭部，伸進一個如魚雷管一樣的口子中，十分吻合，一盞紅燈，在不斷閃閃生光。我吸了一口氣，道：「米倫太太，請你先坐進去。」

米倫太太沒有說甚麼，順從地坐了進去，我則沉聲地對被我制住的那人道：「你站在潛艇邊上別動，只要你一動，我就立即開槍，聽到了沒有？」

那傢伙老大不願意地點了點頭，我又大聲叫道：「所有的人退後！」

然後，我跳進了小潛艇，扳下了一個黑色的開關，艙蓋突然合了下來，頂部的一盞燈也著了。這是決定我和米倫太太能否恢復自由的最重要時刻了！

我用力按下了那個「自動發射」掣，潛艇一陣猛烈震動，在突然之間，向前衝了出去，我和米倫太太的身子，都猛地向前衝，頭部撞在儀表板上。

我只覺得一陣劇痛，險險沒有昏了過去，同時，我聽得米倫太太發出了一下呻吟聲，尖聲地叫了起來。她叫些甚麼，我完全沒有法子聽得懂，但是我卻可以聽出她語氣中那種極度的、不可遏制的驚恐。

我暫時不能去理會米倫太太，因爲我必須控制小潛艇的行進，我知道小潛艇確已脫離那艘大潛艇了。可是，當我想到這一點時，卻已經太遲了！

我還未曾扭開雷達探測屏的開關，一下猛烈的震盪，便已然發生了。那一陣震盪，是如此之劇烈，以致在震盪發生的兩分鐘之後，我全然無法控制局面！

我的身子被從座位上拋了起來，小潛艇的內部，空間是如此之狹窄，但是我的身子還是被拋了起來，那種痛苦，是可想而知的，我只是本能地護住了頭部。

而在那一剎間，我也全然無法知道米倫太太究竟怎麼樣了，我幾乎是失去了知覺，直到我喝了一大口海水。

海水湧進來了，我整個人都浸在海水中了，直到此際，我才從半昏迷的狀態中，醒了過來，我猛烈地掙扎了一下，那下掙扎的結果，使我頭部撞在堅硬礁石上。只不過那倒令我更清醒了許多。

我睜開眼來，水中全是翻滾著的氣泡，但是我還可以看到那潛艇完全毀了，而更令我心膽俱裂的是，我看到米倫太太還在潛艇之中！

我之所以肯定這一點，是因為她的金髮，從潛艇的裂口處，向外漂浮了出來。我連忙向前游了出來，伸手握住了她的手臂。那時，我自己也是筋疲力盡了，但是我還是盡了我最大的力量將她拖了出來。

然後，我扶著礁石，向上游去。

謝謝天，我們並不是在太深的海底，在我肺部的空氣還沒有消耗完之前，我的頭已然冒出了水面，我連忙將米倫太太的頭部托高，使她也露出水面。

我深深地吸了一口氣，發現那是在大海之中的一組孤零零的礁石，它露出海面的範圍不大，最高的地方，離海面也只不過一人高，我相信在浪大的時候，它一定會被海水完全蓋過的。

但即使那只是如此之小的一片礁石，已經使我的心中夠高興的了，因為若是沒有它，我就不能再活了！

米倫太太似乎昏了過去，我將她的上身擱在礁石上，她的金髮仍有半截浮在海水之上。然後我爬上了礁石，再將她的身子拉了上來。我替她進行著人工呼吸，足足過了五分鐘之久，還是一點動靜也沒有。

我覺得不但是米倫太太，而且是我自己，身子也漸漸地僵硬！

因為，在施行人工呼吸五分鐘而仍然無效之後，我發現，米倫太太已經死了！她的身上並沒有甚麼傷痕，但是她可能是在水中被震得昏迷過去之後，窒息而死的。她真的已經死了，因為她已停止了呼吸。這實在是我無論如何都料不到的一件意外。

本來我以為她早死了，但結果她卻沒有死。而現在，當我以為我和她在一起，可以在她的口中，解釋我心中一切疑團之際，她卻死了，死在我的身邊！

我只覺得我自己，彷彿也成了礁石的一塊一樣，僵硬而又麻木，一動也不動，我只是緊握住了米倫太太的雙手。

米倫太太的面色，看來不會比平時更蒼白多少，她看來仍然那樣美麗，我在僵立了不知多久之後，才將耳朵貼在她的胸前去傾聽，我多麼希望可以傾聽到她的心跳聲！可是我卻失望了，她已然死了！

死人的心臟自然是不會跳動的，所以我也聽不到任何的聲響，她的雙眼閉著，在她的臉上，似乎仍帶著一種淡淡的哀愁，但也不失為平靜。

我沒有甚麼好做的，我只好將她的雙手，放在她的胸前，使她的樣子，看來更加寧靜一些。在最初的幾個小時內，我只是呆呆地望著已死的米倫太太，全然不想為我自己做甚麼事，直到天色全黑了下來。

我開始在礁石上踱來踱去，然後又坐了下來，如果在一兩天之間，我不能獲救的話，那麼，我就一定和米倫太太一樣，要死在這一片礁石之上的了！

因爲我沒有食水，沒有食物，而更主要的，是我的情緒，如此之沮喪，使得我意志消沉，幾乎不想爲生而掙扎！

我呆坐著到天亮，腹中已開始因飢餓而絞痛，而口渴得令我覺得我的身子已在乾裂。我從礁石上拉下了幾隻貽貝來生嚼著，然而那卻使得我更加腹部抽搐。

太陽升起來了，像火球一樣地烤著我，我能夠清晰記憶的事，是到那種貽貝奇腥的味道爲止，以後的一切，全是模糊的、片斷的和無法連貫的了。

我記得我已無力走動，我在恍惚中，是爬到米倫太太身邊的，到了我又握住了她的手之後，我感到生命已然離我而去，我眼前是一片黑暗，我耳際也聽不到浪拍礁石的那種聲音了，甚麼也不覺得了。

當我漸漸又有了知覺之際，我像是在天空中飄動著，突然間，又像是有甚麼人惡作劇，將許多麥芒，拋在我的身上，令得我全身刺癢。

接著，又有人將一種辛辣的東西，在我的鼻口上塗著，又似乎有清涼的液體，自口中流入，那流進我口的不像是液體，簡直就是生命，我竟可以睜開眼來了。

我看到至少有四個人在我的面前，其中一個，正將水淋在我的臉上，我立時張大了口，貪婪地吞著他淋下來的水，然後我含糊不清地問：「我在甚麼地方？」

一個中年人咬著煙斗，來到我的面前，道：「你在一艘漁船上，你是誰，怎麼會伏在那片死礁之上的？」

我的記憶力已然恢復了，我喘了幾口氣，道：「米倫太太呢？」

那中年人呆了呆，道：「你說甚麼？米倫太太？」

「是的，」我連忙說：「在你們發現我的時候，她應該在我身邊的，只不過，她……她早已經死了。」

那中年人搖著頭，道：「我們只看到你一個人，海水不斷捲過你的身子，你緊抱住了一塊礁石，如果你身邊還有別人的話，那麼早就被海水捲走了。」

我呆了半晌，道：「請問今天是幾月幾日了？」那中年人說出了日子，我在那礁石上，昏迷不醒，已有兩天之久了！

我在那礁石上已昏迷了兩天，四十八小時！但是在那四十八小時中，我記得的事，加起來不會超過三分鐘，照那中年人這樣講，米倫太太當然是被海水捲走了。

我呆住了不出聲，那中年人又問：「你是甚麼人？」

我的腦中混亂到了極點，但是我還是立即回答了這個問題，道：「我是一個很有地位的商人，因爲一件意外，我才在海中漂流的，你們如果能將我送回去，我一定致送極其豐厚的酬勞給你們。」

那中年人搖頭道：「這不可能，我們正在捕魚啊！」

我立時道：「我想，我致送給你們的酬勞，大約至少是你們滿載而歸的收穫的十倍，而且，只要是船上的船員，以後有了困難，可以隨時來找我的。」

我還怕他們不信，是以在講完了之後，又補充了一句，道：「因爲你們救了我的生命，而我又急於回家去！」

那中年人自然是船長，他在呆了片刻之後，道：「當然可以，我們立時送你回去，但……但……」

我知道他不一定相信我有那麼多錢給他，是以不等他講完，我立即道：「你們不必懷疑，你已救了我，難道我會欺騙你麼？我絕不會食言的。」

那中年人大聲叫著，吩咐著水手，我可以覺出船在快速地航行著。

直到第二天下午，我才能在甲板上走動，我一直佇立在船頭上，望著茫茫的大海。當然，我已遠離那堆礁石了。

我已經確知米倫太太是死了，而且，她已被海水捲走了，我是不是永遠不能得知她神秘的身份了呢？當我站在船頭上的時候，我已然決定，我一回去之後，立時到墨西哥去，去見尊埃牧師。我無法知道米倫太太究竟是甚麼人，但是我想那封信一定極其重要。

在見到了尊埃牧師之後，那我就能得知信中的內容了。

我在海中，一共航行了四天，到了第四天晚上，我已可以看到熟悉的燈火，我回家了！這艘船上，一共有七名船員，我們在一處荒僻的地方上了岸，我招待他們住在第一流酒店之中，第二天，我便照許下的諾言，給了他們巨額的金錢作酬報。

第七部：米倫太太的信

我只休息了一天，便帶著那封信，直飛到墨西哥去了。

當我靠著軟軟的沙發上，閉目養神，在高空飛行之際，其實我的心中是十分繚亂的。在我見到了米倫太太之後，我以為可以和她一齊到墨西哥來的。

可是，意外的撞擊，使米倫太太喪了生，而且，她的屍體也被海水捲走，一切都在刹那間變得無可追尋了！

在米倫太太給尊埃牧師的那封信中，是不是真能知道她的身份呢？如果不能的話，那麼，她這個人，就將永遠是一個謎了。

飛機在墨西哥市的機場上降落，我在市中休息了一天，租了一輛性能十分優越的汽車，直向南方駛去，我的目的地，自然是那個叫作「古星」的小鎮。

那實在是一段十分艱苦的旅程，更要命的是，我的心頭極為沉重，米倫太太的死亡，雖然和我沒有直接關係，但是她總是死在我身邊的，可怕的死亡，在我的心頭造成了一個化不開的陰影。

我在崎嶇不平的公路上駕車疾馳，沿途吃著粗糙的食物，喝著墨西哥的土酒，自然顧不得來修飾我自己的外表。

是以，當我終於來到了那個叫作「古星鎮」的小鎮上之際，我的樣子十分駭人，以致當我想向一個小孩子問路時，那孩子竟嚇得哭了起來。

事實上，我也根本不必問路，教堂就在小鎮的盡頭，那是一眼就可以望到的。白色的尖塔高聳著，在尖塔之上，是一個十字架，我駕著車，直來到教堂門口。

我的出現，並沒有引起鎮上居民多大的好奇，他們只是懶洋洋地望著我，他們的一切動作，都是懶洋洋的，在他們的懶洋洋動作中，可以看出他們對人生的態度，他們當然不滿足目前的生活，可是他們也決不肯多花一分精力去改善他們的生活。

他們就那樣地過著日子，直至老死，看那些坐在門坎上、滿面皺紋的老年人，真不知他們的一生有甚麼意義。

我的車子在教堂面前停了下來，跳下車，我走上了幾級石階，在教堂門前停了下來，然後，我推開了門。

那教堂自然不很大，但是一推開了門之後，卻自然而然，給我以一種清新陰涼的感覺，我還聽到一陣風琴的聲音。琴音有好幾個已走了音，那自然是由一座十分殘舊的風琴所奏出來的聲音了。

我看到有一個人，穿著牧師的長袍，正在教堂的一角，彈奏著那風琴，他背對著我，我一直來到了他的背後，他才緩緩轉過頭來，驚訝地望定了我。

那牧師只不過是三十上下的年紀，顯然不是我要找的尊埃牧師了。我問道：「我找尊埃牧師，你可以帶我去見他麼？我是從很遠的地方來找他的！」

那年輕牧師望了我片刻，然後十分有禮貌地微笑著，用很柔和的聲音道：「尊埃牧師是一個好人，我們會永遠懷念他的，朋友，你有甚麼事，如果尊埃牧師可以爲你解決的，我也能夠幫助你。」

他講到這裏，伸出手來，道：「我是葛里牧師，是教區派我來接替尊埃牧師職位的，他已經魂歸天國了。」

那實在是我絕對意料不到的事，我呆了半晌，道：「這……不可能啊，上一期的美洲考古學術雜誌上，還刊登著他的相片，和他幫助考古隊的消息。」

「是的，」葛里牧師的聲音十分傷感，道：「我們都不知道他甚麼時候會突然死去，尊埃牧師的死是半個月前的事。」

我苦笑著，我是不遠萬里來找尊埃牧師的，可是他卻已經死了，我並沒有出聲，葛里牧師卻十分客氣，道：「我可以幫助你麼？朋友，可以麼？」我又呆了半晌，道：「我想在這裏住幾天，而不受人打擾，你可以介紹我一個清靜一點的地方麼？」

葛里牧師又打量了我一會，道：「如果你是為考古的目的而來的，可以和我住在一起，我對考古也極感興趣，我就住在教堂的後面，很不錯的房子。」

我來回踱了幾步，葛里分明是一個十分有修養的神職人員，我對他的印象十分好，能和他住在一起，自然不錯，是以我立即答應著道：「如果我不打擾你的話，你看，我一直駕車前來，我的樣子曾嚇哭了一個孩子！」

葛里微笑著，道：「我們不看一個人的外表，我們的職責，是洞察一個人的靈魂，朋友。」

我十分欣賞葛里牧師的談吐，但是他顯然知道如何地關懷別人和幫助別人，我點著頭，道：「尊埃牧師不在了，我想我應先和你商議一件事，可是我想先能洗一個澡。」

他望著我，等我講完，他立時道：「自然可以，你看來十分疲倦，洗澡是恢復疲倦的好方法，請你跟我來。」

他轉過身，向前走去，我跟在他的後面，從教堂旁邊的一扇門走了出去，到了教堂的後面，那是一個大崗子，土坡斜斜向上，我踏在柔軟的青草上，走上了二十多步，便看到了那幢白色的屋子。

然後，我隨著葛里牧師，走進了那幢白色的屋子。

那房子並不大，可是卻給人以舒適之感，葛里牧師將我直接領到了浴室之中，再給我找來了替換的衣服。在半小時之後，我便在他的書房中，面對面坐著，他問我：「你有甚麼事和我商議？」

我在考慮著，想怎樣開口才好，因爲事情實在太奇異，太複雜了，使我不知如何開口才是最適宜的講法。

我未曾開口，葛里牧師又道：「我想，你要講的，一定是十分不尋常的事？」

我點著頭，道：「是的，太不尋常了，你可認識一個叫米倫太太的金髮女子？」

葛里搖著頭，道：「我不以爲我認識這個米倫太太，我是才到古星鎮來的。」

我苦笑著，本來我想說，米倫太太其實不能說是古星鎮上的人，但是我卻沒有這樣講，因爲如果那樣說的話，真是說來話長了，我必須從基度如何發現米倫太太說起了。我必須用直截了當的說法。

於是我想了一想，道：「這位米倫太太，有一封信給尊埃牧師，我就是專爲送信而來的，現在，尊埃牧師已經不幸死了，你說，我應該如何處理這封信呢？」

葛里牧師考慮了一會，才道：「我想，應該將信退回給這位米倫太太。」

我苦笑著搖了搖頭，道：「那不行，因爲米倫太太也死了。」

葛里嘆了一聲，道：「這世上，似乎充滿了不幸，是不是?既然他們雙方都已死了，在天堂中，他們一定能互通信息，我看這封信應消滅了。」

我嘆了一聲，道：「本來應當那樣的，可是我卻想知道這封信的內容。」

葛里牧師皺著眉，道：「朋友，這是犯罪的想法。」

我並沒有出聲，但是我的心中卻在想，這一點，你不提醒我，我也一樣知道的，就是爲了那樣，所以我才一直未曾拆閱這封信，但現在是非拆閱不可了！

我並不準備和葛里牧師詳細討論這個問題，我也沒有說服葛里牧師的企圖，因爲我感到，在這件事中，葛里牧師可以置身事外，不必再捲入漩渦中。

或許是由於湊巧，幾個和事情有關的人，全都死了，他們是基度、米倫太太和尊埃牧師，現在世上只有我一個人知道米倫太太奇異的身世了。而在看了那封信之後，會有一些甚麼事降臨在我的身上，全然不可測知，葛里是一個好人，何必連累他?

所以，我只是笑了笑，道：「你說得對，那是犯罪的想法，現在我不再那麼想了，請指點我尊埃牧師的墳地在哪裏，我要將這封信在他的墳前焚化。」

葛里牧師忙道：「好的，我帶你去，他的墳在——」

但是葛里牧師還未曾講完，我便已打斷他的話，道：「對不起，牧師，你只消告訴我地方好了，我自己會去的——我想單獨去完成這件事。」

葛里牧師呆了一呆，才道：「好的，在鎮附近，有一座石橋，稱作青色橋，尊埃牧師的墳就在橋附近，兩株大樹之下，你一到那裏就可以見到了。」

我向葛里道了謝，走出了他的家，他又指點了我走到青色橋的方向，我便慢慢地向前走去，我堅信那一封信中，米倫太太一定向尊埃牧師述及她的身世，而我實際上，並不準備去將那封信消毀。

我只是準備在尊埃牧師的墳前將信拆閱，讀上一遍，那樣，我的犯罪心理可以得到安慰，因爲表面上看來，我是將信讀給尊埃牧師聽，雖然實際上，是我自己想知道這封信的內容。人的行爲，有時是很喜歡自欺欺人的，這種可笑的情形，我自己也無法避免。

我走出了沒多久，便看到了那座青色橋了。

橋不是很長，在橋下，是一條已然半乾涸了的小河，橋是用大石塊砌成的，石縫之中，生滿了青草，橋上也長滿了青苔，的確不負了「青色橋」三字。

我雖然是第一次來這裏，但是對這座橋，我卻相當熟悉的，我曾在那本考古雜誌上，看到過這座橋的圖片。這時，在橋下，有幾個婦女正在搥洗衣服，她們好奇地望著我，我也不去理會她們。

我走過了橋，已看到了那兩株大樹，我加快了腳步，來到了樹下，尊埃牧師的墳，只不過是一塊石碑而已。

我在石碑前站定，低聲道：「牧師，我替你帶來了一封信，可是你卻已不在人世了，我想在你墳前將信讀一遍，想來你一定不會反對我的做法吧？」

他當然是不會反對的，因爲他早已死了，而我之所以要問那些無聊的話，也無非是想掩飾我自己的不當行爲而已，我一面說，一面已取出了那封信來。

自從我在那個頑童手中，搶過那封信來之後，這封信屬我所有，已有好些日子了。這時，我取了這封信在手，準備拆開來，想起我自從得到了這封信之後的遭遇，我在不由自主間，嘆了一口氣。

我用力去撕那封信，我早已說過，那信封是用厚牛皮紙自製的，是以不容易撕得開，當我用力一撕，終於將之撕開時，由於用的力道大，信封向外揮了一揮，「啪」地一聲，一件東西自信封中跌了出來。

我早已知道，在信封中的東西是一柄鑰匙，而且我還在姬娜的口中，知道那是一柄「有翅膀的鑰匙」。

但是我看到那柄鑰匙，卻還是第一次，我連忙一俯身，將之拾了起來。

那是米倫太太最喜愛的兩件東西之一（另一件是那枚紅寶石戒指），是以我必須仔細地審視它。那的確是一柄十分奇妙的鑰匙，它和我們平時使用的鑰匙，看來似乎並沒有多大的不同。

但是，在近柄部分，卻製成了兩隻翅膀，那自然只是一種裝飾，我們平時使用的鑰匙上有這樣裝飾的，似乎並不多見。

我看了那鑰匙大約半分鐘，手指微微發著抖，抽出了那封信來。

那封信相當長，那應該是一封十分重要的信，但是出乎我意料之外，它竟是用鉛筆來書寫的。第二個出乎我意料之外的是，信是用英文寫成的，而字跡十分之生硬拙劣，絕不像出自一個金髮美人之手！

我立時將兩張信紙一齊展了開來，一面看，一面低聲唸著，我的聲音越來越是走樣，幾乎連我自己，也不認為那是我自己所發出來的聲音了！那自然是因為這封信的內容，實在太古怪的緣故。

以下，便是那封信的全文：

「尊埃牧師，我認識的人不多，除了基度一家之外，就只有你了，而我又早已發現基度對我十分不正常，我之所以無法離開他們，是我實在不想再有別的人知道我存在的緣故，我只好靜候命運的安排——命運已替我安排了一個如此可怕的遭遇！

我是甚麼人？你或許還記得，或許已經忘記了。如果你還記得我的話，你一定還在懷疑我究竟是甚麼人的。

我究竟是甚麼人，從甚麼地方來，到甚麼地方去，不要說你的心中在懷疑，就是我自己，也全然不知道，我一定是在做惡夢，多少日子來，我一直希望那是一場惡夢，希望忽然間夢會醒來！

如果那真是一場惡夢，而在突然之間，夢醒了，那該多好啊，一切都正常了，我可以和我丈夫，和我的朋友在一起，世界是如此之美麗，生活是如此之歡暢！可是，我現在所經歷的一切，卻不是惡夢！

我在夜晚注視天空，想弄明白，我是不是迷失了，是不是迷失在無窮無盡的宇宙之中了，但是我發現我並沒有迷失，我在應該在的地方！

我是應該在這裏的，一切看來毫無錯誤，可是，我為甚麼竟然會進入了一個永遠不醒的惡夢中呢？」

我一直喃喃地唸著米倫太太的那封信，唸到這裏，我便略停了一停。米倫太太究竟在說些甚麼，我仍然是一點也不明白，她說她「應該在這裏」，又說她「進入了一個惡夢」，究竟是甚麼意思？

我吸了一口氣，繼續唸下去！

「我知道我無法明白這一切的了，因為只剩下了我一個人，米倫先生已經死了——我將他保存著——我也一定會死，或者死亡來臨，惡夢才告終結。

我托姬娜在我死後將這封信和這柄鑰匙交給你，當你讀到了這封信，和看到了這柄鑰匙之際，你一定會感到莫名其妙，不知道我要你做些甚麼。事實上，我要你做的事，十分簡單，你拿著這柄鑰匙，到火山口去，你只消縋下二十公尺，你就可以看到一扇門。」

我唸到這裏，又停了一停，然後，我抬起頭來，再吸了一口氣。

米倫太太的信中，確然這樣寫著：「你只消縋下二十公尺，就可以看到一扇門。」「一扇門」是甚麼意思呢？

我抬高頭，可以看到那座火山，那火山並不高，而且顯然是一座死火山。在死火山口中，有一扇門，我是不是在做夢呢？還是我只是在讀著一個神經不正常的人所寫的怪信？

但是米倫太太之謎，顯然不是「神經不正常」這一句話所能解釋的，因爲和米倫太太一齊存在著，還有許多奇奇怪怪的東西，例如那戒指、那照相機也似的東西、那些錢幣一樣的金屬圓片、那本簿子和簿子中的圖片等等東西，無不是十分神秘的。

火山口中的一扇門，那扇門是通向甚麼地方的呢？是通向四度空間的麼？

我心中一面想著，一面繼續去看那封信——那時，我只是看，而不將之唸出來，因爲我已然失去了將之唸出來的勇氣了！

那封信以下是這樣的：

「你可以用這柄鑰匙打開那扇門，然後你便會知道你看到些甚麼。我希望你能夠從你看到的東西中，揭露我惡夢之謎，那麼，請別再講給別人知，謝謝你！」

信越是到後來，字跡也越是拙劣和潦草。米倫太太是不會沒有足夠的時間的，那當然是由於她心緒極端惡劣的緣故。

是以，那封信的最後一段，詞意便十分含糊，即使看了好幾次，也不明白究竟確實指甚麼而言。

信後，也沒有署名，我再將那封信看了一遍，將之小心摺好，放在袋中，我的手中緊緊地握著那柄鑰匙，望著那座火山。

尊埃牧師已經死了，現在，我既然讀到了那封信，那麼我自然要用這柄鑰匙，去打開那扇門，去到米倫太太希望尊埃牧師去到的地方。

我慢慢地轉過身，回到了鎮上，我也不再去見葛里牧師，我駕著那輛租來的車子，順著通向火山腳下的公路，疾馳而出。

一面駕著車，一面我不斷地想：基度當年，也曾在這條路上，趕赴火山，結果，他發現米倫太太站在火山的山坡上。而如今，我能夠發現些甚麼呢？

我以十分高的速度，在崎嶇的公路上飛馳，等我來到火山腳下的時候，已經是傍晚時分了。抬頭向山上看去，火山十分險峻，我並沒有攜帶爬山的工具，但是我相信，徒手也可以爬得上去的。

我在山下的小溪喝了幾口清水，便開始向上攀登，十年前火山曾經爆發過，但是卻已沒有甚麼痕跡可尋了，野草和灌木滋生著，使我攀登起來，增加不少便利，我在午夜時分，登上了山頂。

月色十分好，在皎潔的月色下，我看到了直徑大約有一百公尺的火山口，向下望去，一片漆黑，像是可以直通到地獄一樣。

火山口中並沒有濃煙冒出來，但是卻有一股濃烈的硫磺味道，使人很不舒服。

我甚至於未曾攜帶電筒，是以儘管我的心中十分著急，急於想找到那扇門，用米倫太太的鑰匙打開那扇門，去看個究竟，但是我也無法在漆黑的火山口內，找到那扇門的，是以我只好等待天亮。

我找了一處背風的地方，在一塊很平坦的大石之上，躺了下來，我恰好可以看到山腳不遠處的古星鎮，鎮上只有幾點零零星星的燈光在閃著。

那塊大石十分大，我本來是可以放心睡上一覺而不怕跌下山去的，但是我心中十分紊亂，以致我一點睡意也沒有。我在想，當我打開了那扇「門」之際，我將要踏到一個甚麼樣的地方呢？

而且，我在到了那個未知的地方之後，是不是還能夠回來呢？

當我一想到這一點的時候，聯想起來的問題太多了，我想到我的朋友、我的妻子，如果我竟這樣莫名其妙地消失了的話，他們是不是知道我是在那扇奇異的門中消失了呢？

他們當然不會知道，因爲沒有人知道我的行蹤，連葛里牧師也不知道。或許，過上些日子，他們會在火山腳下發現我租來的那輛汽車，但是也決計不會有人知道我是在火山口中消失了！

我反反覆覆地想著，好幾次，竟打消了天亮之後去尋找那扇門的主意，有好幾次，我甚至已經開始向山下走去，決定將這一切，全都忘個一乾二淨了！

但是，我只向山下走了十來步，便又爬上了山頂，而太陽也終於升起來了。當陽光射進火山口之際，我已約略可以看到火山口的大概情形了。

火山口內的岩石，巉峨不平，要攀下去，並不是甚麼困難的事情。米倫太太信中說，那扇門離火山口的邊緣，不會超過二十公尺，所以，我想我應該可以在山上面看到那扇門的。

我順著火山口，慢慢地走著。

太陽越升越高，火山口中的情形，也可以看得更清楚了，我沿著火山口走到一半時，突然看到了一絲金屬的閃光，那種銀色的閃光，一定是金屬所發出來的！

一看到那種閃光，我立時停了下來，仔細審視著，火山口之內的岩石，奇形怪狀，有的圓得像球一樣，有的像是鐘乳，大都呈現一種異樣的灰紅色。

是以，那種金屬的閃光，看來便十分奪目，我立即看出，它大概有兩公尺高，一公尺寬，我的心中陡地一動。那是一扇門！

那是一扇金屬的門！一定就是米倫太太在她信中提到的那一扇門，也就是我要找的那扇門！本來，我對於火山口會有一扇門這件事，仍然是將信將疑，心中充滿了疑惑的。

但現在，它的的確確在那裏了，那實在是不容我再懷疑的事！

第八部：一扇奇門

我不禁苦笑了起來，我想，每一個人在我如今那樣的情形下，都不免要苦笑的。那扇門，看來是嵌在火山口的岩壁上，它是通向何處去的呢？是甚麼人安了一扇門在這裏的呢？這一切，全是不可解釋的事！

但是，不可解釋的事已經呈現在眼前了，那除了苦笑之外，還有甚麼別的辦法？

我看了大約十分鐘，太陽升得更高了，陽光也可以射進火山口的更深處，但自然不能達到火山口的底部，所以向下看去，最底層仍然是一片濃黑，陽光照射的範圍越是廣，反倒令火山口中，更顯得陰森可怖！

我開始小心地向下攀去，我必須十分小心。因爲火山口岩壁上的岩石，是岩漿在高熱之下冷卻凝成的。

在火山口內的岩漿開始漸漸變冷的時候，它會收縮，是以有的岩石，看來是和岩壁連結在一起的，但實際上，早已因爲收縮之故，而和岩壁分離了，只不過有極小部分維持著石塊不跌下去而已！

在那樣的情形下，如果我不由分說地踏上去的話，那麼我一定會連人帶石跌下去的了。

我在尋找每一塊踏腳石之前，都用手攀住了我已認為可靠的石塊，用力蹬上一蹬。

我才不過落下了五六公尺，已有好幾塊大石，被我蹬得向火山口底下直跌了下去。

我不知那火山口有多深，但是幾塊大石跌下去，我都聽不到它們落地的聲音。直到一塊足有一噸重的大石，被我蹬了下去，我屏氣靜息地等著，足足等了好幾分鐘，才聽得深得像是已到了地獄的深處，傳來了一下聲響，那聲響空洞得使人發顫。

我足足花了半小時之久，才下落到那扇門前。那扇門是在特別突出的一大塊岩石的上面，像是一個大平台。

我的身子慢慢地移動著，當我終於來到了門邊的時候，我更可以肯定那的確是一扇門了！而且，我還立即發現了那鑰匙孔！

我還看到，那門口本來是有兩行字的，但是卻已經剝落了，變成了許多紅色的斑點，已看不清那是甚麼了，我心頭怦怦亂跳，一手攀住了石角，一手取出了鑰匙來，向鑰匙孔伸去。

但是，我卻無法打開那扇門來，因為在鑰匙孔中，塞滿了石屑，我取出一柄小刀來，用力挖著塞在孔中的那些石屑，這並不是一件容易做的工作。

我只能用一隻手來工作，腳踏在一塊石塊上，我的另一隻手，必須用來固定我的身子，否則我一用力，就會跌下去了。

我在挖除塞在鑰匙孔中的石塊時，發現了十分奇怪的一個現象。鑰匙孔並不大，但是在孔中的石屑，卻比孔要大得多。

是以我必須先用小刀尖，將石屑用力撬碎，然後才將之一粒一粒弄出來。

大石頭爲甚麼能走進比它體積小的鑰匙孔中去呢？那只有一個可能，就是石頭進去的時候，並不是固體，而是液體。

也就是說，是岩漿流了進去，在鑰匙孔內，凝結成爲岩石，所以才有如此現象的。

我發現了這一點，至少使我對這扇不可思議的怪門，有了一點概念。

我所想到的是：這一扇門在火山口，一定是在那次火山突然爆發之前的事，火山爆發時，岩漿湧了上來，塞住了鑰匙孔！

我費了好久，才算將鑰匙孔中的石塊，一齊清除了出來，然後，我將那柄鑰匙，慢慢地插了進去。

我在插進那柄鑰匙之際，我心情的緊張，當真是難以形容的。老實說，我還感到相當程度的恐懼，我甚至希望那門的門鎖因爲年久失靈了，使我打不開那扇門！

如果是那樣的話，那麼，我就可以召集多些人來，用別的方法將門弄開，人多些，總比我自己一個人面對著這一扇神秘莫測的門要好得多了。

但是，我的希望，卻並沒有成為事實，當鑰匙插進去之後，我輕輕地轉動著那柄柄上有兩隻翼的浮雕的鑰匙，只聽得「啪」地一聲響，顯然我已經成功地將那門打開來了。

門上並沒有門柄，我只有捏著那柄鑰匙，慢慢地向外拉著，那門漸漸地被我拉了開來。

在門被拉開之際，又有好幾塊石塊，向下落了下去，那些石塊，是在門和門框的縫上的，因為門被我拉開，而使它們落了下來。

當門被漸漸拉開之際，我的全部注意力，都集中在那門的裏面了。

在那一剎間，我的腦中，不知閃過了多少奇奇怪怪的念頭，我想到那扇門裏面，可能是第四空間，那麼我將從此消失在第四空間中，再也回不來了，就像是在汪洋大海中飄蕩的小船一樣。

我又想到，那門裏面，可能是稀世寶藏，就像「芝麻開門」中的那扇門一樣。

我腦中古怪的念頭是如此之多，是以，當那扇門拉了開來，我可以看清門內的情形之際，我真的呆住了，因為門內甚麼也沒有！

我說門內甚麼也沒有的意思，並不是說門裏面是空的，或門內仍然是岩石，在門的後面，是一個小小的空間，像是一隻箱子，或者更恰當地形容說，像是一具可以容納兩個人的升降機！

那「升降機」的四壁、上下，也全是金屬的，和那扇門，是同一金屬，可是，就是那樣一個小小的空間，並沒有其它。

我呆了半晌，又不禁苦笑起來。米倫太太信中所指的門，自然便是這一扇，但是她信中說的那扇門，卻是和她有關的。

我滿以為我只是打開了那扇她說的門，就可以得知她的神秘身份了，但如今，我卻只看到了一個小小的空間，米倫太太如果是和人在開玩笑的話，那麼這個玩笑，開得著實不小！我因為在未曾打開這扇門之前，心中所想的古古怪怪的事情實在太多了，是以看到門內只是一個小小的空間，便大失所望起來。

但是並沒有過了多久，當我的腦中又靜了下來之際，我卻感到，即使門後空無一物，那也是一件十分值得奇怪的事情！

看來，那像是一隻很大的，可以容納兩個人的箱子，那麼是誰將這箱子搬到這裏來，將之嵌在火山口的岩石之中的呢？而且，這樣做的用意又何在呢？

我想著，已然向著「升降機」中跨了進去，當我站在那「升降機」中的時候，我發現門後，好像有一些文字，為了更好認清那究竟是甚麼文字起見，我將門拉攏了些。就在這時，我意想不到的事，突然發生了！

那門顯然是有磁性的，我只不過將門拉近了些，可是一個不小心，「砰」地一聲，那扇門竟關上了，我眼前立時變了一片漆黑！

我不禁大吃了一驚，我被困在這裏，如果走不出去的話，那真是叫天不應，叫地不靈了！

我的第一個動作，便是用力去推那扇門，想將那扇門再推了開來，而且在那一剎間，我已下定了決心，一將門推開，我便立時爬出火山口，離開墨西哥，再也不理會甚麼米倫太太了！

可是，我只不過推了一推，還未曾將門推開，我的身子，便突然向下沉去！

我不知道我的身子是如何向下沉去的，因爲我眼前一片漆黑，甚麼也看不到，我記得我是存身在一塊金屬板上的，我也記得我存身之處，看來像是一具狹小的升降機，如今我既然是在下沉，那麼，它真是一具狹小的升降機了？我下沉的速度十分之快，而且，那是突如其來的，是以在刹那之間，我反而像飛了起來一樣！

那只不過是一分鐘左右的時間，然而，這是如何使人失神落魄的一分鐘！

我終於停止了，那是在「砰」地一聲之後，我的身子只感到一下輕輕的震動。

在那之後，我的身子仍彷彿在下沉著，但實際上那只不過是我的感覺而已，就像一個在船上太久的人，上了岸之後，仍然有身在船上的感覺一樣，事實上，我已停止不再下降了。

我伸手在我的額頭之上，抹了一抹，在那短短的一分鐘之內，我已是一頭冷汗了！

然後，我苦笑了兩下，自言自語道：「如果那的確是一具升降機，那麼現在升降機已停，我應該可以推門走出去了！」

我一面說著，一面用力向前推去。

在我雙手向前推出之際，我心中所存的我可以走出去的希望，不會超過百分之一，但是不寄予太高希望的事，卻往往能成事實的！

我手輕輕一推，竟已將門推了開來！

那時候，一陣新的驚恐，又襲上了我的心頭，剛才我下跌的時間，雖然不長，但是下跌的速度，卻十分之快，那麼，現在我已由這「升降機」帶到甚麼地方來了呢？

但不論是甚麼地方，我都不能困在「升降機」之內的，我必須走出去！

於是，我仍然推開了門。

門外一片漆黑，甚麼也看不到，我並沒有攜帶手電筒，否則，要知道門外是甚麼，實在太容易了，但現在卻變成了一項無法克服的困難，因為我的身上，並沒有帶著任何可以發光的東西！

我一手推著門，伸一隻手到門外，四面揮動著，我碰不到任何東西。然後，我伸出右足來，向外面慢慢地踏了下去。

我是準備在一腳踏空之際，立時縮回來的，但是，我一腳竟踏到了實地！我踏到了實地，那不是甚麼四度空間，我是確確實實，來到了一處地方，如果有光亮的話，我將可以立時知道那是甚麼地方了！

現在沒有光亮，那也不要緊，我可以憑摸索和感覺來判斷那究竟是甚麼所在的。

我在右腳踏到了實地之後，左腳又跨了出去，一面伸出雙手，向前摸索著，我連跨了三步，我的手，突然碰到了一樣東西！

那樣東西一觸的時候，給人的感覺是十分涼的，我肯定那是金屬，我接著，便發現那是一根金屬管子。當我的雙手在那金屬管子上撫摸之際，我又發現那是彎曲的，呈一個椅背形。

當我再繼續向下摸去之際，我發現那的確是一張椅子的椅背，因爲我已摸到了那椅子的坐位和它的扶手，我向前走出一步，在那張椅子上坐了下來。

我的眼前仍然是一片漆黑，而我的腦中，卻是一片異樣的混亂。

當我在那張椅子上坐了下來之後，我勉力鎮定心情，將一切事情，都想了一想，我又決定不去想一切事的前因後果，只將如今發生的事歸納一下。

於是，我自己告訴自己：我是用一柄奇異的鑰匙，打開了一扇在火山口上的門，進入了一座小小的升降機，降到這裏來的，現在，我坐在一張椅上。

這些事情，歸納起來，十分簡單，一句話就可以講完了，但是接著而來的卻至少有幾十個問題，這張椅子是甚麼意思？爲甚麼會有一張這樣的椅子的？我如今是不是在地獄中，聽候魔鬼的審判呢？

我發覺我自己的手心，在隱隱冒著汗，當我想在椅子的扶手上，抹去我手心的汗時，我發現在椅子的扶手上，有八個突出的物體。全在右邊的扶手，我雖然看不到甚麼，但是從我手指的觸覺來判斷，我可以立時肯定，那是八個按鈕！

當我一發現了這一點，我真正躊躇難決了。朋友，任何人和我在同一處境，一定都會有同樣的爲難處的。

我根本不知自己在甚麼地方，也根本不知那張椅子究竟是甚麼來歷，黑暗使得本來已是神秘之極的事，更加神秘莫測！

而那八個掣鈕，當然是各有所用的，如果我能夠知道它們各自的作用的話，那麼，我倒不必猶豫了，可是我卻根本不知它們的作用！

它們之中，可能有一粒是令我脫困的，也可能有一粒是會使我所在處爆炸的，更可能有一粒是會令得火山突然爆發的！

或者，我坐著的那張椅子，可能是「時間機器」，那我如果胡亂按下一個鈕的話，我可能去到一百萬年之前，我可不想和恐龍以及劍刺虎去打交道！

又或者，我按下一個掣後，真會使我到達第四空間去！當然，最好的方法，是我根本不去按那八個掣鈕中的任何一個！

但是，難道我要一直坐在這椅子上？我又實在必須明白我的處境和改變我的處境！

我的手指，在那八個掣鈕上移來移去，就是沒有勇氣按下去。

而當我的手指在那八個按鈕上不斷移動著的時候，我的手心中，卻不住地沁出冷汗來，以致我好幾次用力將手心在我的衣服下抹著，將汗抹去。

我心中千百次地問自己：我怎麼辦？我該怎麼辦？我呆了怕足有半小時，才突然站了起來，我決定一個按鈕也不去碰它，我要由那「升降機」上去，從火山口爬出去，再不想起這件事。

但是，在黑暗中摸索著，我卻根本沒有法子弄開那「升降機」的門，是以，在十分鐘之後，我又在那張椅子上坐了下來，和剛才一樣。

我咬了咬牙，在黑暗中，自己對自己大聲道：「不管怎樣，隨便按一個吧！」

雖然我聽到的，只不過是我自己的聲音，但是人的心理，就是那樣可笑，聽到了自己的聲音，我的膽子居然大了不少，而且也有了決斷力。

我再不猶豫，也不理會我的手指，是停在第幾個按鈕之上，用力按了下去！

隨著我手指向下一沉，在我的左邊，立時亮起了一團光芒來。

那團光芒是白色的，它十分柔和。但是再柔和的光芒，對一個久處在黑暗中的人來說，都是強烈的。我乍一看到光芒，立時轉過頭去，但是在我剛一轉過頭去的一剎間，我卻甚麼也看不到。

那一段甚麼也看不到的時間十分短暫，接著我便看清楚了，那光芒，是由一盞燈發出來的，那盞燈有一個相當長的燈罩，是以使得燈光變成了一個徑可兩呎的圓柱形，而顯示在那圓柱形的燈光之下的，卻是一個人！

那自然是一個人，他站著，雙手緊貼著身，雙目閉著，他是一個男人，而且是一個偉丈夫，乍一看來，他像是懸空站著，但是幾分鐘之後，我便看清楚，他是在一個透明的圓桶之中的，而那燈光，是從圓桶的頂部，照射下來，罩住了他的全身。

我驚訝得在不由自主之間，霍地站了起來，我的目光定在那人身上，那人是死的，還是活的？是一個真人，還是一個假人？

這些問題，我在剎那間，都無法回答。但是我卻立即肯定了一點！我以前，是在甚麼場合之下，見過這個人的，他對於我來說，十分臉熟！

而且，我也立時想了起來，他，就是在那本簿子的圖片中，和米倫太太站在一起的那個男人！

如果我的推斷不錯的話，那麼，他應該是米倫太太的丈夫，米倫先生！

我又立即記起了米倫太太給尊埃牧師的那封信中的幾句話，她說，她的丈夫死了，她將他保存了起來。米倫先生死了至少有十年了！米倫太太是用甚麼方法，將他的屍體保存得如此之好的呢？

我像是中了邪一樣，腳高腳低地向前走去，雖然我明知我每一步，都是實實在在，踏在地上的，但是我仍然感到我彷彿是踏在雲端上一樣。

在事後的回憶中，我甚至無法記起我究竟是如何來到了米倫先生的面前的，我只記得，當我來到了米倫先生的面前，當我揚手可以碰到他的時候，我揚起了手來，但是我卻沒有碰到他。

我的手被一透明的東西所阻，那透明的東西是圓桶形的，我不知那是不是玻璃，但至少手摸上去的時候，和摸到玻璃的感覺不同，它非常之滑，滑到難以形容，米倫先生的身體，就在這圓桶之中。

我也無法回憶起我在那圓桶之前，怔怔地對住了米倫先生究竟有多久。

我只是注意到米倫先生面部的神情，十分安詳，一點也不像一個死人。而他身上所穿的衣服，好像是金屬絲織的，閃閃生光。

我在呆立了許久之後，才後退了一步！

當燈光亮起之際，我首先看到了米倫先生，我的全部注意力，也自然而然，爲米倫先生所吸引，我根本來不及去注意別的事。

直到這時，我向後退出了兩步，我才看到，那光線雖然集中照在米倫先生的身上，但是也足可以使我看清楚其餘地方的情形了。

我無法形容我是在甚麼地方，但那決計不是山洞，也不像是房間，我像是在一個極大的艙中，它的四面，全是各種各樣的儀表，在我的左邊，是一幅深藍色的幕。

而我在剛才所坐的椅子之旁，另有一張椅子，那椅子之上，放著一頂帽子。

剛才我在黑暗之中亂坐，已將那頂帽子坐扁了。

我還看到，在兩張椅子之前的，是兩座控制台，也有著各種按鈕和儀器。

我看清了這一切之後，不禁發出了一下呻吟聲來，我知道我是在甚麼地方了，我是在一艘十分大的太空飛行船之內。

那毫無疑問地是一座太空船，而且我還知道，那是由米倫先生和米倫太太駕駛的。現在，我更可以確知米倫太太口中的「在一次飛行中死亡」的那次飛行，是甚麼樣性質的飛行了。

那是星際飛行！

米倫先生和米倫太太，是來自別的星球的高級生物！

當我自以爲終於有了米倫太太來歷之謎的時候，我大大地鬆了一口氣。本來，我對米倫太太的身份，對火山的突然爆發，便有著如此的假設的，現在又獲得了證明，自然更是深信不疑了。

我在太空艙中踱來踱去，我知道了那是一艘太空船，對於那些按鈕，自然不再感到恐懼，我反而連續地按下了幾個。其中的一個，令得那藍色的幕，大放光明，那幅幕本來是深藍色的，一放光明之後，變成了明藍色，而且，在幕上還出現了許多金色的亮點，有大有小，有的明亮，有的黯淡。

我再三看了幾眼，便呆了一呆，那是一幅星空圖，我可以立時指出那右下角特別明亮的一點是太陽，因爲有幾個大行星繞著它，那其中的一個，有一個光環，那自然是土星了。

地球當然也在其中，而當我認出了地球之際，我更是疑惑了，因爲我看到有一道極細的紅線，自地球開始，向外伸展出去，在那股紅線上，有著表示向前的箭嘴形的符號，那紅線一直越過太陽系，再向前伸展，我可以清晰地辨認出，那股紅線，繞過了幾個大星座。

那幾個大星座是昴宿星座、金牛星座和蜈蚣星座。然後，那股紅線直穿過獵戶星雲，和阿芬角星雲。那個阿芬角星雲究竟有多大，誰也說不上來，科學家曾估計過，如果以光的速度來行進，一萬萬年只怕也穿不過去，但是那股紅線卻在當中穿過！

而且，那股紅線還在繼續向前，又穿過了一大堆我叫不出名堂的星雲，然後，才折了回來。

如果那股紅線是代表著航線的話，那麼它的「歸途」，倒是十分簡單的。它的「歸途」並沒有甚麼曲折，幾乎成一直線，自遼遠的天際，回到了地球那股紅線，標明在那樣一幅龐大的星空圖之上，而且又有著箭嘴的符號，我說它是航線，那本來是不必加上「如果」兩字的。

但是，我卻仍然非要加上這兩個字不可，因爲事實上，根本不可能有一條這樣的航線的。要完成這樣的航線，以光的速度來進行，也要幾萬萬年。而我們現今知道，用光的速度來行進是不可能的。那麼，這股紅線怎可能是一條航線？

尤其，這股紅線的起點和終點，竟都是地球，這就更令人覺得它的不可能了。

我呆呆地看了半晌，才走近去，我發現那一大幅深藍色的幕，像是我們習見的螢光屏，我不知道那是甚麼，但是我卻發現，就在那幕的旁邊，有著一系列的控制掣鈕，於是我隨便按下了其中一個。

像是我們按動了幻燈機的鈕掣一樣，一下輕微的聲響過處，突然，幕上的形象轉換了，那是一幅十分巨大的相片，我要後退幾步，才看得清楚。

而當我後退了幾步之後，我不禁呆住了。

在那奇大無比的「照片」上，我看到一望無際的平原，而站在近處的，則是米倫先生和米倫太太。他們兩人的身上，都穿著奇異的衣服，在頭上，則套著一個透明的罩子，從那罩子上有管子通向背部。

在那巨大的平原之上，是一個極大的光環，那光環作一種異樣的銀灰色。

在右下角，有著好幾行文字，顯然是說明那是甚麼地方的，但是我卻看不懂那些字。但我不必看懂那些字，我也可以知道，這是土星！

只有土星，才會有那麼大的光環！那樣說來，米倫夫婦，至少是到過土星上的了！

問題並不在於他們是不是到過土星，從那艘如此龐大的太空船來看，他們兩人到過土星，那並不是甚麼不可以接受的事實。

而問題是在於：他們兩人，是從何處啓程，去到土星的。是從地球麼？那實在太可笑了。

我的腦中十分混亂，我之所以想到他們會從地球啓程的，那並不只是因爲那股紅線的起點和終點，都是在地球上。而更因為當我和米倫太太一齊在潛艇上之際，我曾和她談過話。

米倫太太在談話之中，曾向我問及一個十分奇怪的問題，她問我，我們叫那發光的大圓球，是不是叫太陽，然後她又問我那個行星，正是我們的地球，她又說她的確回到地球來了。

從那一番話中來推測，她倒的確是從地球出發的——然而如果她是從地球出發的話，那麼，不是她瘋了，就是我瘋了，兩者必居其一。

我使勁地搖了搖頭，想使我自己比較清醒些，但是我一樣混亂不堪，無法整理出一個頭緒來。我繼續不斷地去按那個掣，每當我按一下那個掣之際，畫面便變換一樣。我看到米倫夫婦，不斷地在各種各樣奇形怪狀的星球之上拍著「照片」。

也有的「照片」，是沒有人的，只是奇形怪狀的星球和星雲，看來他們的旅程，的確是如此之遙遠，以致有些「照片」，看了之後，令人根本看不出所以然來，心中則產生出一股奇詭之極的感覺。

我不斷地按著，「照片」一共有兩百來幅之多，到了最後的一幅，卻令我發怔。

那幅照片上，有許多許多人，大多數是金髮的，有男有女，那是一個極大的廣場，廣場上，則停著一艘銀灰色的太空船。

那艘太空船對我來說，並不陌生，我至少看到它停在古里古怪的星球之上六七十次之多，我知道，那就是米倫夫婦的太空船。

也就是說，我如今就在這艘太空船之中！

在那「照片」上，那艘太空船，停在空地的一個發射台上，那發射台十分大，倒有點像是巨大的祭壇。而那發射台之旁，全擠滿了人。

在那些人中，其中有一個正在振臂作演說狀，別的人也都像是在聽他講話。那是一個十分壯闊的場面，我想，這大概是那艘太空船起飛之前，留下的照片。

而令我震驚莫名的是，那「照片」的拍攝時間，已是在黃昏時分了，而在「照片」的右上角，有一個圓形的發光體。

那圓形的發光體，是銀白色的，上面有著較深的灰色陰影，乍看去，像是一株樹。一個銀白色的圓形發光體，在其中有灰色的陰影，陰影的形狀，像是一株樹，各位，那是甚麼？

那是月亮！是地球唯一的衛星！

第九部：誰是地球人

每一個地球上的人，自他出生起，就可以看到這個衛星，這個被稱爲「月亮」的地球衛星，對任何一個地球人來說，都是熟悉得不能再熟悉的東西，沒有一個人不是一眼就可以認出它來的！

我當然也不例外，所以我立時肯定，那是月亮，那一定是月亮！

而當我肯定了這一點之後，我爲甚麼大是震驚，也就容易理解了！

因爲肯定了那是月亮的話，就得進一步肯定，那「照片」是在地球上拍攝的。因爲只有在地球之上，才能看到這樣形狀的月亮，和月亮永遠對著地球的那一面。

進一步肯定了那「照片」是在地球上拍攝的之後，那就更能肯定，那艘太空船，是從地球上出發的。

那也就是說，米倫太太和米倫先生夫婦兩人，根本不是別的星球上的高級生物，他們是實實在在的地球人！

可是，如果他們是地球人的話，爲甚麼我也是地球人，但是我卻從來未曾見過那樣的太空船？爲甚麼我也從未見過像米倫太太那樣的金髮美人，而我也聽不懂米倫太太所說的，和看不懂太空船中的文字？

爲甚麼？難道我倒反而不是地球人麼？

我苦笑著，我的腦中，混亂到了極點，實在不知從哪一方面去想才好。

過了好久，我才想到，那只有一個可能，便是在地球之上，有一個地方，還未爲我們所發現，而這個地方的人，科學卻已比發現了的所有地方的人要進步得多，是以他們已可以派出太空船，作遠距的外太空飛行了！

這樣的假設，乍一看來，似乎是唯一的可能了。但如果仔細一想的話，便知那根本不能成立！

因爲第一，我們也已有了太空人，太空人在高空的飛行之中，可以作極其精密的觀察，太空人在高空之中，已可以看到地球的每一個角落，地球上已不可能有甚麼「迷失的大洲」了。

第二，如果真是那樣的話，米倫太太在又回到了地球之後，爲甚麼不回到她自己的地方去，而要如此憂鬱地過著日子呢？

我心中所想的這個「唯一的解釋」，顯然根本不是解釋，我不得不將之放棄！

我後退了一步，在那張椅子上坐了下來，我的目光，仍舊定在那幅巨大的「照片」上，我的感覺，如同吞服了迷幻藥一樣，在我眼前出現的一切，似乎全是不可思議的幻境，而不是事實。

過了好久，我才嘆了一口氣：我該怎麼辦呢？

無論如何，我總得先離開這裏！

我離開這裏之後，要將這裏的一切，通知墨西哥政府，而墨西哥政府，一定也會知會美國政府，美國方面一定會派出太空專家來這裏研究這裏的一切的。

我並不是太空飛行專家，我自然無法知道這艘太空船的來龍去脈！

可是，我如何離開這裏呢？

我是從那「升降機」中下來的，我自然還得從那裏上去，因爲我已發現太空船除了那一道門之外，已沒有別的通路了。

我坐在椅上，四面看看，我看到了那頂放在另一張椅上的帽子，我一欠身，將那頂帽子取了過來。那是一頂太空飛行員的帽子，帽子的邊簷，可以遮住耳朵，而且十分厚，像是裏面藏著儀器一樣。

那頂帽子十分大，我推測是屬於米倫先生的，我當時只是一時好奇，將那頂帽子，向我自己的頭上，戴了一戴，我一戴上了那頂帽子，帽簷便自然而然，遮住了我的雙目，而也就在那一剎間，我的耳際，突然響起了一種奇異的聲音。

那像是一個人在呼叫，可是，究竟在叫些甚麼，我卻聽不懂，那呼叫聲只是翻來覆去，重覆著那幾個音節，如果那是一句話，那麼，這呼叫聲便一直是在重覆著這一句話。我整個人在不由自主間，已然站了起來，我雙手緊緊地握著拳。那是一句甚麼話呢？那聲音自何而來呢？我是不是能和發出這聲音的人通話呢？

剎那之間，我的心中，充滿了問題，我假定那帽子的帽簷之中，藏著類似無線電通訊儀同樣性質的儀器，所以我能聽到那呼聲。

而這頂帽子，本來是米倫先生的，如果是通訊儀的話，那不會是單方面的，一定是雙方面的，換句話說，發出呼號的那個人，應該可以通過儀器，而聽到我的聲音的。

但是儀器在甚麼地方呢？

我坐到了放置米倫先生帽子的那張椅子上，在椅子面前的控制台上尋找著，我按動了好幾個掣，其中的一個，使控制台亮起了一幅光幕，但是那光幕上，除了雜亂無章的線條之外，卻甚麼也沒有。

我對著一個有著很多小孔的圓形物體，大聲叫著，希望那就是通訊儀器。

但是，我的努力，卻一點結果也沒有，我的耳際所聽到的，仍然是那一句單調的聲音，不停地在重覆著，我顯然未能使對方聽到我的聲音。

我幾乎按動了太空船中所能按動的每一個掣，最後，我用力扳下了一個紅色的槓桿，我聽到一陣「隆隆」的聲響，那「升降機」的門，竟然打了開來。而另一方面，太空船在發生輕微的震蕩。

一看到那「升降機」的門打了開來，我的心中便是一喜，我挾著那頂「帽子」，向玻璃圓桶中的米倫先生望了一眼，奔進了升降機。

那升降機顯然是一承載了重量，便自動發生作用的，是以我才一站了進去，門便關上，同時，我的身子，已急速地向上升去！

由於上升的速度太快，以致在剎那之間，我腦部失血，感到了一陣昏眩，完全失去了知覺。那絕不是一種舒服的感覺，我的身子，也不由自主蹲了下來，等我恢復了知覺，站了起來之後，我發現上升已然靜止了！

我吸了一口氣，使我自己站得穩定一些，然後，我慢慢地推開了門。

那門一推開，我便看到了深不可測的火山口，而我抬頭向上望去，我看到了萬里無雲的青天！

我上來了，我已離開了那艘在火山口下面的太空船而上來了！

我心情的興奮是可想而知的，我連忙小心翼翼地向外跨去，雙手一伸，抓住了石角，穩住身形。而就在我雙手一伸間，我脅下的那頂「帽子」，便向下直跌了下去，當我低頭去看時，那頂帽子已然看不見了，我根本沒有任何將之接住的機會！

那使我的心中十分難過，因爲這頂帽子，可以作爲證明，證明在火山之下，有著這樣的一艘太空船在，當時，我所想到的第一件事，便是立即再下去，再取一件東西作爲證明。

如果我確然那樣做的話，那倒好了！

可是，我卻只是那樣想，而並沒有那樣做，我心忖，而且的確有這樣的一艘太空船在火山之下，要找到它是很容易的，不必甚麼證明，也可以說服人家的。而我則急於將這個消息公諸於世！

我只是停了極短的時間，便開始向上攀去，當我攀出火山口之際，已是黃昏時分了，我絕不休息，立時下山，到了山腳下，夜已深了。

我的車子仍在山腳下，我一上車，便將速度加至最快，向前疾駛，我要盡快趕到墨西哥市去，去向墨西哥政府報告一切。

清晨時分，我到了一個小城市，那裏有小型的飛機，我租了一架飛機，那是一種十分簡單的小型飛機，機上的無線電通訊設備，也簡單得只有到了另一個機場的上空時，才能和機場方面通話。

但是我卻根本沒有選擇的餘地，因爲這是我所能獲得的最快的交通工具了。

我在離墨西哥不遠處，停下來加了一次油，又向前飛去，然後，在下午三時，我到了墨西哥的機場，在飛行之中，我早已盤算好了，一到墨西哥市，下了飛機，我第一件事，便是找駐守機場的最高級警官，然後，要他帶我去見墨西哥的內政部長。

我一時之間，也弄不清楚，我發現了那樣一艘怪異的飛船，該向哪一個部門報告才是，但我選定了內政部，我想這大抵是不錯的。

因爲那艘飛船，是在墨西哥境內發現的！

當我跨出飛機之際，我幾乎立即見到了那位留著小髫子的高級警官。那是因爲機場方面接到了我要求降落的通訊之後，便立時通知那位警官的。一個外國人，獨自駕駛著一架飛機，自瓜地馬拉的邊境處飛來，這件事，自然是太不尋常和引人注意一點了！

是以，我飛機才一停定，一輛吉普車，便已載著那位警官和他的四名部下來到了。

我不怪他們，這是他們的職責，而不是他們大驚小怪，可是我卻也著實不敢恭維那小髫子警官的態度，他簡直不聽我說甚麼，便對我和那架飛機，展開了極其嚴密的搜查，足足費了一小時之久。

他當然搜查不出甚麼來，當他搜查不出甚麼來的時候，他才想起，我是人，他也是人，我們是可以交談的，他可以問我問題！

於是，他轉動著警棍（花式有五六個之多，十分美妙），來到了我的面前，道：「你來作甚麼？」我直截了當地回答他，道：「我是來見你們的內政部長的。」

小鬍子警官嚇了一跳，道：「你是部長先生的朋友？」

我搖頭道：「不是，但是我——」

小鬍子警官又自作聰明地打斷了我的話頭，道：「我知道了，你是想投訴在機場的待遇，但是全部是合法的。」

我苦笑著，道：「你又弄錯了，我絕沒有那樣的意思，我要見你們的內政部長，是因爲我有一個對你們國家十分有利的消息，要向他報告！」

小鬍子警官笑了起來，道：「原來那樣，好，好，我替你去聯絡一下。」

他走上了吉普車，我也老實不客氣地跟了上去，車子駛進機場大廈，我又跟著他來到了他的辦公室。

墨西哥市可以說是世界上最可愛的城市之一，但是那位小鬍子警官，卻殊不可愛。

他拿起了電話之後，先和機場的電話接線生，又講又笑，足足講了十分鐘，大吃豆腐，我可以在電話筒中聽到女接線生「咭咭」的笑聲。

然後，電話大約接通到內政部了，對內政部的接線生，小鬍子警官倒是規規矩矩的，然後，又通過了許多人，許多人問他是甚麼人，而小鬍子警官便不嫌其煩地將他自己的身份和我的要求說上一遍。

我在一旁，實在等得冒火了，忽然聽得小鬍子警官大叫一聲，道：「行了！」

我連忙停止了踱步，道：「我們走！」

可是他卻瞪著眼望定了我，道：「到哪兒去啊？」

我一呆，道：「你說，『行了』，不是內政部長已答應接見我了麼？」

小鬍子警官笑了起來，道：「當然不是，但看看——」他向壁上的鐘指了一指：「已經五點零一分了，下班的時間到了，明天再說吧！」

我本來已經夠冒火的了，一聽得小鬍子警官那樣說法，我陡地跳了起來，真如同舊小說中所寫的那樣：「怒從心頭起，惡向膽邊生」，我托地跳到了那小鬍子警官的面前，向著他的下頰，兜下巴便是一拳！

人在盛怒之下做的事，一定是最愚蠢的，我兜下巴打了那小鬍子警官一拳，自然使那位警官以後和女接線生打情罵俏之間，可能因發音不清而有些障礙，因爲我使他的兩顆門牙，脫離了牙床。

但是，這一拳，卻也使我進了監獄！

我在硬板床上輾轉反側著，過了一夜，那滋味實在不好受，尤其是在墨西哥市的監獄之中，因為墨西哥市林立著五星級的大酒店！

第二天中午，法官判決下來，我被罰了一筆錢，總算還是上上大吉，我一離開法庭，便立時直趨內政部，要求謁見部長。

像我那樣要求的一定不多，尤其是一個外國人。是以我在一個個辦公室中，被推來推去，那些科長、處長以及說不出名堂來的官員，像欣賞一頭怪物一樣地欣賞著我。

好不容易，遨遊了許多關，我總算見到副部長了。

副部長宣稱，部長正在參加內閣會議，根本不能接見我，而他則是我所能見到的最高級官員了。對於這一點，我倒也沒有異議，部長和副部長，沒有甚麼分別，反正我是懷著一片好意，來將我的發現，報告給墨西哥政府知道的就是了。

於是我向這位副部長敘說我的發現，我開門見山說，我發現了一艘極龐大的太空船，這太空船是十年之前，降落在墨西哥市境內的，太空船來自何處，還是一個謎，但這件事，定當轟動世界。

副部長十分耐心地聽我說著，我說得極其簡單扼要，並向他指出，那艘太空船十分完整，其中的一些儀器，全是無價之寶，副部長聽得我那樣講法，自然更加聽得大有興趣起來。是以，當我的敘述告一段落之際，他連忙問我：「那艘太空船在甚麼地方？」

我道：「在一座火山的火山口之下。」

「一座火山口下面！」副部長高叫了起來。

我對他的高叫，並不覺得奇怪，因爲那是正常人的正常反應。任何人聽說在一座火山的火山口下面，有著一艘太空船，他都會那樣高聲叫起來的。

但這時，我必須令得副部長相信我所說的話，是以我竭力令得自己的聲音，聽來十分誠摯，我道：「是的，副部長先生，是在一個火山口下，有一座升降機，是通向太空船的，而那升降機的門，是在火山口的內壁之上，我已經進去過一次了。」

副部長用一種十分異樣的眼光望定了我，但是由於我說得十分之肯定，是以他的臉上，多少帶著一些無可奈何的神情，他攤開了雙手，向他背後牆上張貼著的墨西哥大地圖，指了一指，道：「好，那火山在甚麼地方，請你指給我看——」

他講到這裏，頓了一頓，然後又解嘲也似地笑道：「我倒真希望我們會有震驚世界的發現！」

我絕不介意他話中的譏諷意味，因爲他能夠耐著性子聽完我的敘述，這一點，已然令我十分感激他了。

我繞過了他的辦公桌，向前走去，來到了牆前，我在地圖上找到了古星鎮，然後，我輕而易舉地找到了那火山，直到這時，我才知道那火山有一個十分古怪的名稱，它的名稱，意譯是「難測的女人」。

我想，這火山之所以會獲得「女人」的名稱，大概是由於它的爆發十分沒有規律，隨時隨地會發生，就像女人的脾氣一樣之故。我的手指，指在女人火山上，回過頭來，道：「就是這個火山，它原來叫難測的女人山，你只要派人去，我可以帶隊，我們可以一齊進入那太空船，說不定還可以將太空船弄上來，那就——」

我只講到這裏，便突然自動住了口。

那並不是副部長搶著說話，或是用甚麼手勢打斷了我的話頭。

我之所以突然住口，不再向下講去，全然是因爲我突然發覺，如果我再向下講的話，一定有甚麼不可測的惡果會發生了！

而使我發覺了這一點的，則是副部長先生的臉色。他的臉色，越來越是難看，當我自動停口時，他臉上已然變成了豬肝色！

而他的雙拳，緊緊握著，他雙眼瞪著，上唇掀露，現出了兩排白森森的牙齒，就差他的眼中沒有冒火，頭上沒有出煙了！

我住了口之後幾秒鐘之內，副部長仍然用這樣的神情瞪定了我，我實在忍不住了，我不得不問道：「副部長，我可是有甚麼地方，說得不對麼？」

副部長上下兩排白森森的牙齒，突然張開，接著，自他的口中，便噴出了一句粗俗不堪，令我無法轉述的話來。然後，他發出一連串的咒罵。那種咒罵，即使是市井無賴在盛怒之際，也不肯發出來的，但是它們卻像是泉水一樣，滔滔不絕地自副部長先生的口中，流了出來，向我兜頭兜腦，淋了下來。

我完全給他弄糊塗了，以致在開始兩分鐘之間，我竟全然不知道還擊，但是我總算在兩分鐘之後，恢復了還擊的能力，我大聲回罵著他，同時責問他道：「你放那一連串的屁，算是甚麼。我看你的樣子，像是一隻被踩痛了尾巴的癩皮狗！」

副部長更加咆哮如雷，道：「你才是癩皮狗，我應該將你關進黑牢中去，你這該死的瘋漢，你竟敢這樣子來戲弄我，你的……」

接下去，又是一連串的粗俗俚語，我大力在他的桌上一拍，「叭」地一聲響，令得他的話停了下來。我道：「我將這件事來告訴你，全是爲了一片好意，你可以不信，但不必像瘋狗一樣亂吠！」

副部長向我揮著拳，道：「你是我一生之中見過的最大無賴！」

我立時冷笑著回敬他，道：「那一定是你從來也不照鏡子的緣故。」

副部長握著拳，看樣子是想打我，但是突然之間，他轉過身，拉開了一隻抽屜，自抽屜中取出了一大疊報紙來，用力摔在桌上，罵道：「看，用你的狗眼，看看清楚，再來和我說話！」

我不知道他那樣做是甚麼意思，但是我還是低頭向報紙看去。而一看之下，我不禁呆住了。那報紙的頭條新聞是：「女人火山，突然爆發，岩漿自火山口湧出，破壞接近火山的公路。」

不但有著標題，而且也有圖片，更有女人火山位置指示的地圖！

第十部：徹底的迷失

我低下頭去，看著內文。內文說：女人火山是突然爆發的，古星鎮的居民在聽到了隆然巨響之後，火山口噴出來的烈燄，已染紅了半邊天。

我也看到了新聞內容中記錄的火山爆發的時間，那是我離開火山口之後的五小時，當時，我正在盡一切可能，趕到墨西哥市來，根本未曾有時間看報紙和聽任何的廣播，是以絕不知道這件事。

我站著發呆，現在，我自然明白為甚麼副部長突然之間大發雷霆了。

女人火山的爆發還未停止，我卻叫他帶人到女人火山的火山口下面，去尋找那艘太空船！當我看完了那段新聞之後，我已變得完全沒有話可說了，我說甚麼好呢？本來，我的話，是輕而易舉可以得到證明的，只要一到女人火山的火山口，就可以看到那扇門了，為了方便，我將那鑰匙留在那扇可以直通火山底太空船的門口。

但是現在，女人火山又爆發了，大量岩漿湧了上來，必然將那門蓋住，而且，火山底部的變動也必然使太空船再向下沉去，那也就是說，再也沒有人能找到那太空船了，除非能將整座火山移去。

那也等於說，我剛才向副部長講的話，全都變成了毫無佐證的謊言，而且可以說，是世界上最無恥的謊言！

看到我低著頭，默不出聲，副部長的怒意，似乎也稍為平息了一些，他冷笑了一聲，道：「外國朋友，你還有甚麼話好說？」

我抬起頭來，苦笑了一下，道：「沒有，我完全沒有甚麼可以說的了……不，還有一句話，是我一定要說的，副部長先生，你想，我是如此愚蠢的人？愚蠢到了揀一個正在爆發的火山，來編我的謊言？」

副部長聽得我那樣說，臉上的怒意，也漸漸地褪了。那證明他是一個十分明理的人，因爲在聽到了我的敘述之後，大爲惱怒，那是人之常情，但要在惱怒之中，聽出我的話不無道理，那卻並不是容易之事了。

我嘆了一聲，我已準備放棄了，因爲我已沒有了證據，我再也找不到那艘太空船了，還有誰肯相信我的經歷？還是別再說下去的好！

是以我向副部長鞠了一躬，道：「對不起，副部長先生，恕我打擾了你，你別將我剛才所講的話放在心上，就當我沒有說過好了。」

副部長發出寬恕似地一笑，道：「我知道，有時，人是會突發奇想的！」

我沒有別的話可說，只是苦笑著，慢慢地走向門口，副部長在我將要拉開門的時候，忽然叫住了我，道：「請停一停，先生。」

我站住，轉過身來。副部長笑著，道：「對不起，我有一個十分可笑的問題想問你，但是我卻希望你對我的問題，能有真誠的回答，你肯麼？」

我向副部長攤了攤手，道：「請問，我對於任何問題，都是十分樂於回答的。」

副部長直視著我，道：「你剛才所說的，有關那太空船的一切，可是真的麼？」

我也絕想不到他會問我這樣的一個問題！

我怔了一怔，反問道：「如果我說一切全是真的，你可會相信我的回答麼？」

這一次，輪到副部長來苦笑了，他搖著頭，當然是他無法回答我的反問，是以他揮了揮手，道：「再見，衛先生，我想我不應該向你問這個問題的。」

我聳著肩，走了出來，當我走過了長長的走廊，推開了大玻璃門，又走過了那鋪滿彩色碎石的廣場之後，我在一株樹下，停了下來，我倚樹而立，我要使自己好好地靜一靜，將整件事再想一想。

本來，事情已然到結束階段了，但是「女人」火山的爆發，只怕又使事情擱下來了。

當然，我還保有那日記本，姬娜和基度太太，也可以證明米倫太太的存在，還有，我那批老古董朋友，他們也保有那一批古董。

可是那一切，卻只能說明米倫太太是謎一樣的人物，而絕不能就此證明她是由一艘極大的太空船來的。知道那艘太空船的只有我一個人，而我卻失去了一切證明！如果我不遺失那頂「帽子」，情形多少會有一些改變，又或者火山不爆發……

我惘然地想著，但是卻想不出甚麼究竟來。忽然之間我覺得周圍的人，似乎起了一陣騷動。我連忙抬頭去看，只見一輛十分漂亮的美國大跑車，在陽光下駛了過來。即使墨西哥市是一個極現代化、極美麗的城市，那樣豪華的車子也是不多見的。

而且，車主人像是有意炫耀新車一樣，將車子駛得十分慢，我一眼就看到駕車的是一個珠光寶氣、醜得難以形容的女人。

由於她的珠光寶氣，我幾乎不敢認她，但是由於她那種特殊的醜陋，是以我立時認出她是基度太太！

更使我肯定她是基度太太的，是她身邊的姬娜。姬娜本來就是一個極其美麗的小姑娘，這時，她穿著一件白色的紗裙，坐在那麼豪華的車子上，看起來，簡直就像是一個公主一樣。

我一看到姬娜，就忍不住揚手招呼她。但是我的手卻終於沒有揚起來，我在剎那間，心中想：這件事，讓它結束了吧。它是由一輛美國大房車引起的，就在我看到姬娜和她的母親坐美國大跑車時結束了它吧！

我又不準備再在墨西哥逗留，而且，我知道，我給基度太太的那筆錢，使得基度太太生活得十分好，那我何必再去打擾她們呢？

美國大跑車駛了過去，也離開了那廣場，到了酒店中，痛痛快快洗了一個澡，睡了一覺，和白素通了一個長途電話，然後，我留意著報章、電台、電視上對「女人」火山的一切報導。

從電視的新聞片來看，「女人」火山的爆發，十分劇烈，而且暫時還沒有停止的跡象，是以我在墨西哥市，又住了兩天，便啓程回去了。

我在回家之後，出乎意料之外的是，家中已有了五六封姬娜的來信，表示她十分想念我，並且質問我，爲甚麼我說到墨西哥來的，卻又不來。她還說她現在的日子過得十分快樂，她還寄來了許多相片，其中包括她坐那輛美國大跑車的照片在內。

從她信中流露的真情看來，我不禁十分後悔那天在墨西哥市的街道上，竟未曾招呼她！

這時我的後悔，只不過是後悔失去了一次和姬娜見面的機會而已。而當半個月後，我再度前赴墨西哥，想和姬娜會晤時，我才感到了真正後悔，因爲基度太太已被謀殺，而姬娜也不知所蹤了。

我曾花了很多心血，託了很多人，在整個墨西哥尋找姬娜的下落，但是卻沒有結果。一直到好久好久以後，我才又在另一件奇異的故事中見到了姬娜，但那並不是「奇門」的故事，是以約略提一提就算了。

我那批老古董朋友一聽說我回來了，忙不迭將我拖到他們的俱樂部中。

在我離家期間，他們幾個人，廢寢忘食，在研究他們得到的，本來屬於米倫太太的那些東西。但是卻研究不出所以然來，因爲據他們所知，在地球的歷史上，從來也未曾出現過那樣的東西！

我本想告訴他們，這些東西原來的主人，是乘坐一艘太空船來到地球上的，那些東西，根本不是甚麼古董，也可能根本不是地球上的東西。

但是我卻沒有那樣說，因爲他們得到那批東西，是花了相當代價的，而他們的目的，是想得到一批古董。凡喜歡古董的人都知道，古董的最大趣味，是給你去考據，證明它是一件古董。在考據中，在尋求證明中，可以產生無窮的樂趣。等到證明那的確是一件古董之際，反倒有興味索然之感了，何況我的話，將說明那些東西，根本不是甚麼古董，真還是不說爲妙了！

我在十個月後，又來到了墨西哥，那是我知道，「女人」火山在噴發了三天之後，已靜了下來，而且，到了那時，可以接近了，墨西哥政府已派了一隊火山勘察隊，接近火山口，觀察它何以突然爆發的原因。這個勘察隊，並且邀請國際火山學會派出專家去參觀。我的「門道」

總算廣大，這一次我去，是弄到了一個「火山專家」的身份前去的。我們全都受到了墨西哥政府熱烈的款待，當那個小鬍子警官看到我昂昂然走進貴賓室之際，他臉上的那種表情，是我一輩子也忘不了的，我當時甚至忍不住哈哈大笑！

第二天，由墨西哥乘坐專機，又轉搭直昇機，我們一行有三十多人，大型直昇機將我們載到火山腳下。我的同伴沿途敲取岩漿凝成的石塊，放在背囊中，作爲研究之用，但是我卻心不在焉，直衝山頂。

我來「女人」火山的目的，絕不是研究「女人」火山爲什麼會爆發，而是想攀到火山口去看看，究竟是不是還可以看到那扇通向太空船的門！

所以，在這許多人中，我是第一個到達火山口邊沿的。我到了火山口邊沿之後，才知道這次火山爆發是如何之猛烈，因爲幾乎連整個火山口的形狀都改變了。

我還是不能十分接近火山口，因爲還有煙在噴出來，但是我不必十分接近，我便可以肯定，我再也找不到那扇門了。那扇門、那升降機、那太空船，都已被埋在火山之下，永遠也不會和人們見面了。

我呆立在火山口之後很久，才有別的火山專家爬上來。然而等到他們上來之後，我卻又下去了。我甚至不再在「女人」火山多逗留，便回到墨西哥市。

從墨西哥市，我到了美國，在美國，我和我一個極好的朋友相晤。這位朋友，由於他的工作十分重要，我只能以「他」字來稱呼他。

我之所以要和他會晤，是因爲他有極其豐富的太空知識和天文知識，他是這方面的權威。

他的屋子在湖邊，十分寧靜，我們會面之後，坐在舒服的椅子上，喝著他親手煮的咖啡，我們談了整整一夜。這一夜談話，我自然記述在下面，那作爲結束「奇門」這個故事，是再好也沒有了。

我首先將所有的經過，完全講給他聽，自然是從我如何駕車閃避那隻癩皮狗，以致和女人駕駛的大房車相撞開始，一直到第二次來墨西哥，尋找姬娜沒有著落爲止。我講得十分詳細，尤其是有關那艘太空船內部的情形，更尤其是那一幅巨大的「圖片」，以及那幅星空圖上的那股紅線。

他一直靜靜地聽我說著，等我講完，他才道：「那麼，你心中有著甚麼疑問呢？」

他的話，不禁令我呆了一呆，我有甚麼疑問？我的疑問太多了，以致我不知道哪一個問題才是我首先該向他發問的。我呆了片刻，才道：「我講的一切，你是相信，還是不相信？」

他嘆了一聲，站了起來。他的神情十分之激動，以致他在放下咖啡杯的時候，由於手在發抖，是以將咖啡灑了好些出來。他在站了起來之後，又來回踱了幾步，才道：「你要我相信的話，我就相信。」我做手勢，以加重我的語氣，我道：「不是我要你相信，而是你必須相信！」

他又嘆了一口氣，道：「好的，我相信。」

我向沙發背上靠了靠，道：「好，那麼，以你的知識而論，那艘太空船，以及太空船的駕駛者，米倫先生和米倫太太，他們究竟來自何處？」

他攤了攤手，道：「衛斯理，你這個問題，實在是多餘的，他們來自何處，你比我清楚。」

我搖著頭，道：「不，我不清楚，我如果有答案，我也不會來見你了。」

他不出聲，只是走到了窗前，將窗簾拉了開來。那天晚上，恰好是月圓之夜，窗簾一拉開，我就看到了那明亮皎潔的月亮，我已經想到他要說甚麼了。

果然，他望著月亮，道：「你在那艘太空船之中，看到了許多的圖片，絕大多數，都是只有米倫夫婦兩人，是不是？」

我點著頭，道：「是的，還有一些，是沒有人，只是奇形怪狀的星球。」

他又道：「可是最後一幅卻有許多人，你形容那幅圖片，像是一個熱烈和盛大的歡送場面？」

我又點了點頭，道：「是的。」

他苦笑了一下，道：「而你在那幅圖片的右上角，看到了和如今這個一模一樣的月亮？」

我再度點頭道：「是的！」而我立即又問他，道：「你的意思是，米倫先生和米倫太太，以及那些迻行者，全是地球人？和我們一樣的地球人？」

他停了下來，不再踱步，只是望著我，道：「衛斯理，你最大的缺點，是你接受嚴格的科學訓練的機會不夠多，你——」

我揮著手，道：「我不是來聽你教訓的，我只是問你，你是不是肯定他們是地球人！」

他道：「你別打斷我的話頭，你聽我說。由於你未曾經過嚴格的科學訓練，所以你這個問題是不科學的。在科學上，要肯定一件事，必須有許多資料，構成一種確切不移的證據，才能作出肯定，但是如今我卻是聽了你的一次敘述而已。」

我十分沮喪，道：「這樣說來，我是白來看你了，你一點也不能給我甚麼幫助！」

他又搖著頭，道：「不是，我可以提供給你資料，我可以告訴你，到現在爲止，天文學家發現有衛星的星球並不多，而只有一個衛星的星球更少，而且，天文學家也沒有發現有任何星球的衛星，是有著月亮同樣的陰影的，這就是我能幫你忙的地方。」

我苦笑著，道：「那有甚麼用呢？」

「當然有用，那說明，你看到的，可能就是月亮，而米倫夫婦，可能是地球人。我們可以將這種可能，視為一種假定，而在這個假定的基礎上去討論這件事，而不是貿然肯定這件事，這才是科學的態度。」

「好的，那麼如果他們是地球人的話，」我也學會了所謂「科學的態度」：「可是疑問就接著而來了，難道我們反倒不是地球人麼？我們從來也未曾聽說過他們，也未曾聽說過有這樣的太空船遨遊的壯舉。」

他沉默了好一會，才道：「宇宙的秘奧，實在太深湛了。」

他嘆了一口氣，道：「宇宙的秘奧，深湛到了不但人永遠無法了解，而且無法想像，現在我們已知道了速度和時間的關係，你想，米倫先生和米倫太太如果是地球人的話，他們有可能是在我們幾千年、甚至幾萬年以後的地球人！」

我吸了一口氣，道：「你的意思是，他們在他們的時代出發遨遊太空，但是在飛行中卻產生了甚麼意外，以致他們回不到他們的時代，而當他們回到地球的時候，卻是在我們的時代之中？」

他點著頭，道：「不錯，正是這個意思。」

我呆了半晌，這是如何可怕的一件事，一對夫婦，去進行舉世矚目的太空飛行，但是當他們飛行回來之際，丈夫意外喪生，妻子走出太空船一看，世界竟全變了。她是在地球上；她是來到太陽系中九大行星之一，離太陽距離第三的星球上了，但是，那星球卻不再和她有任何關係，星球上的人看來仍和她一樣，但是卻完全不同了，她變成了孤獨的一個人！

這是如何可怕的事情，任何人如果遇到這樣的事，都會整日坐著，一聲不出的了。可憐的米倫太太，她那十年的光陰，是在甚麼痛苦的情形之下度過的！

在我發呆的時候，我的朋友也不出聲，我們保持了十分鐘的沉默，他才道：「剛才我所說的，只不過是一個可能，另一個可能是，他們——米倫先生和米倫太太，是我們之前幾百萬年，或是幾千萬年的人。」

我瞪大了眼，愕然地望著他。

他則繼續道：「朋友，你自然知道，地球的年齡，已有幾十億年，但是人類可以追查的歷史，卻不過幾千年，就算連人猿一齊計算在內，也不過一千萬年，你以為在這一千萬年以前好幾十個一千萬年中，地球上會是一片空白麼？」

我呆住了不出聲，他連吸了好幾口煙，他手上的煙斗，發出「滋滋」的叫聲來，然後又道：「在地球形成之後，既然地球上的環境，是適宜於生物生長的，為甚麼要幾十億年之後才出現高級生物？為甚麼早不能有高級生物出現？」

我苦笑著，道：「如果在地球上，我們這一代人之前，早就有了人，那麼，他們到哪裏去了？」

他繼續吸著煙，然後道：「那我怎知道？不要說那是幾億年之前的事，就是幾千年前的事，我們也無法知道！我問你，印加帝國哪裏去了？墨西哥的馬雅文化何以突然消失了？原來居住在中南半島吳哥城中，那些具有高度文化的人，又哪裏去了？」

我瞠目不知所對，這一切事，在整個地球的年齡而言，都不是發生在十分久之前的事，但人類已無法知道這些事的真相了。

他停了半晌才又道：「等我唸一段記載給你聽聽，你仔細聽著！」接著，他使用緩慢的聲調唸了起來，道：「濃煙升起，像是幾千個太陽聚在一起燃燒，接著，所有的一切全被黑暗包圍，然後雲朵直衝向高空，現出血一樣紅的顏色，整個大地都在火中燃燒……在幾天之後，所有人的頭髮和指甲都無故脫落，雀鳥的羽毛變成白色，鳥爪發出連串的水泡……」

他唸到這裏，略停了一停，道：「你聽來，這一段記載，是形容甚麼的？」

「當然是核子戰爭！」我毫不猶豫地回答。他苦笑了起來，道：「但是，這一段記載，卻是在人類已知的書籍中，最古老的印度梵文史詩『摩訶婆羅多』之中的。你說那是核子戰爭的景象，但卻記載在那麼古老的典籍之中，那是甚麼原因？」

我自然無法回答他的問題，他剛才唸的那一段記載，十足是核子武器爆炸之後的情形。那麼，是不是在很久之前，地球上已經有過核戰爭？而那次核戰爭，毀了米倫太太那一代的人類呢？我一樣答不上來，因為我們連自己這一代的事，也未能全部知悉！

那麼，我們有甚麼法子知道更早的事情呢？

他的聲音更是沉緩了，道：「從我們的知識來看，只有一個假設更可能，中國人早就有『山中方七日，世上幾千年』的傳說，在高速的太空飛行中，速度和時間起了變化，太空飛行家在太空飛行中眨了一下眼睛，在太空船之中，時間只不過是百分之一秒，但是在地球上，可能已過去了好幾個月了。」

他那時所說的，正是愛因斯坦「相對論」中的一部分，我只是靜靜地聽著。

他又道：「照你看來的情形，米倫夫婦的旅程十分遠，他們在太空飛行，地球上的歲月如流，可能已過了幾萬萬年，他們的那一代人，早已因為不可知的原因而覆亡了，地球上出現了新的人、新的文化，已和他們是完全無關的了，他們回到地球上，等於和來到了第二個星球上一樣，但是他們的心情，卻比到了第二個星球更痛苦，在第二個星球上，他們還能設法回地球去，而如今，他們已然回到地球上，但他們失落了，他們再也找不到他們的時代了，他們徹底迷失了！」

我苦笑著，道：「不錯，你的分析很有道理，你所說的兩個可能，都有它的道理，米倫太太也知道她回到了地球，她曾對我說過她回來了的！」

我的朋友沒有說甚麼，只是慢慢的向外踱去，我跟在他的後面，我們出了門口，夜十分之靜，我們一起抬頭向漆黑的天空望去，天上繁星點點，孕蘊著無窮的秘奧，我們——生活在其中一個小星球上的生物——想徹底明白宇宙的秘奧，不是太不自量力了麼？

〈完〉

沉船

衛斯理受好友摩亞之邀與另一名探險員，共同組成一支海上探險隊，到一個有鬼船出沒的地方去探險。沒想到，摩亞與探索員到達目的地潛下水後，變得怪異莫名，並堅持返航。回程後接著一個自殺，一個發瘋，過不久，衛斯理也瘋了，這究竟是怎麼回事？

第一部：海面上的「鬼船」

歷史上最驚心動魄的沉船事件，大概要數鐵達尼號郵船在它處女航行途中撞冰山沉沒的那一樁了。

當然，在鐵達尼號之前，還有更多的沉船事件是十分令人吃驚的，但是由於事情發生的年代久遠，沒有了確實的記載，是以給人的印象也就不那麼深刻。例如蒙古大軍東征日本，全部艦隊遇颶風沉沒一事，一定更加驚心動魄，但是實際情形如何，已不可知了。然而鐵達尼郵船的沉沒，卻發生在近代，通訊方便，不幸的消息，瞬即傳遍世界各地，更有人將之寫成小說，編成電影，印象深入人心，所以變成了人人皆知的一次沉船事件。

最近，美國一家電視公司攝製一個科學幻想性質的電視片集，涉及時光倒轉，其中就有一段，以鐵達尼郵船的撞冰山沉沒事件來作題材的。大意是說，有兩個現代人，由於「回」到了幾十年之前，忽然發現身在一艘大郵船之上，繼而發現那艘郵船，竟是鐵達尼號。

這兩個人自然是知道鐵達尼沉船的大悲劇的，於是，他們大起恐慌，找到船長，告訴船長說，他的船會在某時某刻，撞冰山沉沒，船長當然不信，將他們兩人，當作瘋子，囚禁起來。

但不幸終於發生，就像歷史所記載的一樣，鐵達尼號終於撞上了冰山。

這是設想很奇的一個故事，但這樣的故事，如果由我來寫，我一定要將之稍作更改，改成那兩個人向船長一說，船長開始不信，後來相信了，改變鐵達尼號的航線，結果反倒撞了冰山，遭到不幸，正如歷史所記載那樣。

這樣的更改，也是有原因的，因爲鐵達尼號的悲劇，自始至終，都籠罩著一重神秘的氣氛。第一，在航線中，不應該有巨大的冰山；第二，以當時船上的設備而言，就算有冰山，也可以及時避得開，但是結果，卻陰差陽錯撞了上去，釀成了巨大的悲劇，可知當時一定有甚麼古怪的事情發生過，說不定，真有兩個回到了過去的人，好心反而造成了禍事，也有可能的。

這篇故事的題目是「沉船」，是說一艘船沉在海中的事，和時光回歸問題無關，而所涉及的船也決不是鐵達尼號，其所以用鐵達尼號來作爲開始，是想說明，在變幻莫測的大海之上，是沒有「絕對安全」這回事的，任何想像不到的古怪的、神秘的意外，都可能發生。鐵達尼號就號稱是「永不沉沒的船」，但是處女航行，就沉沒在海底，現在科學進步，船的安全設備更好，應該沒有問題了，然而，甚麼船隻的安全設備，好得過核子動力的潛水艇？美國的一艘核子動力潛艇「長尾鮫號」，還不是在大西洋海底沉沒，原因至今未明麼？好了，大海是莫測的，任何意外皆可以發生，但是人類對於航海的熱衷，自幾千年前開始，一直到如今不衰，並不被神秘的大海嚇阻，是以，沉船，幾乎每年皆有，已算不得是甚麼特別的新聞了。

我有一個朋友，間接和我約了一個約會，那位朋友說，有一位摩亞船長，有一些事，要和我商量。

我和摩亞船長的見面，是在一家酒吧之中。

在我的想像中，一位船長，一定是留著絡腮鬍子，身形高大，神態莊嚴的中年人，穿著筆挺的制服，袖口和領上，鑲著金邊，神氣十足的人物。

可是，當我走進那家酒吧的時候，卻看到一個膚色黝黑，身材瘦削，動作靈活，穿著便服，至多不過二十七八歲的年輕人，向我走了過來。

那年輕人有一張十分和藹可親的臉，和一雙靈活之極的眼睛，他一看到我，就伸出手來：「你是衛先生吧，我是摩亞。」

我奇怪地「哦」了一聲，道：「摩亞船長？」

他點了點頭，和我熱情地握著手：「是，終於能和你見面，我真高興，我母親是毛里族土人，我最拿手的本領，其實是划獨木舟！」

我給他的話逗得笑了起來，我立即喜歡他，因爲他是一個十分隨和，一點也沒有架子的人，我和他一起坐了下來。

他給我的第一印象，是一個活潑、坦誠的人，是以我以爲不必和他多說無謂的客套話，我道：「船長，那位朋友說，你有一件很爲難的事，找我商量？多謝你看得起我！」

摩亞船長笑了起來，他有一口潔白、整齊、細小的牙齒，這種牙齒，可能是毛里族人的特徵之一，他道：「首先，別叫我船長，船長是我的職業，如果你以我的職業來稱呼我的話，我也要以你的職業來稱呼你，那麼，你就變成出入口行董事長、冒險家和作家了！」

我又笑了起來，道：「好，摩亞，你對我似乎有足夠的了解，那麼，你要找我商量的是甚麼事？」

摩亞臉上的笑容，漸漸斂了，變得很嚴肅，他在沉默了半晌之後，才道：「首先，我得先介紹我自己，以免你以爲我所說的話，是一個毛里族土人的胡說八道。」

我攤了攤手，道：「好，我不反對。」

摩亞船長道：「我母親是一個普通的毛里族人，並不是甚麼公主之類，她未曾受過任何教育。我父親卻出生在一個十分富有的家庭，所以，我自小就和白種人一樣，受正規的教育，或許由於我有一半毛里族人血統的緣故，所以我特別喜歡航海，我在大學讀了一年文學之後，終於放棄了學業，改學航海。」

我點頭道：「凡是富於冒險性的人，都不會去讀文學的，即使他的志願是當作家，也不會。」

摩亞又笑了起來：「從航海學校畢業之後，我就一直在海上生活，我被選拔爲船長，還是一年前的事，我敢保證，那完全是由於我個人的能力，而並不是由於我父親握有大量輪船公司的股票。」

我笑著道：「這一點，好像不必懷疑！」

摩亞聽得我那樣說，笑得十分高興，但是隨即，他又嘆了一聲，道：「不過現在，我沒有船。」

我揚了揚眉，摩亞苦笑道：「我的船沉了，沉船事件正在調查，在調查未曾結束之前，我不會有新的船，而如果調查的結果，沉船是由於我的過失——」

他講到這裏，停了下來，呆了足足有半分鐘之久，才用黯啞的聲音道：「那麼，我永遠也不會有船了！」

他在那樣講的時候，我覺得十分難過，因爲我看得出他是那樣地熱愛航海，那樣地喜愛他船長的崗位，如果他以後沒有機會再掌握一艘船，那麼，對他來說，是一項無可挽救的打擊！

一時之間，我想不出用甚麼話來安慰他。因爲一艘船的沉沒，有許多原因，而且，聽他約略講了幾句，似乎他要負主要的責任！

摩亞的神情很難過，他低著頭，半晌，才從身邊的公事包中，取出了一幅地圖來，打開，指著一處，道：「這裏，就是沉船的地點。」

我向他所指的地方看去，認出那是百慕達附近的大西洋海圖。

在這裏，我加插一些有關百慕達島的所在地形的話。百慕達島在大西洋，它可以說是孤立在大西洋之中的，在地形上而言，十分奇特，打開地圖來一看就可以知道，百慕達以南，一千多公里，才是西印度群島，以北，相距也在一千公里左右，而向西，情形更可憐了，幾乎要經過相當於橫越美洲大陸那樣的距離，才有一些群島出現。

也就是說，在百慕達四面，一千公里的範圍內，幾乎沒有任何在地圖上可供尋找的島嶼。自古以來，航行百慕達，就是航海家認為一件十分困難的事，在海中航行久了，是甚麼怪事都會發生的——這是老航海家的口頭禪。

我一看到摩亞所指的地方，是百慕達以南，約莫一百公里的地區，我就呆了一呆：「我有幾個航海界的朋友，他們稱這個地區，叫魔鬼三角區，那是航海者的一個危險區域。」

摩亞苦笑著，道：「我的船，就沉在這個地區！」

講到他的沉船，他的聲調之中，有一種特殊的傷感，而且，他似乎不理會我在說甚麼，只是自顧自地向下說去，他道：「我的船，是一艘中型的貨船，有著相當先進的設備，一共有二十六個船員。」

當他講到這裏的時候，他的聲音更黯啞了！

從他的聲音中，我可以聽得出，這次沉船事件，一定還有更大的不幸在！

果然，摩亞抬起頭來，道：「二十六個船員，他們……一個也沒有生還！」

摩亞的雙手，擱在地圖上，緊緊地握著拳，他握得如此有力，以致他的指節隙，在發出「格格」的聲響來。

我伸手在他的拳頭上，輕輕地按了一按：「有時候，災難是無法避免的，你何必將這種不幸，完全推到自己的頭上？」

摩亞苦笑了起來：「只有我一個人生還，這一點還不是要點，關鍵是在於我，在出事之前，曾下令改變航線，所以船沉沒的時候，是在正常的航線以西二十里的地方，這就是我的責任！」

我聽得他這樣說，不禁呆了一呆，一時之間，不知說甚麼才好！

一個船長，如果沒有充足的理由，而變更正常的航線，導致一艘船沉沒的話，那麼，這位船長，是絕對無法推卸責任的！

如果摩亞的船，的確是因爲他錯誤的判斷而沉沒的話，那麼，他以後，可能不會再有機會當船長了！

我望著他，好一會，才道：「那麼，你是為甚麼才下令改變正常航線的？」

摩亞深深地吸了一口氣：「我改變正常航線的原因，曾對調查庭說過，但不被接納，所以，我只好來找你，對你說！」

我也不禁苦笑起來，心中暗忖：對我來說，有甚麼用？我又不能改變調查庭的決定。

摩亞直視著我，這時，他臉上的神情，足以使任何人毫無保留地相信他所說的是實話，他道：「衛先生，我看到了鬼船。」

我陡地一震，大聲道：「甚麼？」

摩亞重覆了一句，聽來他的聲音很鎮定，他道：「我看到了鬼船。」

我雙手無意識地揮動著，想說甚麼，可是卻又沒有聲音發出來。

我又必須解釋一下，所謂「鬼船」，實際上，幾乎是一個專門名詞，專指那類沉沒的船，在某種情形下，又會出現在海面的情形而言。

「鬼船」雖然無法用科學觀點來解釋，但是卻有著數十樁以上親眼目睹者的紀錄，只不過，那大都是十九、十八世紀的航海者的事，目睹鬼船的人，可以清楚地說出，他們所看到的船的情形。然而，進入二十世紀以來，似乎還沒有甚麼確鑿的「鬼船」紀錄！

我揮動著的手，停了下來，摩亞道：「你知道鬼船是怎麼一回事？」

我點了點頭，想說話，可是仍然不知該說甚麼才好。

我沒有出聲，摩亞又道：「不止我一個人看到，大副也看到的，可惜只有我一個人生還，所以完全沒有人相信我的話了！」

我總算迸出了一句話來：「當時的情形怎樣？」

摩亞道：「當時，是凌晨一時，當值的是大副，首先看到鬼船的，實在是他，我正在看書，還沒有睡，大副來敲門，我將門打開，他就拉我出去，我和他一起看到，在我們的面前，有三艘西班牙式的五桅大帆船，如果我們再照原來的方向駛去，一定會撞上它們！」

我搖頭道：「你應該知道，現在不會再有這樣的船在海上航行的了！」

摩亞苦笑了起來。

他苦笑了很久，才道：「當時天黑，海面有霧，那三艘船，已離我們很近了，我根本未及考慮別的問題，就下令改變航線，向西轉過去，避開它們。可是當我們轉向西的時候，那三艘船，仍然在我的面前，它似乎在逼著我，一直向西航，只不過是二十分鐘左右，我的船，就撞到了暗礁。」

我皺著眉，摩亞船長在說這番話的時候，態度十分認真，但是我卻仍然不免皺起了眉。

摩亞望著我，苦笑了一下，道：「你一定在說，我實在是不適宜航海的了！」

我在考慮，我該如何開口，才不致於令得他太傷心，是以我有好半晌不開口，過了半晌，我才道：「所謂『鬼船』，實際上是一種幻覺，雖然有時，會有幾個人同時看到，但是那並不能證明確然有船存在，因爲在大海茫茫的環境中，幻覺是由心理產生的，而心理上的影響，會使好多人產生同一的幻覺。」

從摩亞的神情看來，我看得出，他是盡了最大的忍耐力，才聽我講完這一番話的。而在我講完了這一番話之後，他的神情，又變得十分之失望。

他接連喝了好幾口酒：「你這樣想，我實在十分失望，算了吧！」

他放下酒杯，站了起來。

我抬頭，望定了他，道：「那麼你的意思怎麼樣？」

摩亞的雙手，按著桌子：「我可以確確實實告訴你，決不是幻覺，的的確確，有三條大桅帆船，在逼著我的船西航。」

我沒有出聲，仍然望著他。

摩亞已經有點激動了，是以他的話，也說得很不客氣，他又道：「而你，卻以專家的姿態，告訴我這是我的幻覺，告訴你，衛先生，我在海上的時間，比你在陸地上的時間還多，我知道甚麼叫幻覺，甚麼不是幻覺！」

我嘆了一聲，他是如此之固執，我實在沒有別的話可說了。

摩亞又道：「像你這種假充的專家實在太多了，調查庭的人，會和你一樣，引經據典，認爲我是幻覺，他們會從各種心理上、生理上、意識上來分析，證明我在海上，發生了幻覺，所以才造成了撞船的慘劇，結論就是，我不適宜繼續航海！」

他講到這裏，手揑著拳頭，重重地搥在桌上，令得桌上的酒瓶、酒杯，全跳了起來。

他聲音又大，神態又激動，還拍著檯子，一時之間，令得酒吧中的人，都向他望了過來。

我也有點生氣，霍地站了起來，道：「我認爲，如果調查庭有這樣的決定，那是十分合理的決定。」

摩亞將頭伸了過來，十足一副想和我打架的神氣，他的個子雖然小，但是那股氣勢，倒是十分懾人的，他大聲道：「哼，我想的，講出來，嚇死你！」

我冷笑道：「你隨便說，我膽子不至於那麼小！」

摩亞大聲道：「我要證實，事實上，的確有這三艘船存在！我還要到那地方去！」

我立時道：「既然那是鬼船，你有甚麼法子證明它們的存在？」

摩亞道：「鬼是一定有所本的，有鬼的地方，一定有死人，有鬼船的地方，也一定有沉船，而且，我已經找到那三艘沉船了！」

我瞪著眼，望定了他。他「哼」地一聲：「不必和你多講了，你和別的人一樣！」

他轉身便走，我一伸手，拉住了他的手臂，道：「那麼，請問，你來找我，本來是想作甚麼的？」

摩亞笑了起來：「我想得太天真了，我本來？哈哈，是想請你和我一起去的！」

我呆了一呆，「哦」地一聲：「真多謝你看得起我，會來邀我一起去！」

摩亞揮著手：「我本來以爲你會答應的，在事先，我甚至於花了很多功夫，找到了那三艘船的資料，但現在，甚麼都不必提了！」

我又呆立了片刻，自己先坐了下來，然後道：「請坐，我們不妨再從頭說起！」

摩亞望定了我。我又道：「我現在無法對你作任何允諾，因爲你所說的整件事，是十分無稽的，但是，我願意聽一聽你找到了甚麼資料！」

摩亞又望了我半晌，才坐了下來。

他坐了下來之後，好一會不說話，然後才道：「對不起，剛才我的態度，太粗魯了些，你知道，我是滿懷希望而來的，一旦失望——」

他攤了攤手，沒有再說下去。

我笑著：「不要緊，至少我們還沒有打起來。」

摩亞瞪了我一眼，我又補充道：「其實，就算打起來，也不要緊的，只要你能說服我，我也可以承認是我自己的不對！」

摩亞也笑了起來，他的笑聲，雖然還相當苦澀，可是他的神情，卻是相當爽朗的。

我道：「你說，你找到了那三艘船的資料？這實在是不可能的事！」

摩亞道：「當時，我的的確確，看到那三艘船，不但看到，而且，還對那三艘船，船頭所鑲的一種徽飾，留下了很深刻的印象——」

他講到這裏，略頓了一頓，才又道：「我自小就嚮往大海，早已立志要將航海作爲我終生的事業，所以，我對於一切和航海有關的書籍，看得十分多，尤其是有關古時探險家，在海上冒險的故事，當時，我就覺得那三艘船上的那種盾形徽飾，好像是在甚麼地方見過的，事後，我去查有關資料，果然給我查到了！」

第二部：出發尋找「鬼船」

他一面說，一面在公事包中找著，找出了一張紙來，放在桌上。

那張紙已經很黃，看來年代久遠，紙上，印著一個盾形的徽飾，中心的圖案，是一個形狀很古怪、生著雙翅的大海怪。

在那個大海怪的兩旁，是矛、弓箭、船槳和大砲的圖案，整個圖，好像是用簡陋的木刻印上去的。

他指著那張紙，道：「這是我在一家歷史悠久，搜集有全世界所能記錄的航海史的圖書館中找出來的。這個徽飾，屬於狄加度家族所有，是西班牙皇斐迪南五世，特准這個世代為西班牙海軍艦隊服務的家族使用的，那是一種極度的榮譽。」

我對於世界航海史，雖然並不精通，但是斐迪南五世的名字，總是知道的，這個西班牙皇帝，曾資助哥倫布的航海計劃，使哥倫布發現了新大陸。

摩亞像是怕我不信，又加強了語氣：「我可以肯定，當時我所見到的那三艘船，船頭上，都鑲有同樣的標誌，那標誌是紫銅鑄成的，約有一公尺高，我絕不會弄錯，我可以肯定！」

我望著那張紙，本來我想說，他可能是以前讀書的時候，看到過這種徽飾，所以才會在潛意識中，留下了印象，又在適當的時機下，形成了幻覺，這情形，就像是人在夢境之中，有的時候，會見到過前所未見的東西，而後來又獲得證實，這種現象，其實是以前曾經見過，但只在潛意識中留下了印象之故。

但是，我卻沒有將心中所想的話說出來，因爲如果說出來的話，那一定造成另一次不愉快的衝突！

我只是點著頭道：「這應該是可靠的資料。」

摩亞顯得興奮起來：「這只不過是初步的資料，你看這本書上的記載！」

他又取出了一本書來，這本書，也已經很殘舊了，而且是西班牙文的。

他打開那本書來，道：「你看這插頁。」

我看到了他所指的插頁，那是三艘巨大的三桅船，並列著，船頭有著我剛才看到的徽飾。

摩亞道：「這本書上說，在公元一五〇三年，那是哥倫布發現中美洲之後的一年，狄加度家族中，三個最優秀的人物，各自指揮著一艘三桅船，船上有水手和士兵一百五十人，到了波多黎各，留下了士兵，然後，三艘船繼續向北航。」

摩亞講到這裏，停下來，望著我。

在摩亞說著的時候，我已經迅速地在翻閱這本書上的記載，書上說，他們這次航行，希望可以發現另一個中美洲，或是另一個新大陸——這是他們巡航的目的。

但是他們卻沒有成功，因爲這三艘船，在波多黎各出發之後，就一直沒有再回來過。

摩亞看我迅速地在看書，他沒有再打擾我，直到我看完了這一段記載，他才道：「現在你明白了？這三艘船，在大西洋沉沒了！」

我合上了這本書：「他們出發之後，既然從此以後再也沒有出現過，當然是在大西洋沉沒了！」

摩亞的身子俯向前，道：「當時，沒有健全的通訊設備，沒有雷達，甚麼也沒有，航海是百分之一百的冒險，所以，別人只知道這三艘船消失了，至於他們是在甚麼地方，甚麼時候，以及是在甚麼情形之下沉沒的，完全不爲人所知道！」

我同意他的話：「是的，在世界航海史上，這樣的悲劇很多！」

摩亞大聲道：「旁的，我不管，但是這三艘船，我卻知道它們的沉沒地點！」

我皺了皺眉。

摩亞的手，用力搥在桌上：「我看到它們的地方，就是它們沉沒的所在地！」

我望著他：「所以，你肯定沉船還在那地方的海底，你要將沉船找出來，是不是？」

摩亞點頭道：「是的，因爲我看到的三艘船，我可以肯定，就是那三艘！」

我仍然皺著眉，沒有說話，或許摩亞當時真的「看到」過三艘「鬼船」，樣子是和狄加度家族那三艘在大西洋中沉沒了的船一樣的，但是，那同樣可以引用上面的解釋，來確定那是他的幻覺。

我挺了挺身子，道：「如果找到了沉船，對你以後的航海生涯，會有幫助麼？」

摩亞等了片刻，不聽得我有任何表示，他道：「怎麼樣，我的資料，夠說服你了麼？」

摩亞苦笑了起來，道：「我不知道，調查庭可能仍然不接受『鬼船』的解釋，但是至少，我可以安心，知道我自已並不是一個會在海上發生幻覺的不合格者，我可以知道，我仍是一個合格的船長！」

我「唔」地一聲，我心中知道，這一點，對摩亞以後的日子來說，極其重要。我道：「如果你要去找那三艘沉船，那麼，你必須有船，需有一切設備。」

摩亞聽出我已經肯答應他的請求了，他高興得手舞足蹈：「我有，我對你說過，我之升任船長，完全是由於我自己的能力，事實上，我父親是一家很大的輪船公司的董事長。」

我點頭道：「他提供你幫助？」

摩亞道：「是的，我和他作了一夜的長談，他答應幫我，他給了我一艘性能極其卓越，可以作遠洋航行的船，那是一艘價值數十萬美金的遊艇，以及足夠的潛水、探測設備。」

我遲疑了一下：「我必須告訴你的是，我並不是一個出色的潛水家。」

摩亞已然緊握了我的手：「這不是問題，問題在於你肯相信有這件事，這就夠了！」

我本來想告訴他，其實我也不相信有這件事，可是，看到摩亞如此熱切地握住了我的手，我實在不忍心將這件事說出來。

我道：「那麼，你還請了甚麼人幫手？」

摩亞道：「只有一個，他會在波多黎各和我們會合，你或許聽過這個人，他是大西洋最具威望的潛水家，麥爾倫先生。」

我立時道：「我不但知道他，而且曾見過他，但是，他好像已經退休了！」

摩亞道：「去年退休的，但是在我力邀之下，他答應幫助我。」

我又皺了皺眉，潛水是世界上最危險的行動之一，那位麥爾倫先生，其實不過三十八歲，對其他行業來說，這個年紀相當輕，但是對潛水者來說，已是老年了。尤其他在退休了半年之後，體力是不是還可以支持呢？然而我卻沒有提出這一點來，因爲麥爾倫自己應該知道他自己的事，他既然答應了，就不會有問題的。

摩亞搓著手，顯得十分興奮：「你想想，麥爾倫、我，和你，有我們三個人，應該可以找到那三艘船的，我真的見到那三艘船，它們是存在的！」

我遲疑了一下，道：「我對於航海，並不是十分熟悉，對於鬼船，更是一無所知，摩亞先生，你的意思，是不是鬼船是一種實質的存在？」

摩亞搖頭道：「當然不是！」

我又道：「那麼，請恕我再多問一句，當時，你見到三艘古代大船，向你撞過來，你難道沒有想到，那是鬼船？你爲甚麼不逕自駛過去？」

摩亞現出很痛苦的神色來：「當我改變航線，撞上了暗礁之後，我立時想起來，我是可以這樣做的，但是當時，我的確沒有想到，我只是本能地改變航線，以避開它們們，我根本沒有時間去思索！」

我吸了一口氣，道：「那麼，你的意思是，當鬼船出現之際，有一種神秘的力量，能使人根本無法思索，而非接受這種神秘力量的操縱不可？」

摩亞皺著眉，低著頭，過了一會，他才抬起頭來：「這一點，我無法解釋。」

他在講了這一句話之後，頓了一頓，又直視著我：「怎麼，你怕麼？」

我笑了一下，拍著他的肩頭：「我既然已答應了你，怕也要去的。你的船停在甚麼地方，後天早上，我來和你會合。」

摩亞高興地道：「好，船就停在三號碼頭附近，叫『毛里人號』，你一到碼頭就可以看到它，我等你！」

我和摩亞船長的第一次會面，到這裏結束，我在酒吧門口，和他分手。

在接下來的一天半時間中，我不但準備行裝，而且還在拚命看書。

我看的，自然是有關西班牙航海史的書，我發現，摩亞給我看的那本書，可能是早已絕版了的孤本，因爲其它書籍中，幾乎沒有關於狄加度家族的記載。只有一本書中，約略提及，卻稱之爲叛徒。

我知道，那自然是由於政治上的原因，狄加度家族被在歷史上無情地驅逐了出去。

我又查閱了麥爾倫的資料，從資料看來，這位麥爾倫先生，毫無疑問，是世界上最優秀的潛水者。

到了約定的那個早上，我在上午八時，就到碼頭，我還未發現那艘「毛里人」號，就看到摩亞向我奔了過來，他滿面汗珠，奔到我的身前，就握著我的手，搖著：「你來了，你不知道，我是多麼擔心，真怕你不來了，真的！」

我望著他天真誠摯的臉，笑道：「你對鬼的信心，似乎比對人的信心更足，你以爲鬼船一定會在那裏，等你去找，卻以爲我會失約！」

摩亞不好意思地笑了起來：「不是這個意思，我是怕你在有時間考慮之後，會覺得這件事，越來越沒有可能，所以會不來了！」

我和他一起向碼頭走去，我道：「老實說，我一直認爲沒有這個可能，不過，就算當作旅行，我也要去走一遭，難得有你這樣的旅伴！」

摩亞顯得很高興：「我昨天，已經向調查庭要求延期，理由是搜集這次失事不是由於我的錯誤的證據，調查庭給了我一個半月的時間。」

我點頭道：「我想，那足夠了！」

摩亞在我的手中，接過了我的箱子，我在這時，也看到了「毛里人」號。

不知道是爲了甚麼原因，我第一眼看到「毛里人」號的時候，我就不怎麼喜歡它，雖然在日後的遠洋航行中，證明「毛里人」號是一艘無比出色的船，但是我總無法改變這點印象。

這艘船的樣子很古怪，它可能是故意模仿毛里人的獨木舟建造的，但是摩亞對「毛里人」號，顯然有一種異樣的熱誠，他在和我一起上了甲板的時候，不斷地問我，道：「你看這船怎麼樣？」

我只好道：「它的樣子很奇特，是不是？」

摩亞一面帶我到船艙去，一面不斷撫摸著船上擦得閃亮的銅器部分，他那種手勢，就像是他在撫摸的，不是船身，而是他三個月大的女兒一樣。

他帶我進了艙，我又呆了一呆。

狹長的船上，只有一個艙，艙尾部，靠著艙壁，是兩張雙人床。中間，是一張長桌子，和兩邊的四張椅子，近船頭部分，是駕駛台。

我看到有大量的潛水用具，堆在艙中，由於船艙並不是分隔的，是以看來，倒有一種寬敞之感。

摩亞將我的箱子，放在床上，轉過身來：「我們立時啓程，我想你很快就可以學會操縱它，航程太長，我們三人，一定要輪流駕駛，這船上有很多書，在海上是不愁沒有消遣的了！」

他一面說，一面指著幾隻粗大的木箱。

我沒有說甚麼，逕自來到駕駛台前，察看著，摩亞一面解釋，一面已發動了機器。船在碼頭旁，緩緩地掉頭，然後，向外駛去。

不到一小時，船已經在大海之中了！

航海的生活，是沒有甚麼可以記述的，唯一值得一記的是，我和摩亞提及了有關狄加度家族的事。

我道：「你的那本有關狄加度家族的書，好像是孤本了？我查過很多書，全是有關西班牙航海史的，根本查不到有關這個家族的事！」

摩亞同意我的說法，道：「是的，這件事本身，也可以說是充滿了神秘性，有關這個家族的一切資料，彷彿全是被故意毀去了，以致一點記載也沒有留下來。」

我問道：「那麼，你那本書，是哪裏來的？」

摩亞道：「我也不知道，這本書，一直在我父親的藏書架上，我從小就看過，是以我對狄加度家族的徽飾，有深刻的印象，至於這本書是哪裏來的，我父親他可能會知道。」

我沒有再問下去，因爲不管這個家族後來是爲了甚麼原因，被人毀去了一切記載和加以遺忘，那和我們此行的目的是無關的。

在海上航行的日子裏，我看著那些木箱中的書，作爲消遣。

十多天之後，當我們在波多黎各，和麥爾倫先生會面之後，交談之際，麥爾倫先生竟以爲我是一個很有經驗的航海家，這自然是這十幾天來，我所看的那些書，全是和航海有關的緣故。

等到離開了波多黎各，再往北航行，航行在一望無際的大西洋中的時候，我們就緊張得多了。

麥爾倫是一個身子壯實得像牛一樣，有著一頭紅髮的漢子，他常說，他的祖先是北歐的

「威金人」。他也很健談，我們三個人相處得很融洽。

麥爾倫對於東方，顯然一無所知，是以他常要我講很多有關東方的故事給他聽，聽得他津津有味，說是這次事情完了之後，一定要跟我到東方來，住一個時期。

我和麥爾倫的緊張，還只不過是工作上的緊張，我們忙於檢查一切潛水的器具，不讓它們有一點點小毛病，可是摩亞卻還帶著精神上的緊張，因為，離他看到「鬼船」的地點，越來越近了！

第四天，早上。

那天是摩亞當夜班，我和麥爾倫睡著，到了清晨時分，摩亞突然將我們兩個人搖醒了，他的精神十分緊張，叫著：「快起來。」

我們給他的那種神情，也弄得緊張起來，那時，天才開始亮，海面上，是一片灰濛濛的霧，甚麼也看不到。當我們起來之後，才發現摩亞已關掉了機器，船是在水上漂流著，海上靜得一點聲音也沒有，只有一團團的濃霧，在無聲地飄動著。

我和麥爾倫互望著，我道：「怎麼啦？」

摩亞的神情更緊張，他立時道：「別出聲，聽！」

我立時用心傾聽，可是實實在在，海面上，真的甚麼聲音也沒有。

我又想開口，可是摩亞立時又向我作了一個手勢，他的手勢，要我繼續聽下去。

我作了一個無可奈何的表情，海面上真是靜得出奇，我實在聽不到任何值得注意的聲音。

我向麥爾倫看去，從他的神情看來，我可以看出，他和我一樣，感到沒有值得注意的聲音。

過了片刻，摩亞又道：「你們聽不見麼？聽，有海水撞船頭的聲音。」

我呆了一呆，的確，在寂靜之中，有海水撞擊船頭的「啪啪」聲。

但是，我們現在，身在船上，有這種聲響，是很正常的，所以也根本不值得注意。

我也壓低聲音，道：「我們在船上，海水在撞擊著毛里人號！」

摩亞立時搖了搖頭，道：「不，你分辨不出一艘船在行駛時，海水撞上來的聲音，和一艘船在漂浮時海水撞上來的聲音有甚麼不同。但是我分得出。」

麥爾倫也很緊張，他低聲道：「你的意思是，有一艘船，正在離我們不遠處駛著？」

摩亞點頭道：「是的，而且根據聲音聽來，它的速度，是三浬左右。」

他講到這裏，略頓了一頓，又補充道：「這正是十五世紀三桅帆船的行駛速度！」

我不禁給摩亞的話，弄得有點緊張起來，深深地吸了一口氣，麥爾倫卻比我更緊張，他道：「鬼船？」

摩亞卻不出聲，我竭力想在濃霧中看到一些甚麼，但是霧實在太濃了，我甚麼也看不見。不過，在經過摩亞提醒之後，我倒聽出，那種海水撞擊的「啪啪」聲，的確不是從「毛里人」號的船頭發出來的，而是來自離開我們有一段距離的海面。

我忙道：「這種聲音那麼低，你是怎麼發現的？」

摩亞仍然全神貫注地望著濃霧，他道：「那是我的直覺，我感到有船在接近我們！」

我挺了挺身子：「好了，我們別再在這裏打啞謎了，拿霧燈來，我到船頭上去打信號，如果在離我們不遠處，另外有船的話，它會看到信號的！」

麥爾倫低聲道：「如果那是鬼船——」

我不等他說下去，就立時打斷了他的話頭：「老實說，到現在為止，我並不相信有甚麼鬼船！」

我一面說，一面已轉過身去，找出了一盞霧燈，出了艙，來到了甲板上。

霧是如此之濃，我到了甲板上，連自己的船頭也看不到，我小心翼翼地開步，走出了幾步，靠著艙壁站著，高舉起那盞霧燈來，不斷發著信號。

我發出的是一句最簡單的話：請回答我！

霧燈橙黃色的光芒，在濃霧之中，一閃一閃，我重覆了這句話三四遍，然後，停了下來，四面張望著，等候回音。

可是，四面只是白茫茫的一片濃霧。霧似乎越來越濃，幾乎甚麼都看不到了，當然，在濃霧之中，也沒有任何的閃光。

我正想再發信號時，忽然聽得身後有人道：「沒有用，它們走了！」

那語聲突如其來，嚇了我一跳，雖然，我立即聽出是摩亞的聲音，但因爲霧太濃，摩亞的身子，我仍然看不見。我立時傾聽，果然，那種聲音已聽不見了，海水撞擊在毛里人號船身上的聲響，和剛才我們聽到的聲響，有著顯著的不同。

我往回走，差點撞在就在我身後的摩亞的身上，我看到摩亞的面色十分白，同時聽得麥爾倫在艙中叫道：「你們快來看！」

我拉著摩亞，一起回到了艙中，霧已經侵入船艙，但至少比在外面好得多了，麥爾倫的手中，持著一長紙條，我們都知道，那是雷達探測的紀錄。

麥爾倫指著紀錄上，一連串的平均線條之中，突然高起來的那一部分，道：「看，雷達記錄到曾經有船接近過我們。」

我搖著頭，道：「如果雷達能探測到鬼靈，那才是一大奇事了！」

摩亞的聲音很尖銳，他道：「那麼，是甚麼？」

我立時道：「當然是一條大魚！」

摩亞和麥爾倫兩人，都不出聲，我開始發現，我們三個人之中，不但摩亞堅持相信有「鬼船」這回事，連麥爾倫也是相信的。

在那樣的情形下，他們當然不會相信我所說的是大魚的說法，所以我也不想和他們進一步的辯解。

船艙中靜了下來，在這一段時間中，海上的濃霧，已在漸漸消退。

我道：「摩亞，我們快到目的地了，是不是？」

摩亞仍然呆了片刻，才道：「不是快到了，而是已經到了。」

我走近駕駛台，按下了一個鈕，一陣鐵索鬆落的聲音，自船側傳了過來，船身略爲震動了一下，便靜止不動了。我吸了一口氣：「既然已經到了目的地，我們可以開始潛水了！」

摩亞和麥爾倫互望了一眼，我又道：「海底探測儀也可以開始使用了！」

「毛里人」號上，是有著海底探測設備的，這種設備，對於尋找沉船，十分有用，如果探測儀上，測到海底有金屬，那麼，必然就是沉船的所在點了！

摩亞吸了一口氣，才道：「好，讓我們開始工作，願上帝保佑我們。」

他連續按下了好幾個鈕，又調節著一些鈕掣，一幅深綠色的螢光屏，亮了起來，有規律的波段，從螢光屏的一端，到另外一端。

麥爾倫來回走著：「我們應該自己下水去看，才會有收穫。」

我向麥爾倫望了過去，麥爾倫做著手勢：「我對於打撈年代久遠的沉船，很有經驗，如果船沉了幾百年，它們絕大部分，埋在海沙之中，就算有點金屬部分，露在海沙上，也必然銹層極厚，對於探測儀的反應，十分微弱。」

我同意麥爾倫的說法。海上的濃霧結集得快，散得也快，這時，我抬頭向艙外望去，已是碧波浩瀚，萬里晴明了。

除了我們這艘船之外，大海上，極目四顧，在目力所能及的範圍之外，看不到在水面上有任何東西。

摩亞彷彿知道我在看甚麼，他喃喃地：「早已經不見了！」

我道：「如果是有一艘船，以三浬的速度行駛，我們應該還可以看見它的。」

摩亞向我望了一眼：「鬼船是不會在陽光之下出現的。」

我想再和摩亞爭辯，但是我立即想到，再爭下去，是沒有甚麼意思的，是以我只是笑了笑：「下次如果再聽到有那樣的聲音，我一定要放下小艇去，循聲追蹤，看看究竟是甚麼發出來的聲音。」

摩亞聽了我的話之後，神色變得很奇特，臉看來也很蒼白。我又道：「如果那真是鬼船的話，我這樣做，會有甚麼後果？」

摩亞的神情，表示他所說的話，決不是開玩笑，他道：「那麼，你就會消失無蹤！」

他在講了這句話之後，略頓了一頓，才又道：「然後，在若干時日之後，鬼船再度出現，可能你會被人發現，你正在鬼船上做苦役！」

我幾乎想笑出聲來，但是我卻沒有那樣做，因爲我知道如果我那樣做的話，一定是導致一件極其不愉快事情的發生。

我只是輕描淡寫，裝幽默地道：「那倒好，本來，一個人的生命是有限的，但這樣一來，似乎就變成是永恆的了，對不對？」

摩亞皺著眉，似乎對我的這個問題，一時之間，不是很想得通，所以也沒有立時回答我。而麥爾倫在這時候，已然大聲叫道：「別只顧說話，我們要開始行動了，我的意思是，我們每次，由一個人下水，距離不超過五百碼，然後移動船隻。」

我和摩亞兩人，都同意他的說法，我們先合力將一具海底推行器，放下海去。所謂「海底推行器」，其實是構造很簡單的東西，但是對於一個海底潛水的搜索者來說，卻極其有用。「海底推行器」前端和尾端都有推進器，兩旁，可以掛上兩罐備用的氧氣，和一枝強力的漁槍，使用強力的蓄電池推動，前端有照明燈，可以發出光芒。

這種推行器，在海水中行進的速度，不會太快，但是無論如何，比人力游泳快得多，而且，可以節省體力。

麥爾倫已揹上了氧氣筒，他道：「當然由我先下水！」

他那樣說的時候，我和摩亞，都沒有覺得甚麼不妥，因爲麥爾倫是一個極具經驗的潛水家，而且，我們的配備十分好，有無線電對講機，可以隨時聯絡，又保持五百公尺的距離，應該是十分安全的。

麥爾倫在船舷，作了一番熱身運動，就跳進了海中。

那天，在霧散了之後，天氣好得出奇，陽光猛烈，曬得人的皮膚有點灼痛，海面之上，閃著一片光芒，海水清得使我們可以清楚地看到麥爾倫沉了下去，在約三公尺深的水中，伏在推行器之上，推行器旋起兩陣水花，開始緩緩向前駛，和向下沉去。

麥爾倫畢竟是極具經驗的潛水家，他一點也不自恃自己經驗的老到，立即就開始和我們聯絡。避水的頭罩，使他可以自由自在地和我們講話。

無線電對講機中，傳出了他的聲音，道：「現在我到了三十公尺深度，海水很平靜。五十公尺，能見度相當高。七十公尺，我想這一帶的海水，不會太深。」

摩亞回頭看了看記錄儀上探測所得：「船底之下，是二百公尺左右。」

麥爾倫的聲音又傳了上來，道：「我一直向下沉，如果有船沉沒在這裏的話，我相信當時一定有一場突如其來的風暴，海底有些礁石，長滿了海草。」

我道：「麥爾倫，小心一些，這一帶，根據紀錄，有鯊魚出現。」

麥爾倫笑著道：「鯊魚我倒沒有看到，但是我已看到了一種十分美味的大龍蝦和石頭魚，等我上來的時候，我一定捉一些上來，我們可以有一餐豐富的午餐了，唉，我真蠢，海底是那麼美妙，我怎麼會想到退休的。上次那件事，不過是一件意外而已。」

我們都知道麥爾倫那一句話是甚麼意思，使麥爾倫決心退休的原因，是因爲他上一次的潛水，他被困在一個岩洞之中，達四十八小時之久。

如果不是那岩洞的頂部，有一塊小地方，充滿了空氣的話，他一定死在海底了，但就算是那樣，他被救出來之後，還在醫院中足足躺了一個多月。

這時，他忽然提起那件事來，我和摩亞兩人互望了一眼，心中都有一種不祥的感覺。

當然，我們並沒有說甚麼，因爲在這樣好的天氣之下，以麥爾倫經驗之豐富，潛下去到兩百公尺的海中，等於是一個成年人，過一條交通並不擠迫的馬路一樣，絕對提不上「危險」兩字的。

麥爾倫的聲音，又傳了上來：「我看到海底了，海底的沙又細又白，老天，一望無際，簡直是海底的沙漠，摩亞！」

第三部：隱瞞著的怪事

他忽然叫了一聲摩亞，摩亞立時道：「甚麼事？」

麥爾倫道：「以我的經驗而論，在這樣的情形之下，要就是沉船完全被沙埋沒，根本沒有法子找得到，要就是一下子就可以看到整艘沉船！」

摩亞道：「希望是後者！」

我補充了一句：「如果有沉船的話。」

摩亞白了我一眼，我只是報之以一笑，我在甲板上的一張帆布椅上，躺了下來，撐開了遮陽傘，不在日光的直接曬射之下，海風徐徐，十分舒服。由於一清早我就被摩亞弄醒，是以躺下不多久，我就睡著了。反正有摩亞負責，和麥爾倫聯絡，所以我可以根本不必操心。

在我開始矇矓睡去的時候，我還聽得摩亞和麥爾倫對話的聲音，但後來，就甚麼也聽不見了！

在船身極輕微的搖晃之下，在清涼的海風吹襲下，人是容易睡得十分沉的，當我一覺睡醒的時候，我睜開眼來，先吃了一驚。

當我睡著的時候，大約是上午九時左右，但現在，太陽已經正中了！

我連忙坐了起來，摩亞不在甲板上，我看了看手錶，已經是十二點多了，這一覺，竟睡了三個多鐘頭！

我問道：「摩亞，麥爾倫應該上來了？」

可是，沒有人回答我。

同時，當我站起來的同時，我看到那具小型的無線電對講機，跌在船舷上。

我走過去，將這具無線電對講機拾了起來，我立時聽到，在對講機中，傳來一種輕微的「沙沙」聲，那是海水流過的聲音。

我不禁大吃一驚，全身盡起寒慄。

我聽到海水流動的聲音，那就是說，對講機的另一端還在海中！

對講機的另一端，是在麥爾倫的避水頭罩之內的，那就是說，麥爾倫還在海底了，這是不可能的，他不應該在海底那麼久，我們是講好了輪班的！

我忙又叫道：「摩亞！」

可是，仍然沒有人回答我，我又對著對講機：「麥爾倫，發生了甚麼事？」

我得不到回答，但是，我卻聽到了一連串連續的敲擊聲，自對講機中傳了出來。

雖然中午的陽光，是如此之猛烈，但是我卻覺得一股寒意，直襲我的全身，我又放盡了喉嚨，叫道：「摩亞，你在幹甚麼？」我一面叫，一面衝進了船艙。在我一上船的時候，我已經介紹過，「毛里人」號只有一個船艙，是以我一衝進去，就可以看到，摩亞不在船艙之中！

摩亞不在船艙之中，而我又是從船艙外下來的，這條問題的答案，實在再簡單不過：摩亞不在船上！

我呆住了，那是真正因爲震驚的發呆。

我當時，只是呆呆地站著，頭皮發麻，兩腿有發軟的感覺，根本不知道該如何才好。而更要命的是，我緊握在手中的那具無線電對講機（我的手心已在冒汗），還在不斷傳出那種「啪啪」的聲響，這種聲響，分明是將釘子鎚進木頭之中的時候所發出來的聲音！

我呆立了足有半分鐘之久，才不由自主，又發出了一下大叫聲。

我已經無法記得，我叫的是甚麼了，或者，我叫了摩亞的名字，也有可能，是叫了麥爾倫的名字，總之，我是大叫了一聲。

在這樣情形之下，用盡氣力所發出的一下大叫聲（或者說是慘叫聲），是人的本能的反應，或者有助於鎮定。至少，我在那時，大叫了一聲之後，開始鎮定下來。

我仍然喘著氣，不過，我已經可以想一想究竟發生了甚麼事了。

我無法確切知道究竟發生了甚麼事，我所知道的是，麥爾倫先潛下水去，接著，在甚麼意外也不會發生的情形下，我睡著了。

可是，偏偏就在我認爲最不會有意外發生的時候，卻發生了意外——當我睡醒的時候，摩亞也不見了！

摩亞已不在船上，這一點是已經可以肯定的了，而如今，船是停在大海之中，他不在船上，一定是在海中。而他又不在海面上，如果他在海面上的話，那麼，我可以看得到他。

摩亞不在海面上，自然是在海水之中了，這似乎是最簡單的邏輯推理，然而這時，我卻要在大叫了一聲，慢慢鎮定下來之後，才能想到這一點。

我又立時想到，如果摩亞在海底，那麼，他一定需要動用潛水工具。

直到這時候，我才開始去看堆放潛水用具的所在，等到我約略檢查了一下我們的潛水工具之後，事情就比較明朗得多了。

我可以肯定，摩亞的確是潛入海底去了，因爲少了一份潛水工具，包括兩筒氧氣、一具頭罩，和一具海底推行器在內。

而且，我可以知道，摩亞的下海，是突然之間決定的，而且當時他的行動，一定十分匆忙，因爲他沒有帶走的潛水工具，被他弄得很凌亂，他在這樣做的時候，一定曾發出很大的聲響來。

當時我睡得很沉，他所發出的聲響，未曾將我驚醒，那倒不足爲奇，奇怪的是，爲甚麼他不叫醒我？

那時，我已經進一步鎮定下來，可以去推想更多的事情了。摩亞不叫醒我，這一點，倒給了我不少安慰，使我聯想到，摩亞的行動，雖然匆忙，但一定不是由於有了甚麼危險。因爲如果真是發生了甚麼危險的話，他是沒有理由不叫醒我的！

現在，我所能做，只有兩件事，一是在船上等他們回來，二是也潛下水去找他們。我決定潛水去找他們，是以我俯身，提起一筒氧氣，拿了頭罩，向船艙外走去。

我才出船艙，只看到離船不遠處，平靜的海面上，冒起了一陣水花，一個人從海中冒了起來。

由於戴著頭罩，是以我一時之間，還不能確定他是摩亞，還是麥爾倫。

然而，看到有人從海水中冒了起來，那也是夠令人高興的了，我立時大聲叫道：「喂，發生了甚麼事？」

自海水中冒上來的那人，立時除下了頭罩，那是麥爾倫。我第一眼看到麥爾倫除下頭罩時，就感到：麥爾倫的臉色太蒼白了。

但是我立時想到，麥爾倫在海水之中，可能已超過了三小時，如果是那樣的話，那麼，一個身體再壯健的人，看來臉色蒼白，也不足為怪了。

我看到麥爾倫向船游來，我又叫道：「摩亞呢？」

麥爾倫並沒有回答我，一直游到船身旁，抓住了上船的梯子的扶手，大口吸著氣。

我還想再問，又是一蓬水花冒起，又一個人浮了上來，自然，那人一定是摩亞了！

一看到他們兩人都浮了上來，我大大地鬆了一口氣，想起幾分鐘之前的那種驚慌，好像世界末日就要到來的情景，只覺得好笑。

我走近梯子，先伸手將麥爾倫拉了上來，然後，輪到摩亞。

摩亞到了船上，才將頭罩除去，他的臉色，看來一樣蒼白得可怕。

我望著摩亞，道：「喂，你怎麼趁我睡著的時候，一聲不響就下了去呢？」

摩亞只是向我苦笑了一下，沒有說甚麼，他的神情十分古怪，我立時又向麥爾倫望去，他的神情和摩亞是一樣的。

而且，更令得我起疑的是，他們兩人，互望了一眼，這種神情，分明是他們兩人之間，有了甚麼默契，要保持某種秘密，而保持秘密的對象，自然是我，因為除了我之外，沒有別人了。

這使我在疑惑之外，又感到了極度的不快。我感到不快是理所當然的，因為摩亞特地來找我，自然我是以爲他存心和我精誠合作的，然而他現在卻和麥爾倫使眼色，要對我保密！

我想，當我心中表示極度不快的時候，我一定無法掩飾我自己的感情，我的臉色一定十分不好看。而且，我可以肯定，摩亞和麥爾倫兩人，也立時發現了這一點。

因爲摩亞立時回我道：「你剛才睡得很沉，所以我沒有叫醒你。」

我立時道：「我們不是講好了輪流下水的麼？爲甚麼麥爾倫還在水中，你又下去了？」

我是直視著摩亞發問的，而且，我在問的時候，語氣也絕不客氣。摩亞偏過頭去，不敢望我，含糊其詞地道：「我想去看看海中的情形——」

他講了這一句話之後，立時換了話題：「對了，我想我們應該向最近的港口報告一下我們所在的位置，以防萬一有甚麼意外——」

他一面說，一面向船中走去，但是他只跨出了半步，我一伸手，就抓住了他的肩頭：「等一等，我還有話要問你。」

摩亞轉過頭來望著我，皺著眉。我道：「你下水的時候，十分匆忙，究竟發生了甚麼事？」

摩亞呆了一呆，立時道：「發生了甚麼事？甚麼事也沒有啊。」

他抬起頭來，向麥爾倫大聲道：「甚麼事也沒有，是不是？」

麥爾倫在上來之後，就一直坐在帆布椅上，他那種情形，與其說是坐著，不如說是癱在椅上的好，直到這時，摩亞大聲問他，他才像被刺了一針一樣，陡地坐直，道：「是，沒有甚麼，當然沒有甚麼！」

這時，我不但感到不滿，簡直已感到憤怒了！

因爲他們兩人這種一搭一檔的情形，分明是早有準備的，而他們的「演技」，又實在太粗劣了些，那種做法，分明是公然將我當作傻瓜！

我強抑著怒火，冷笑道：「等我醒來的時候，我發現無線電對講機，落在甲板上，再從對講機中，傳出如同敲釘般的聲音，那是甚麼聲響？」

麥爾倫神色不定，他似乎要考慮一下，才能回答我的問題，他道：「哦，那或許是對講機碰到了推行器之後，發出來的聲音。」

他不提起推行器，我一時之間，倒還想不起來，他一提起，我又陡然一怔：「我剛才檢查過，我們少了兩具海底推行器，到哪裏去了？」

我這個問題出口之後，摩亞和麥爾倫兩人，都沉默了半晌，然後，摩亞才道：「衛，你在懷疑甚麼？」

他既然這樣問了，我似乎也不必將我的不滿放在心裏了，我大聲道：「我不是懷疑，而是肯定，肯定你們在海中遇到了一些甚麼，而對我隱瞞著！」

摩亞覺得我這樣毫不客氣地指責他，他反顯得鎮定，倒是出乎我意料之外的。

摩亞轉過頭去，望著平靜的海水，淡然地道：「你實在太多疑了！」

雖然，我直覺地感到，一個人聽到了那麼直接的指責，而仍能保持如此的鎮定的話，那一定是由於他的內心之中，並無歉疚之故，但是他既然那麼說，我變得也不好意思追究下去了！

摩亞在說了那一句話之後，走進了艙中，我向麥爾倫望去，只見他又在帆布椅上，躺了下來，閉著眼睛。

只不過麥爾倫他雖然閉著眼睛，眼皮卻在不斷地跳動著，這證明他並不是在休息，而是他的心中，有著甚麼極其重大的事！

剎那之間，我的心情完全變了！

摩亞和麥爾倫兩人，有事情在瞞著我，這是太顯而易見的事情，曾使我感到極度憤怒——任何人發現合作者對他進行欺騙之際，都會有同樣的反應的。但這時候，我卻不覺得奇怪，只覺得好笑。

因爲這件事，自始至終，本來是和我無關的，只是摩亞不斷來求我，我才答應遠行的，別說我自始至今，根本不信「鬼船」之說，就算我相信，真的找到了沉船，於我又有甚麼好處？

我只不過是在代人家出力，而人家卻還要瞞著我，我為甚麼還要繼續做下去？

當我想到這裏，我不禁「哈哈」大笑了起來，麥爾倫立時睜開了眼，用吃驚的神情望著我，我睬都不睬他，也走進了艙中。

摩亞倒真的坐在通訊台之後，我在床上躺了下來：「你和最近的港口，取得了聯絡之後，最好請他們派一架水上飛機來！」

摩亞轉過頭來望著我，我雙手交叉，放在腦後，毫不在乎地道：「我不想再找甚麼沉船了！」

摩亞不斷地眨著眼：「剛才我聯絡到的港口警告說，這一帶很快會有暴風雨，我想，我們要開足馬力趕回去了。」

摩亞這樣說，多少使我感到意外，因為天氣的突變，雖然事屬尋常，但是我們不應該事先一點也不知情。我立時想到，那一定是摩亞的藉口，但是，為甚麼他只下了一次水，就要回去了呢？

本來，我是一定要追究下去的，但是我早已決定，我不再參加他們，他們不走，我也要走了，既然事不關己，我還多問幹甚麼？

我只是懶洋洋地道：「那也好，趁天氣還沒有變，我們快走吧！」摩亞點了點頭，按下了一個掣，我聽到鐵鍊絞動的聲音，他已收起了錨，準備啓航了！

摩亞或許不知道，他又露出了一個極大的破綻，因爲他是在港口聯絡了之後，才知道天氣突變而回去的。那麼，他至少也得將這個消息，告訴麥爾倫才是。可是他卻根本沒有對麥爾倫說甚麼，就收起了錨開航了。由此可知，他和麥爾倫是早已說好了的。

我在心底冷笑了一聲，躺了下來，甚麼也不說，只覺得他們兩人十分卑鄙。

在接下來的兩天航行中，根本我和他們兩人說不上十句話，船上的氣氛，和來的時候，大不相同，沉悶得實在可怕。

我甚至避免看到他們兩人，因爲我實在討厭他們兩人互相望著，而又不說甚麼，對我保持秘密的那種神氣。

船一到波多黎各的港口，我立時棄船上岸，乘搭一架小型商用的飛機，到了美國。

麥爾倫和摩亞，倒還送我上了飛機，但是我只是自顧自提著行李，連「再會」都沒有和他們說。

當我由美國再飛回家，在飛機上，我慶幸自己擺脫了這兩個可厭的、虛僞的傢伙。

同時，我也很後悔浪費了那麼多天的時間，這一段時間，可以說是我一生之中，最沒有意義的了，我在想，在將我送走之後，摩亞和麥爾倫是不是還會回去呢？

但是我只是想了一想，就放棄了，因爲事情和我無關，我只當沒有認識過摩亞就是了！

想過我第一眼遇到摩亞時那良好的印象，我不禁覺得好笑，第一眼的印象，竟是如此之靠不住！

我回到了家中，留意一下氣象，大西洋那一帶，根本沒有任何有關風暴的消息，摩亞純粹是在胡言亂語，這更使我對他的印象惡劣。

這件事，就這樣告一段落，過了二十來天，我甚至已將之忘懷了，然後，才偶然地看到有關麥爾倫的消息，那是在一本體育雜誌上，刊登著第一流潛水專家，麥爾倫在寓所吞槍自殺的報導。

我一看到這篇報導，便陡然一呆，一時之間，我還以爲自殺的是另一個人。

可是，記者的工作十全十美，這篇報導中，有許多圖片，很多是麥爾倫的照片，毫無疑問，這就是我所認識的麥爾倫，而且，還有麥爾倫自殺之後，伏屍在地板上的照片，在那照片中，他的手中，還提著一柄來福鎗。

據記述，麥爾倫是在來福鎗的鎗機上，繫上一條繩，再將鎗口，對準了自己的下頦，拉動繩子，子彈從他的下頦直射進腦子，立即死亡！

他用這種方法來自殺，可見他自殺的決心多麼堅決。

我再看他自殺的日期，又不禁呆了一呆。

麥爾倫自殺的日子，推算起來，是我和他在波多黎各分手之後的第六天。如果他是用「毛里人」號回家的話，那麼，幾乎是他回家的當天就自殺的。

我又看那篇十分詳盡的報導文章，文章中說得很明白，麥爾倫的確是遠行甫歸就自殺的。他的鄰居，都知道他離家大約半個月，但是卻沒有人知道，他是到甚麼地方的，有幾個鄰居的談話指出，麥爾倫離家的時候，情緒非常好，曾和他們高興談笑。

而記者又查出，麥爾倫曾購買飛往波多黎各的機票，但是他到了波多黎各之後，卻沒有人知道他的行蹤。文章的最後這樣寫：「是甚麼使麥爾倫自殺呢？是不是這次神秘的外出，使他遇到了甚麼不可思議的事？麥爾倫的自殺，只怕永遠是個謎！」

我在看完了整篇報導之後，不禁呆了半晌。

記者所不知道的是，麥爾倫到波多黎各，我和麥爾倫會合，一起登上「毛里人」號北駛。然而，這次航行，對知道內情的人來說，卻也絲毫沒有甚麼神秘，我們駛到了百慕達附近，在那裏，只不過停留了四五個小時就走了！

從麥爾倫回家的日子來推算，摩亞和麥爾倫兩人，在我離去之後，他們也並沒有再到那地方去，而是直接送麥爾倫回美國去的！

如果說，是甚麼「神秘」，使麥爾倫自殺，那麼，這次航行，實在並無神秘之處！

然而，我又立即想起，當時麥爾倫和摩亞兩人，由海底升上來時，那種遲疑、怪異的神情，他們可能在海底見到了甚麼，而又隱瞞著我！

但是他們究竟在海底見到了甚麼呢？麥爾倫的自殺，難道真和海底的事情有關係？

我心中很亂，亂七八糟地想了很久，最後才決定，無論如何，我該和摩亞聯絡一下。

麥爾倫的死訊，我直到事情發生之後二十多天，才在一本雜誌上看到，當然，報上可能早已登載過這件事，或許由於刊登的地位不很重要，所以我沒有注意，或許是本地報紙的編輯，根本認爲麥爾倫不是一個重要人物，是以沒有刊登這則消息。

摩亞如果回到了紐西蘭，他可能直到現在，連這本雜誌都未曾看到，那麼，我有必要將這個消息告訴他，雖然摩亞這個人，如此卑劣！

我還記得，摩亞對我說起過的，他服務的輪船公司的名稱，也知道他的父親，就是那家輪船公司的董事長，那麼，找他大約是沒有問題的。

我先和電話公司聯絡，半小時後，得到了回音，我可以和紐西蘭方面通話，又過了二十分鐘，電話鈴響，我拿起電話筒來，聽到了一個帶著相當沉重的愛爾蘭口音的人的聲音，道：

「我是摩亞，彼得·摩亞。」

我猜他可能是摩亞的父親，是以我立時道：「對不起，我要找的是喬治·摩亞船長，最近才從美洲回來的那一位。」

電話那邊，等了片刻，才道：「你是甚麼人？」

第四部：一個死了一個瘋了

我將自己作了一番簡短的介紹，並且說明了我和他認識的經過。

當我說完之後，電話那一邊的聲音，突然變得急促起來：「請你等著我，我馬上來見你。」

我陡然一呆：「先生，你在紐西蘭，而我在——」

那位彼得摩亞先生，打斷了我的話頭，道：「我來見你，我立即就可以上機！」

我心中不免有點駭然，心想一定有甚麼事故，發生在喬治摩亞的身上，我忙道：「摩亞他怎麼了，是不是爲了甚麼事？」

那位彼得摩亞先生的聲音很急促：「是的，我是他的父親。」

我道：「我已經料到了，發生了甚麼事？」

彼得摩亞道：「他瘋了，我必須來見你，我們見面再談好不好呢？」

一聽得「他瘋了」這三個字，我真是呆住了，我只是如此說了兩聲「好」，再想問時，那邊已經將電話掛上了，我仍然握著電話，呆了好半晌。

我腦中實在亂到了極點，在那片刻之間，我只能想到兩件事，第一，我想到，就算我不打這個電話，彼得摩亞一定也要來見我的了，要不然，他不可能一聽到我的電話，就說要來見我。

第二點，我在揣測彼得摩亞所說的「他瘋了」這三個字的意義。通常來說，這三個字可能代表著兩種意思，一種是他真的瘋了——神經錯亂了。另一種，也可以說是他有了甚麼異想天開的想法和做法，身爲父親的，自然也會用這種字眼去形容兒子的。

儘管我對喬治摩亞已經十分反感，但是我還是寧願是他又有了甚麼異想天開的行動，以致他的父親這樣說他。因爲麥爾倫已然死了。如果摩亞真的神經錯亂的話，那真是太可怖了。

我呆了好久，才漸漸靜了下來，現在，我除了等彼得摩亞前來和我相會之外，似乎沒有別的事情可做了，我又拿起那本雜誌來，反覆讀著麥爾倫自殺的那篇報導。

麥爾倫一個人獨居，他住所之豪華，是令人咋舌的，當然，像麥爾倫那樣出色的潛水家，有著豐厚的收入，是意料中的事。

報導說他有數不清的女友，但是他似乎從來也未曾想到過結婚，他遺下的財產很多，但是沒有遺囑。

這篇報導的作者，從多方面調查，唯一的結果是，麥爾倫是絕沒有自殺的理由的，因爲他可以說是世界上最快樂的人。

如果過著像麥爾倫那樣生活的人，也要自殺的話，世界上真是沒有人可以活得下去了。麥爾倫並不是甚麼思想家，思想家會因精神上的苦悶而自殺，但是麥爾倫卻是徹頭徹尾的享樂主義者，這樣的人，會在高度的享受生活中自殺，的確是一件不可思議的事情。

在餘下的一天中，我又搜集了一些有關麥爾倫自殺的資料。第二天中午，彼得摩亞就來了。

彼得摩亞是一個瘦削而高的中年人，和他的兒子，完全是兩種類型，我一眼就可以看得出，他的心中有著相當程度的憂傷，但是他卻竭力在掩飾自己心中的這種憂傷，不讓它顯露出來。

他是事業成功的那一型人，看來有點像一個不苟言笑的銀行家。當他握住我的手，同時打量我的時候，我可以感到他炯炯的目光，正在注視著我。

我請他坐下來，他立時道：「我們似乎不必浪費時間了，喬治在三天前回來，我見到他，就可以看出他有著極度的困惑，簡直是換了一個人，他甚麼也沒對我說，我要知道究竟發生了甚麼事！」

他這樣單刀直入的問我，真使我不知道如何回答才好，他見我沒有立即回答，立時又道：「如果你不肯說，那麼，我只好到美國去，找麥爾倫先生，我知道你們三個人是在一起的！」

當他提到麥爾倫的時候，我震動了一下，然後才道：「麥爾倫先生已經死了，自殺的。」

這位摩亞先生聽得我那樣說，立時睜大了眼，他可能爲了禮貌，是以沒有立時出聲，但是我從他的神情上，已經可以看出，他心中對我的觀感，決計不是恭維。

麥爾倫自殺，這是事實，儘管我知道摩亞先生對此有懷疑，但是我也沒有向他多作解釋的必要，我只是轉身，在几上取過了那本雜誌，打開，遞了給他。

他先是望了我一眼，然後，迅速地閱讀著那篇報導麥爾倫自殺的文章。

他一聲不響，只是呼吸越來越急促，我也一聲不響地等著他。

十分鐘之後，他抬起頭來，聲音有點發顫：「太可怕了！」

我道：「世界上每天都有人自殺，我倒並不覺得有甚麼特別可怕，只是覺得事情很奇怪。」

摩亞先生將雙手放在膝上，身子挺直地坐著，看來他正在竭力使自己鎮定，但是他的手，還是在微微發抖，我又道：「你在電話中說得不很明白，我想知道，令郎究竟怎麼了？」

摩亞先生的臉上，現出一股深切的哀痛的神情來，道：「他瘋了！」

我沒有出聲，摩亞先生又補充道：「他的神經完全錯亂了，瘋人院的醫生說，從來也未曾見過比他更可怕的瘋子！」

我心頭怦怦跳著：「摩亞先生，我和令郎相識雖然不深，但是我確信他是一個十分具有自信，同時，也是一個十分堅強的人！」

摩亞先生苦笑著：「對於你所說的這兩點，我毫無異議。」

我又道：「這樣性格的人，一般來說，能夠經受打擊和刺激，不會神經錯亂的！」

摩亞先生用他微抖的手，在面上撫抹著，神態顯得很疲倦，他道：「可是神經病專家說，神經再堅強的人，對忍受刺激，也有一定的限度，超過了這個限度，一樣受不了，而且後果更糟糕！」

我苦笑了一下：「那麼，他究竟受了甚麼刺激，是因爲他以後不能再航海，是調查庭對他的事，作了極不利的決定？」

摩亞先生搖著頭：「不是，他申請延期開庭，已被接納，調查庭判決的日期是今天。」

我喃喃地道：「那麼，究竟是爲了甚麼？」

摩亞先生直視著我：「年輕人，這就是我來見你的原因，和我要問你的問題，他爲了甚麼？」

我只好苦笑著搖頭：「我不知道，真的，我不知道麥爾倫爲甚麼要自殺，也不知道令郎何以會神經錯亂，我只能將我們三個人在一起的經過講給你聽，不過，我相信你在聽了之後，一定找不出其中的原因！」

摩亞先生道：「那麼請你說！」

我略停了片刻，替他和我自己都斟了一杯酒，然後才將經過情形，講了一遍。

我是從摩亞船長如何和我見面，開始講起的，只不過那一切經過，我講得很簡略，我將那天，麥爾倫先下水，我在帆布椅上睡著，醒來之後，發現他們兩人都不在船上，以及後來，他們兩人又浮出了水面的一段經過，說得比較詳細。

我將這一段經過說得比較詳細的原因，是因爲我覺得這是整件事的關鍵。

那也就是說，我認爲，在他們兩人下海的時候，一定曾遇到了甚麼事——那一定是可怕之極的事情，才令得他們兩人，一個自殺，一個發了瘋！

等我講完了事實經過和表示了我的意見之後，摩亞先生好一會，一聲不出，只是默默地喝著酒。

過了好一會，還是我先開口：「我很想知道他的情形，我是說，他回來之後的情形！」

摩亞先生淒然道：「他未能支持到回來。」

我呆了一呆：「甚麼意思？」

摩亞先生道：「毛里人號在雪梨以東一百餘浬處，被一艘船發現。那艘船的船員，看到毛里人號，完全是在無人操縱的情形之下，在海面漂流，就靠近它，上了船，他們看到他，正在縱聲大笑。」

我深深吸了一口氣，摩亞先生續道：「毛里人號被拖回來，醫生立時證實，他神經錯亂，在經過檢查之後，就進了瘋人院！」

我又呆了半晌，才道：「他一直笑著？」

摩亞先生搖頭道：「不，間歇還叫嚷著一些毫無意義，莫名其妙的話，也有你的名字。」

我挺了挺身子：「還有一點，不知道你留意了沒有，他是一個好船長，即使在駕駛毛里人號的時候，他也每天記航海日記——」

摩亞先生點頭道：「是的，我也知道他有這個習慣，所以，爲了了解他究竟遇到過甚麼事，最好就是翻查他的航海日記了！」

我忙道：「結果怎麼樣？」

摩亞先生嘆了一聲，打開了他帶來的公事包：「我將日記帶來了，你可以看一看！」

他遞了一本日記簿給我。

對於這本日記簿，我並不陌生，因爲在毛里人號上，我曾不止一次，看到摩亞船長在這本日記簿上，振筆疾書。

我打開日記簿，迅速翻過了前面部分，因爲那一部分所說的，全是平淡的、沒有事故的航行過程。一直到了發生事故的那一天。

那一天，摩亞船長只用了極其潦草的字跡，寫了兩個字：「回航」。以後接連三四天，日記上全是空白。然後，才又有了幾句，那幾句根本已不是航海日誌了，他寫的是：「現在我相信了，大海中是甚麼事都可以發生的！」那兩句，字跡之潦草，簡直不可辨認，然後，一連幾天，寫的全是「救救我」。看了那麼多「救救我」，真是怵目驚心，由此可知他在回航途中，精神遭受到極其可怕的壓迫，他一直支持著，但是終歸支持不下去了！

他的最後一句「救救我」，甚至沒有寫完，只是在簿子上劃了長長的一道線，可以猜想得到從那一剎間起，他的精神徹底崩潰了。

我合上了日記簿，心情沉重得一句話也不想說。

我在盡量回憶那一天的情形。那一天，我明顯地感到摩亞船長和麥爾倫兩人在海中冒出來之後，神色十分不對勁，也明顯地有事情瞞著我，而我就是因爲覺察到了這一點，是以才負氣離開的。

但是現在我至少明白了一點，他們兩人的確是有事情瞞著我，然而對我作隱瞞的動機，卻是爲了我好！

他們在海底遇到的事，一定不是普通人所能忍受的，我敢說，麥爾倫之所以自殺，就是因爲他忍受不了之故，而摩亞船長的瘋，原因自然也是一樣！

他們兩人，一定不想我同樣感染到難以忍受的恐怖，是以一冒出海水之後，他們就有了默契，不再向我提及在海中遇到的事！

我想了好一會，才道：「醫生怎麼說？他完全沒有希望了麼？」

摩亞先生搖著頭：「醫生說，對於神經錯亂，世界上沒有一個人有把握說他會甚麼時候痊癒，但如果能引導得使他將所受的刺激講出來，或者可以有多少希望，在醫學上，這叫作『病因誘導法』。」

我苦笑著，道：「照你所說，他已經完全瘋了，甚麼人能引導他作正常的談話？」

摩亞先生搓著手，並不直接望向我，只是道：「有的，當日和他在一起的人。」

我道：「我！」

摩亞先生這才轉頭向我望來，點了點頭。

我站了起來，爽快地道：「好的，我跟你去，去見他，希望能對他有所幫助！」

摩亞先生也站了起來，抓住了我的手，激動地道：「謝謝你，就是你此行對他的病情一點幫助都沒有，我也一樣感謝你！」

看了摩亞先生的這種情形，我也覺得很難過，道：「你不必那麼說，我和他是朋友，我立時就可以動身。」

摩亞先生連連點頭，告辭而去。

我和摩亞先生第二次見面，已經在機場，飛機起飛之後，摩亞先生詳詳細細對我說有關他兒子的事，目的自然是使我對摩亞船長能有進一步的了解。

在飛機降落之後，有船公司的職員在迎接摩亞先生，我們自機場直接前往神經病院。

神經病院就是瘋人院，我實在還無法舉例世界上有甚麼地方，比瘋人院更可怕的了。這座神經病院，建造在山上，沿途經過不少地方，風景美麗得難以形容，翠巒飛瀑，流泉綠草，如同仙境一樣。

只看外表，那座神經病院也十分整潔、美麗，牆是白色的，面前是一大片草地，有不少人，正在護士的陪同下，在草地上散步，這些病人自然是病情較輕的。在瘋人院中，最不可忍受的是病人的那種神情，那種茫然、木然、毫無生氣的神情，真叫人難以忍受。

我經過一個女孩子，她呆呆地蹲在一簇蒲公英前，一動也不動。

在她的旁邊，有一個護士，那女孩子不過十五六歲，有一頭可愛的金髮，但是她望著蒲公英的那種木然的神情，卻叫人看了心酸。

我急步穿過草地，走進病院的建築物，神經病院之中，似乎自然有著一股陰森之氣，這種陰森之氣，甚至遠較黑夜的墓地來得可怕。

墓地中埋的是死人，那股陰森只不過是伴隨死亡而來，但是瘋子，卻是活生生地出現在你的眼前的。我們才一進瘋人院，就看到兩個于思滿面的大漢，在爭奪一張破紙片，各自發生可怕的呼叫聲，他們至少也有四十歲了，可是看那情形，卻像是四歲一樣。

一個穿著白袍的醫生，迎了出來，和摩亞先生握著手，摩亞先生立時問道：「喬治的情形怎麼樣？」

那位醫生搖了搖頭，向我望了過來，摩亞先生又替我介紹道：「這位是喬治的主治醫師，這位是衛先生，喬治曾叫過他的名字！」

那位醫師和我握著手，他先將我們帶到了他的辦公室中，摩亞先生又將我和摩亞船長的關係，向他約略介紹了一遍。

在主治醫師的辦公室中，我有點坐立不安的感覺，因爲我實在想去先見一見摩亞船長。

當我提出了這一點之後，那位醫師皺著眉：「衛先生，他的病情，現在發展得相當嚴重，當他一個人的時候，他還比較安靜，一見到別人，就變得十分可怕！」

我皺著眉：「可是我既然來了，我就一定要見他，而且希望和他談話。」

醫師想了一想：「我建議你先在門外觀察他，我們的病房的門上，都有窺視設備，你意見怎樣？」

要我們窺視摩亞船長，這當然不是我的本意，但是醫師既然這樣說，而且他還說得十分委婉，其中好像另有隱情，那就只好遵從他的意思了！

我點著頭：「好，不過，我還是希望能夠和他直接見面！」

醫生嘆了一聲：「那等你看到了他之後，再作最後決定。」

我向摩亞先生望了一望，他一臉無可奈何的神氣，我站了起來，仍由醫師帶著路，我們經過了一條長長的走廊，走廊的兩旁，全是房間，有的房間中傳出「砰砰」聲，有的房間中，傳出一句又一句，重覆的、單調的歌聲，聽了令人毛髮直豎。

我們一直來到了走廊盡頭的一扇門前，醫師在門口略停了一會，招手叫我過去，指著門上的一個小孔，我立時將眼湊了上去。

那小孔上裝著一個「望人鏡」，其實是普通家用的那種望人鏡，不過是反過來裝，可以在外面，看到房間中的情形而已。

我才一湊上眼去，就看到了摩亞船長。

那間房間的陳設很簡單，摩亞船長正坐在一張椅子上，呆呆地坐著。

當我第一眼看到他的時候，我登時吃了一驚，因爲他和我在酒吧裏遇見的那個充滿自信、愉快結實的小伙子，完全變了樣！

看到他這種情形，我不顧一切推門進去。

我才一走進去，就聽得摩亞船長，發出了一下慘叫聲，那真是令人慘不忍聞的一下呼叫聲，我立時將門關好，只見他倒在床上，雙眼之中，充滿了恐懼的光芒，望定了我，一面不住地搖著手，面肉抽搐著，斷斷續續，用發顫的聲音道：「不，不！」

我心中真有說不出的難過，我盡量將聲音放得柔和，我道：「摩亞，是我！」

摩亞船長的叫聲，越來越是尖銳，尤其，當我開始慢慢地走過去之際，他喘著氣，我看出他的那種恐懼，真正是由他的內心深處發出來的，他的額上，汗珠不斷滲出來，瞳孔放大，我在離他有五六步處，停了下來，因爲我感到，如果我繼續走向前去，可能會將他嚇死！

他拚命向床裏縮著，床的一邊是靠著牆的，他一直縮到了牆前，還在拚命向內擠。

我嘆了一口氣，道：「你怎麼連我也認不出來了？你不記得了？我們曾一起乘毛里人號，去尋找沉船！」

找「沉船」兩字，才一出口，他又發出了一聲尖叫，低下了頭，將頭埋在被褥之中，我可以清楚地看到他的背上所冒出來的汗，在不到一分鐘的時間內，將他背上的衣服滲透！

他既然將頭埋在被褥中，看不到我，那我就可以繼續向前走了，我直來到床前，伸手在他的肩頭上，輕輕地拍了一下。

我實在還不能說是拍了他一下，只不過是我的手指，在他的肩頭上，輕輕彈了一下而已，可是他卻像被我刺了一刀一樣，直跳了起來。

緊接著，他整個人，向我撲了過來！

我雖然早已聽得醫師講過，他在極度的恐懼之後，會變得異常的兇狠，但是我也沒有想到，他的來勢，竟是如此之兇猛！

當他突然向我撲過來之際，我可以說一點預防都沒有，我被他撲中，向後倒去，我們兩人，一起跌在地上，我剛準備推開他時，已感到了一陣窒息，我的頸際，被他緊緊地扼住了！

那一陣突如其來的窒息，令得我眼前一陣發黑，幾乎當時昏了過去。

我發出了一下含糊的呼叫聲，立時抓住了他的手腕，想強迫他鬆開我的頸，可是他卻是那麼用力地扼著我，一面扼著我，一面顫聲道：「你早該死了，你應該是幾根腐骨，你爲甚麼不死？」

這幾句話，摩亞雖然用十分可怖，完全變了音的聲音說出來的，而且斷斷續續，但是，我卻可以聽得十分清楚，他說的的確是這幾句話。

自然，我當然也無法去思索，他說這幾句話，究竟是甚麼意思，我只想到一點，那就是如果我再不設法令他鬆開我，我就要被他扼死了！

我放開了他的手腕，照準他的下頦，就是一拳。

這一拳，我用的力道十分大——我必須大力，因爲如果不用力的話，他不可能放開我。

第五部：海底怪人

果然，這一拳擊出，他又發出了一下極可怕的呼叫聲，雙手鬆了開來。

他被我這一拳，擊得倒在地上，病房的門也在這時打開，醫師和摩亞先生，一起衝了進來，我一躍而起，一面後退，一面道：「你們快出去！」

醫師和摩亞先生，立時又退了出去，我扶起了椅子，揉著頸，望著摩亞船長。他跌倒在地，好一會不動，然後又慢慢站了起來。我看到他的情形，像是已鎮定了很多，他不再恐懼，也不再向我進襲，只是直勾勾地望著我。

我努力在自己的臉上擠出笑容來：「怎麼樣，船長，現在可以談了麼？」

他仍是一動不動地望著我。

我本來想告訴他關於麥爾倫的死訊，但是一轉念間，我決定欺騙他，我道：「船長，你不肯說也沒有關係，麥爾倫已完全告訴我了！」

他陡地震動了一下，伸手向我指著，忽然大笑了起來，一面笑著，一面向我衝了過來。

這一次，他卻並不是向我襲擊，而是衝到了我的面前，抱住了我，不斷用手拍著我的肩頭，仍然不斷地笑著，我將他推了開去，他在床沿上坐了下來，笑聲止住，仍是一副木然的神氣。

我直視著他：「你的秘密，已不成其爲秘密，任何人都知道了！」

他又震動了一下，可是這一次，沒有再笑，也沒有別的動作。

我覺得我的話很有效，是以我湊近他：「說出來，你在海底見到了甚麼！」

當我的臉湊近他的時候，他陡地又發出了一下驚呼聲，那一下驚呼聲之可怖，我實在不容易在幾十年內輕易忘記，接著，他雙手向我面上抓來，幸而這次我已有了準備，立時後退。

他立時抓起了枕頭，遮住了臉，全身發抖。

我想去拉開他手中的枕頭，可是他卻死抱住枕頭不放，我只好放棄，在他的耳際大聲道：「摩亞，麥爾倫全說了，你也不必將恐懼藏在心裏！」

可是他沒有反應，接著，我又花了足足半小時，說了許多我認爲足以刺激他的話，可是他一點反應也沒有，只是用枕頭遮著臉。

醫師又推門進來：「衛先生，到此爲止吧，我怕他會支持不住！」

我嘆了一聲，和醫師一起走出了病房。摩亞先生一直等在病房之外，他顯然知道事情毫無進展，是以看到我出來，只是苦澀地笑著。

我甚麼話也沒有說，我們又回到了醫師的辦公室中，坐了下來。過了半晌，醫師才道：

「衛先生，你已經看到了，你的出現，對他一點幫助也沒有！」

我低著頭，剛才和摩亞船長的會面，在我的心頭，造成了一股異樣的重壓。

我想了一想，才道：「並不能說完全沒有用，至少我已經知道，他心中有一項重大的秘密，那是他的病因，如果他能將這項秘密說出來，那麼，他的病，或許立時就能有所改善！」

醫師望著我苦笑：「當然，你說的話是符合實際情形的，可是你卻不知道，凡是在這種情形下神經失常的人，並不是他固執地不肯將秘密說出來，如果是那樣，他就清醒了，他現在的情形是，由於重大的刺激，在他自己的腦中，對這項秘密，也是一片空白，就算他極願告訴你，也辦不到！」

摩亞先生道：「那麼，沒有辦法了？」

醫師道：「我花了好長的時間，查過世界各地同樣病例的紀錄，有幾則這樣情形，而結果痊癒的！」

我忙道：「他們用的是甚麼方法？」

醫師道：「在病人的面前，講出這個秘密來，使病人再受一次刺激，而恢復正常！」

我和摩亞先生互望了一眼，摩亞船長和麥爾倫在海底遇到了甚麼，除了他們兩個人之外，沒有人知道，而麥爾倫已經死了！

在我們互望一眼之間，我想，我們都立時明白對方，在想些甚麼。

摩亞先生站了起來：「那好了，不管他在海底見到了甚麼，我到同樣的地點去，再經歷一次，就可以知道了！」

醫師陡地一震：「摩亞先生，我絕對反對這樣做，我看這樣做的結果，就是我們這裏，再多一名瘋子！」

摩亞先生的神情很激動，臉色蒼白，他還沒有再說甚麼，醫師又道：「看你現在的情形，你絕比不上令郎，將來你成爲瘋子之後，情形一定比他更嚴重！」

摩亞先生顯然不服，可是我不讓他先說，已經道：「我去！」

醫師以一種極其驚訝的目光望著我，摩亞先生的提議，是出自父子之情，那是可以了解的，而我甘願去冒險，又是爲了甚麼呢？

摩亞先生也望著我，看來，我甘願去冒這個險，究竟爲了甚麼，他也一樣不了解。

我們三個人全靜了下來，過了好久，才聽得摩亞先生道：「我認爲——」

我只聽他講到這裏，便打斷了他的話頭：「我不要任何人陪我去，摩亞先生，或者你還不知道我的爲人，我最喜歡一切稀奇古怪的事，而且，不知見過多少古怪的事，不論他們曾在海底見過甚麼，也不管他們因此而發生了甚麼樣的悲劇，但是我一定經受得起的。」

醫師低著頭，顯然他認爲這件事，他不便表示意見，摩亞先生則搓著手。我道：「我想，我們可以就此決定了，我一定要去，因爲當日，如果不是他們兩個人，自己在海底有了如此可怕的經歷，而瞞著我的話，我的結果也是一樣的！」

摩亞先生在望著我：「如果你需要甚麼報酬——」

這一次，我又是不等他講完，便又打斷了他的話頭：「我不要任何報酬，但是，我卻需要你供給我此行的一切設備。」

摩亞先生忙道：「可以的，毛里人號可以任你使用。」

我搖了搖頭，道：「不，我不要毛里人號，太慢了，我想要一架性能優越的水上飛機！」

摩亞先生道：「那絕無問題。」

我笑了笑：「這一切細節問題，我們不必在這裏討論——」

我在醫師的肩頭上拍了拍：「請你好好照顧摩亞船長，我會盡快回來！」

醫師喃喃地道：「願上帝保祐你！」

我聳了聳肩，和摩亞先生一起離開了瘋人院。在接下來的幾天中，我爲我的遠征，作充分的準備，以摩亞先生的財力而論，做起準備功夫來，事半功倍，我帶了許多一定要用得到的東西，也帶了一些可能用到，但不一定要用的東西。

摩亞先生替我準備的，是一架中型的水上飛機，他堅持要和我同行，而被我拒絕了之後，又要派一個十分著名的潛水專家和我一起，但也同樣給我拒絕了。

他又通過紐西蘭政府，向其他各國政府，通知有我這樣一架飛機，要往大西洋，請各該地政府，盡量給我方便和協助。

我起飛的時間，是下午二時，事先，我已經試過好幾次起飛和在水上降落，證明這架水上飛機，性能極其優越，所以起飛之後，我採取直線飛行，一直到午夜，才到了預定的第一個站，補充燃料。

飛行的計劃十分順利，第三天中午，已經到了當日「毛里人」號停泊的上空，我低飛，打了一個盤旋，借助科學儀器測定的正確位置，我幾乎就降落在當日毛里人號停泊的地方。

那一天，當我飛抵目的地的時候，天色很陰，一天都是烏雲，海水的顏色，也顯得特別深沉，好像一個心中有著巨大鬱怒的人的臉一樣。

在盤旋一周之後，我開始降落，飛機在水上兜了一個圈子，停了下來。

當飛機在海上飛的時候，海水看來，好像十分平靜，但是一等到停下來時，我就開始覺得有點不妙了。看來很平靜的海水，顯然有著暗湧，因為機身晃動得很厲害，當我從座位上站起來走動的時候，我要扶住艙壁，才不致於跌倒，這時，只有我一個人，在汪洋大海之上，要是有了甚麼突如其來的變故，只怕沒有甚麼人可以救得了我！

我打開了機艙的門，望著大海，由於機身的搖晃，海面看來像是反覆不定的一張大毯子，使我有點頭暈，我定了定神，先放下了一艘充氣的橡皮艇，然後，將應用的東西，一件件縋下去。

這時候，我有點後悔，何以堅拒摩亞先生的提議，帶一個助手來。

因為如果有一個助手的話，那麼，我這時至少可以有人幫助，而更重要的是，當我開始感到有一點害怕的時候，可以有一個人和我交談，互相安慰鼓勵，而現在，卻只有我一個人，一個人而感到害怕，唯一的結果，就是害怕的感覺，越來越甚。

我盡量不使自己去想這些，天氣報告證明這一帶天色雖陰，但不會有甚麼大的變化，而我估計，我在海水中，也不會耽擱太久，天黑之前，我一定可以有所發現，而起飛回去！

我縋下了應用的東西，在飛機上換上了潛水的裝備，沿著繩梯，到了小艇上。

我校正了方向，跳進了水中。

海水很冷，一進水中，就接連打了幾個寒戰，我伏在海底推進器上，當日麥爾倫潛進水中，他行進的方向，我是知道的，我就照他的方向，一面前進，一面潛得更深。

當我潛到了海底之後，我看到了海底潔白的沙，沙是如此之細，如此之白，很出乎我的意料之外。

我操縱著推進器，向前潛著，海底很平靜，和其它任何地方的海底，並無不同，我小心留意著海底的情形，可是時間慢慢地過去，我實在沒有甚麼特別的發現。

那時，我已經兜了一個圈子，開始兜第二個圈子，將半徑擴大。

我估計在兜第二個圈子的時候，離飛機停的地方，約是五百公尺，接著，是第三個圈子，半徑增加到八百公尺。

海底看來仍很平靜，成群的魚在游來游去，當我來到西北方的時候，我看到東西了！

我看到的可疑東西，離我大約有一百公尺左右，我立時向那東西靠近。

開始時，我還不能肯定那東西是甚麼，但是當我漸漸接近它時，我立時可以肯定，毫無疑問，那是一艘船，一艘沉了的船！

當時，我的心劇烈地跳動了起來，連我自己也不知道何以心跳得如此之甚，或許是因爲事情來得太容易了，我下水只不過一小時左右，就看到了沉船。

而且，沉船看來如此清晰，船的一半，埋在沙中，而船首部分，露在沙上，海水清澈，我可以看得清清楚楚，那是一艘西班牙海軍全盛時期形式的大船。

我操縱著海底推進器，迅速地向沉船接近，當我更接近船頭的時候，我又看到了船頭上的標誌，那正是我熟知的徽飾。這艘船，就是摩亞船長要找的「鬼船」！

我又立時想到，摩亞船長和麥爾倫兩人，當日一定也是下水不久之後，就看到這艘沉船的，而最先看到沉船的，自然是麥爾倫，因爲他最先下水，而他在看到了沉船之後，一定立時告訴了摩亞船長。

當時，我正躺在帆布椅上沉睡，摩亞船長在接到了麥爾倫的報告之後並沒有叫醒我。——這一點，我不知道是爲了甚麼原因，而他自己則立時也下了水。

但是，接著，又發生了甚麼事呢？爲甚麼他們兩人，神色倉皇地冒出水面，立時離開了這裏，結果一個自殺，一個成了瘋子？

但是，不論他們當日遇到了甚麼事情，我現在既然已看到了沉船，他們所遇到的事，我也一定立時可以親自經歷了！

想起他們兩人的結果，我的心情，極度緊張，等到我來到了船邊的時候，我伸手撫摸船身。

這時候，我起了一種十分難以形容的疑惑之感。根據摩亞船長的考證，這艘船，沉在海底，已經有好幾百年了，但是當我觸摸到船身之際，卻一點也沒有摸到朽木的感覺，我碰到的，仍然是保養得十分好，十分堅實的木頭，就像這艘船是在一小時之前才沉進水中的一樣！

我將推進器固定在船邊，然後，沿著高大的船身，向上「爬」去，我其實應該說是向上「升」去，不一會，我就來到了甲板上。

整艘船，以四十五度角傾斜著，船首在上，船尾埋在海底潔白幼細的沙粒中。

當我來到甲板上的時候，我的驚訝更甚，因爲，不論從甚麼角度來看，這都是一艘新船，決計不是在海水中沉沒了數百年的沉船。

我攀著甲板上的東西——這些東西全有著航海者所用的專門名稱，我也不一一介紹了，然而有一點必須說明的是，這些東西，不論是我的視覺和觸覺，都告訴我，那是新的！

我心中的驚疑，越來越甚。那種驚異之感，是如此洶湧而來，以致剎那之間，我幾乎感到自己的呼吸，有點不暢順起來。

我勉力使自己鎮定，一面接近一扇艙門，一面不住告訴自己，我這時所遇到的，是一件怪得不能再怪的怪事，不論我再見到甚麼，我都必須保持鎮定。

等到我的手，已然可以碰到艙門之際，我伸手輕輕一拉，門便向外浮了開來，船艙之中，相當黑暗，一時之間，我看不清艙中有甚麼，但我還是先游了進去，隨即亮了燈。

我看到了一個空的船艙，艙中甚麼也沒有。

那船艙相當寬敞，可是卻甚麼也沒有，船艙有兩扇窗子，窗上有著木頭雕花的裝飾，那些花紋，看來仍然是凹凸玲瓏。

如果不是整艘船在海水之中，我在那樣的情形下，看到了那樣的情形，一定會不由自主，高聲問「是不是有人」了！

這時，我當然沒有出聲，可是我心跳得極其激烈，我甚至無法想像，自己究竟是在甚麼地方，我是在一艘沉船之中麼？一定是的，但是，沉沒了幾百年的船，何以如此之新，如此之異樣？

我在這船艙中，上上下下，游了一遍，正準備再去察看船上的其他部分時，突然我聽到了一陣「啪啪啪」的聲響，自下面傳了上來。

當我一聽到那種聲響之際，我心中的恐懼，實在是難以形容的，我就像是全身浸在冰水之中一樣，不由自主屏住了呼吸。

那種聲響，聽來像是有人在用鎚敲釘子！

而這種聲響，我也不是第一次聽到的了。當日，當我一覺睡醒之後，在棄置在「毛里人」號甲板上的無線電對講機中，就有這樣的聲音傳出來。

而現在，我又更直接地聽到了這種聲音。

我在屏住了呼吸片刻之後，又大口大口地喘著氣，我立時游出了這個艙。

出了船艙之後，那種聲音，聽來更是清晰，而且，我聽出，那是在船尾部分傳了過來的，也就是說，這種聲響，是整艘船，埋在海沙的那一部分傳出來的！

一艘船，在海底沉了幾百年，有一大半被埋在海沙之中，而埋在海沙中的那一部分，居然會有鎚打釘子的聲音傳出來！

我覺得我的勇氣，在逐漸消失，已到了沒有膽子再逗留下去的地步了！

我告訴自己，我必須立即冒出水面，回到飛機上去！

可是，我此來的目的，又是爲了甚麼呢？我不是曾許下豪語，不論海底有著甚麼怪事，一定要探個明白，才算是對得起摩亞船長的麼？

這時，我開始感到，在未曾經歷一件事情之前，想像可以應付是一件事，而到了身歷其境之際，是不是真正能應付，又是一件事！

出了那船艙之後，我雙手拉住了船舷，這時，只要我雙腳向上蹬一下，我就可以離開這艘怪異莫名的沉船，浮上水面了！

但是，就在這時，我看到了一樣東西。那是一具小型的無線電對講機。

這具對講機，擱在近船艙處的兩個木樁之間，那一定是麥爾倫留下來的。我當日在毛里人號的甲板上，聽到那種聲音，一定是由這具無線電對講機傳過來的。

看到了那具無線電對講機，事實上，並不能增加我的勇氣，相反地，卻增加我的恐懼，但是，卻也使我的好奇心，達到了頂點。那便是我打消了離開這艘怪異的沉船的原因。

我向下沉，伸手取起了這具無線電對講機，同時，那種「啪啪」聲，還在不斷傳來。

我又發現，有一扇半打開的艙門，可以使我進到船的內部去，而且看來，海沙只不過淹沒了船的外部，並未曾侵入到船身之中。

這自然也是不可能的，一艘船既然在海中浸了數百年，當它的一大半，被海沙淹沒之際，海沙一定也塡沒了船上的每一個空隙。但是，這艘船既然在海中浸了數百年之久，還是如此之新，那麼，就算海沙未曾侵入船尾部分的船艙，也不算是甚麼特別的怪事了！

我勉力定了定神，從那扇艙門中，鑽了進去，向下慢慢游去。

我已游到了船尾部分的船艙之中了，那正是被埋在海沙之中的。我過了一個艙又一個艙，艙中全是空的，那種「啪啪」聲，越來越近，我心中的驚悸，也越來越甚。

我在想，那一定是有一條大魚，被困在艙中游不出來了，是以正在以魚身撞著艙壁。

但即使當我那樣想的時候，我也知道這樣的可能性是不大的。

因爲，就算有大魚被困在船艙之中，所發出來的聲音，也不是那樣的，這時我所聽到的，明明是有人用鎚在敲釘子的聲音。

我終於又來到了一個艙的門口，艙門緊閉著，而且，我也可以肯定，那種敲打聲，是從這扇門之中傳出來的。那也就是說，只要我伸手推開門，我就可以看到，究責是甚麼東西在發出那種怪異的聲音來了！

我伸手去推門，我的手在發抖。

在水中，手發抖，這還是我有生以來，第一次有這樣的經歷。

由於我的手在發抖，而且，抖得如此劇烈，是以當我伸手向前的時候，抖出一連串的水花來，我推門，可是那扇門卻不動。

附在我頭罩上的燈光，正照在那扇門上，而我已伸手在推門，我當然可以看清這扇門的結構，這扇門看來，並沒有甚麼不同，只不過在門口，有十字形交叉的銅箍。

而且，根據位置來推斷，這間艙房，可能就是這艘沉船的船長室。

我推了一推，沒有將門推開，心中有點不服氣，因爲我不信我會推不開一扇在海底沉了數百年之久的船艙的門，於是我用力，以膝去撞門。

當我的膝蓋撞到門口之際，發出了一下聲響。

而在這一下聲響之後，那種「啪啪」聲，忽然停止了！當那種怪異的聲響，不住在耳朵響著的時候，固然使人覺得可怖，但是當那種聲響，忽然消失，變成了一片寂靜之後，卻更加叫人受不了！

我那一撞，並未曾將門撞開來，於是，我略退了一退，用整個身子的力量，向前撞去。

我以爲，這一下，一定會重重撞在門上的，卻不料，就在我的身子，快撞到門上之際，那扇艙門，陡地打了開來！別忘記船是呈四十五度角斜埋在沙中的，那扇門一開，我立時向下沉，沉進了門中。

當我止住了我下沉之勢時，我已經碰到了門對面的艙壁，我立時轉過身來。

在那一剎間，我看到了那絕對無法置信的事！

在我的對面，在燈光所及的地方，有一個人！

是的，我說是一個人，不是一條魚，那人——我真不知該如何依著次序來說的好——那人並沒有任何潛水設備，就是一個人。他穿著很簡陋，但是顯然不是屬於現代人的衣服。

他的頭髮，向上浮起，浮在水中，他睜大了眼望著我，在他的面前，是一口相當大的木箱子，他的手中，揑著一個鐵鎚。

一個人，在木箱上鎚鐵釘！

這樣的一件事，如果放在陸地上的話，那真是普通之極的事情。

可是，現在卻是在海底，在一艘沉了數百年的沉船之中，我記得，我不斷地發出尖叫聲，我看到那人，口中噴出氣泡，揮著鐵鎚，向我擊來。

他的第一鎚，就打破了我頭罩上的燈，我的眼前，變成一片漆黑。

我根本已失去了任何反抗的能力，因爲我心頭的驚懼，便我全身發軟。

在一片漆黑之中，我只覺得，對方的鐵鎚，不斷地擊在我的身上。

如果不是在水中的話，我想，我一定要被對方的鐵鎚，打得骨斷筋裂了，但是水的阻力卻救了我，我只感到一下又一下的打擊，但是卻不至於致命。

當我有了氣力，可以推開那個人的時候，我不知道已挨了多少下打擊，我推開了那人，向上浮去，大量的氣泡向上升，我竟然一下子就浮出了艙口，我立時將門緊緊地壓上，大口喘著氣。

我這時的一切行動，幾乎是下意識的，因爲我腦部的正常活動，幾乎全爲過度的驚懼所破壞了，我無法詳敘當時動作的細節，因爲我根本無法知道我做了一些甚麼，我是在一種狂亂的情緒下動作的，我不知壓了那扇門多久，我又向上升去。

我一面向上升，一面手腳不住亂動，我一直向上升著，是怎麼離開那艘船的，我不知道，我一看到了光亮，就拚命向前游，一直游出了不知多遠，才升上海面，當我從海水中冒出頭來的時候，我第一眼就看到水上飛機，就停在離我不遠處。

而當我升出水面之後，我第一個念頭就是：一切全是不可能的，全是我在海底所產生的幻覺，我又向前游著，抓住了水上飛機艙口垂下來的梯子。

我甩脫了頭罩，大口喘著氣，頭罩浮在水面上，上面的燈被擊碎了。

如果我在海底，所遇到的一切，全是幻覺的話，那麼，頭罩上的燈，會隨著幻覺而碎裂麼？

我勉力使自己定下神來，一面喘著氣，一面又下了幾級梯子，將浮在海面上的頭罩，撈了起來，一口氣爬進了機艙之中，再來看那頭罩。

我之所以要爬進了機艙之後再看那頭罩，是因爲我怕停留在梯級上，而又證明了我在海底所遇到的一切並不是幻象之後，我會支持不住，而跌進海中去！

這時，我已經進了機艙，坐了下來，再來察看那頭罩，只見上面的燈不但被打碎了，而且，在鋁合金製成的頭罩上，還有很多凹進去的地方，那顯然是用鎚子，大力敲擊出來的。

我眼前立時又現出了在海底的那個人，揮著鎚子向我進襲的形像，我的頭上，還在隱隱作痛！

這真是太可怕了，我整個人軟癱著，像是虛脫了一樣，除了大口大口喘著氣以外，甚麼也不能做。

我不知自己在座椅上癱瘓一樣地坐了多久，等我又有可能打量四周的環境時，我發現天色已漸漸黑了下來！那就是說，我在機艙之中，腦中一片空白，甚麼也無法想，像是木頭人一樣地坐著，已經有幾小時之久了！

我像是被針刺了一下一樣，突然跳了起來，關上了機艙的門，然後，我以神經質的動作，發動了引擎，由於我的心思是如此之慌張，以致我的全身，都忍不住在簌簌發抖，水上飛機在海面上向前疾衝了半小時之久，我竟忘了拉起起飛桿來。

等到飛機上了空，我一面喘著氣，一面和最近的機場聯絡，告訴機場控制室，我要緊急降落。

這時候，水上飛機實在一點毛病也沒有，但是有毛病的是我這個飛機駕駛人，我的飛機駕駛技術，應付這種水上飛機，綽綽有餘，但這時，我不住在發著抖，比最厲害的瘧疾患者尤甚，我只要求能降落，讓我好好地靜上一靜。我甚至連機場控制室的回答也沒有聽清楚，幸而我還有一分理智，使我能向目的地飛，而這一點，事實上也由於是求生的本能而來的。

當水上飛機降落之際，在跑道上可怕地彈跳著，又折斷了一隻機翼，才算停了下來。我依稀聽到了救傷車和救火車的緊急呼號聲，但是以後的情形如何，我就完全不知了，因為我已經忍受不住，而昏了過去。

當日，麥爾倫和摩亞船長，自水中升上來之際，他們的面色雖然恐怖，但是他們卻也不至於立時昏了過去，那並不是我的神經不如他們堅強，而是因爲他們有兩個人，而且立時又看到了我的緣故。

當一個人在極度的驚恐之下，如果仍然只有他一個人，那麼，這種驚恐，必然迅速加深，以至於不可忍受，但如果立即遇到了別人的話，恐懼就會比較減少。

我就是直到降落之際，並沒有任何機會遇到任何人的緣故，是以才忍受不住而昏迷過去的。

事後（九天之後），一位精神病專家對我說出了他的意見，他說，一個人在過度的驚恐刺激之下，在最短時期內昏過去，是一個好現象，那能使人的神經，有鬆弛的機會。如果不是藉昏迷來調劑神經，那麼，便會有可怕的後果——發瘋。

我當時昏了過去，等我醒來的時候，我早已住在醫院之中了。

一位醫生在病床之前，看到我醒了過來，他立時道：「鎮定一些，你受了極大的刺激，我已替你注射了鎮靜劑，你最好快些熟睡。」

我眨著眼，想坐起身來，但是我的身子才動了一動，醫生雙手就按住了我的肩，直視著我。不知道是鎮靜劑的作用，還是他在望著我的時候，在施展催眠術，總之，我甚麼話也沒有說出來，只覺得極其疲倦，而立時合上了眼，睡了過去。

第六部：鬼船的進攻

這一覺，足足睡了二十小時之久，等到我再度醒來時，我已經恢復正常了。

在護士的攙扶下，我起了床，然後，我洗了澡，進了餐，精神十分好，雖然想起海底中的情形，仍然有點不寒而慄，然而我畢竟是經歷過許多古怪荒誕的事情的人，總可以忍受得住。

接著，是摩亞先生來了。

他走進病房，就道：「我一接到你緊急降落的消息，立時啓程來看你，你怎麼樣？」

我勉強笑了一下：「看來我很好，不過那架飛機卻完了！」

摩亞先生揮著手：「別提那架飛機了，你在海底，究竟遇到了甚麼？」

我略爲考慮了一下，說道：「請你鎭定一些，也請你相信我所說的每一個字！」

摩亞先生的神情很嚴肅，於是，我將我在海底所見的情形，講了出來。

當我說完之後，他的面色，變得十分難看，一言不發，站了起來。我道：「你以爲——」

摩亞先生陡地打斷了我的話頭：「算了，早知有這樣的結果，我不會答應讓你去潛水！」

我呆了一呆，但是我立時明白了他那樣說是甚麼意思，我不禁大是有氣，大聲道：「怎麼樣，你根本不相信我所說的話？」

摩亞先生的態度，變得和緩了些，他想了一想，才道：「不是我不相信，而是我數十年來，所受的教育，無法相信你所說的是事實，我只能相信——」

他講到這裏，頓了一頓，我立時道：「你只能相信甚麼，說！」

當時，我的態度自然不十分好，但是摩亞先生卻還維持著他的風度：「先生，全是幻覺，你潛得太深了，人在海底，會產生各種各樣的幻覺！」

我大聲道：「我寧願這一切，全是幻覺，但是我的潛水頭罩上的燈被打碎了，頭罩上還有過被鎚敲擊的凹痕，我不以爲幻覺會有實際的力量！」

摩亞先生立時道：「實際的情形是，當你在產生幻覺之際，你在亂撞亂碰，頭罩自然是連續碰到了甚麼硬物，才會損壞的。」

我嘆了一聲：「不是我碰到了甚麼硬物，而是甚麼硬物碰我的頭罩，那『甚麼硬物』，是一柄鐵鎚，握在一個大漢的手中！」

摩亞先生望住了我，不出聲，他的那種眼光，令我感到極度的不舒服，我陡地跳了起來，叫道：「不要將我當作瘋子一樣地望著我！」當我叫出了這一句話時，摩亞先生陡地震動了一下，而我立即知道他是爲了甚麼而震動的，因爲在他的心中，的確已將我當作瘋子了！

他在震動了一下之後，立時轉過頭去，我們之間，保持了極難堪的沉默。

過了好一會，他才道：「衛先生，你希望我能夠做些甚麼？」

我道：「第一，當然我還要到瘋人院去，和令郎面談，第二，我希望以你的財力，組織一個海底搜索隊，將這件神秘莫測的事，公諸天下！」

摩亞先生聽了我的話之後，苦笑著：「真對不起，這兩項要求，我都不能考慮！」

我張大了口，像是呼吸困難一樣，好一會才迸出了一句話來：「你甚至不讓我再去見他？」

摩亞先生搖著頭：「不是我不讓你去見他，而是，而是——」

他講到這裏，陡地停了下來，在那一剎間，我只感到他臉上的皺紋加深，面色灰敗，顯出了極其深切的哀痛來，我一看到他這樣的情形，身子便忍不住發抖：「船長他，他怎麼了？」

摩亞先生緩緩轉過身去，顯然他是在維持身份，不願在我這個不大熟悉的人面前，表現出太大的哀痛來。但是，我即使看不到他的神情，也同樣可以在他的語聲之中，聽出他的哀慟來。

他徐徐地道：「你走了之後的第二天，護士進去，送食物給他，他驚叫著，襲擊那護士，護士為了自衛，用一隻瓶敲擊他的頭部，等其餘人趕到時，他已經受了重傷，幾小時之後就……死了！」

我聽得呆在那裏，一句話也講不出來。

的確，叫我說甚麼好呢？我冒了那麼大的險，在海底經歷了如此可怕的經歷，爲的就是想在弄明白了真相之後，能使他復原。可是，他卻死了！

呆了很久很久，摩亞先生才木然轉過身來：「好了，就將它當作一場噩夢吧！」

我無話可說，摩亞先生遭到了那樣的打擊，我說任何的話，都是多餘的了！

我又呆了好久，才將手按在他的肩頭上：「摩亞先生，對你來說，事情可以當作一場噩夢，但是我不能，我要將這件事，淸淸楚楚地弄一個水落石出，這是唯一可行的辦法，證明令郎是一個出色的航海家，而不是會在海面或海底，隨便發生幻覺的那一類神經不健全的人！」

摩亞先生靜靜聽著，一聲不出。

我又道：「這正是令郎生前最關心的事：他的名譽。一個人生命可以結束，但是他的名譽，卻是永存的！」

摩亞先生嘆了一聲。我又道：「當然，我會單獨進行，不會再來麻煩你的了！」

他又嘆了一聲，壓低了聲音：「我對你的話，表示深切的同情，不過我希望你好好休息一下，將一切全都忘記！」

我略牽了牽嘴角，我是想勉強地發出一個無可奈何的笑容來，但是結果，勉強笑也笑不出，但是我不同意他的話，卻已表露無遺了！

摩亞先生用手在臉上抹著：「人類醫學發達，可是卻還沒有一種藥，服食之後，可以忘記一件事的，不然，我寧願忘記我有一個兒子，那麼，我以後的日子，一定容易打發得多了！」

我緊盯著他：「你爲甚麼不願意相信我對你說的，在海底中見到的事情？」

摩亞先生搖著頭。我來回疾走了幾步：「或許，你和我一起去潛一次水，我們配戴武器，攜備攝影機，將水中的那人攝影，或者將他活捉了上來？」

摩亞先生望著我，過了半晌，他才道：「衛先生，你該好好休息一下了。」

說來說去，他仍然完全不相信我！

我在病床上躺了下來，摩亞先生道：「真對不起，我太疲倦了，疲倦到不想做任何事情。」

我沒有再說甚麼，的確，摩亞先生因爲過度的哀傷，而甚麼事情都不想做了，我再強要他去潛水，那簡直是不可能的事。

我們又默默相對了片刻，摩亞先生才道：「我要走了，祝你好運。」

我苦笑著，和他一起走了出去，我們通過了醫院的長走廊，雖然相互之間，全沒開口，但是我想他和我一樣，一定也有不想分手的感覺。

但是，終於來到了醫院的門口，他和我握手，然後，轉過身去，我看看他已快上了車子，忽然，他又轉過身，急急向我走來。

他來到了我的面前：「有一件事，我或許要對你說一下。」

我望著他，他道：「真是造化弄人，他是頭部受了重擊之後，傷重不治的——」

一聽得他提及摩亞船長的死，我立時便感到，他要對我說的話，一定極其重要，不然，他已經悲傷極深，決不會無緣無故地再提起他的兒子來的。

我用心聽著，摩亞先生續道：「在臨死之前的十幾秒鐘，他竟完全清醒了，我的意思是說，當他從昏迷中清醒過來時，他不是瘋子！」

我忙點著頭，道：「這是奇蹟，他神經失常，可是在受了重擊之後，卻恢復正常了。」

摩亞先生道：「是的，可是時間太短暫了，只有十幾秒鐘，接著，他的心臟就停止了跳動！」

我感到自已呼吸急促，我忙道：「他在那短暫的時間中，一定說了些甚麼，是不是？不然，你怎能知道他的神智已經恢復了？」

摩亞先生點著頭：「是的，他說了幾句話，當時，我和幾個醫生在他面前，他認得出是我，用微弱的聲音叫著我，接著，他說那人打得他很重，他自已知道，一定活不下去了，我還未曾來得及告訴他，不該怪那個護士，護士是自衛才如此做的，他就死了！」

我簡直緊張得有點喘不過氣來，道：「他說甚麼？他說有人不斷敲他的頭部？」

摩亞先生道：「是的，那護士敲他的頭部。」

我停了片刻：「對於他最後這句話，我和你有不同的看法，摩亞先生，我想他是說，在海底，那人用鎚在打他！」

摩亞先生立時聲色俱厲地道：「衛先生，我兒子在臨死的一剎間，是清楚的，他一見我就認出我來了！」

摩亞先生一說完，立時轉身走了開去，上了車，車子也疾駛而走了！

我呆呆地站在門口。

在剎那間，我完全可以肯定，我在海底所遇到的一切，決不是幻覺，我之所以如此肯定，自然是因爲摩亞船長臨死時的那一句話。

這句話，在任何人聽來，都以爲他是指那個自衛的護士而言的，但是我知道另有所指。

摩亞船長在清醒之後，不會再記得神經錯亂時的事，神經錯亂之後的那一段長時間，不會在他的腦中留下記憶。他醒了過來之後，知道頭部受了重擊，快要死了，在那一剎間，他所想到的，是以前的事，是他神經錯亂之前的事。

我這樣說法，是完全有醫學上的根據的。那麼，就是說，在他神經錯亂之前，也有人用硬物敲擊他的頭部。

那還用懷疑麼?摩亞船長在海底，在那艘沉船之中，也曾被那個不可思議的水中人，以鐵鎚襲擊!

這就證明，在沉船中，的確有一個人活著，這個人活在水中!

我站了許久，直到遍體生出的涼意使我打了一個寒噤，才慢慢地回到了病房之中。

一個在水中生活的人，這實在是不可思議的事，但是那卻是我在海底所見的事實。

雖然，到現在為止，只有我、麥爾倫和摩亞船長三個人見過這個人，而兩個已經死了，我將這件事講出來，不會有任何人相信我的話。

但是，只要真有這樣的一個人存在，事情就簡單得多了，任何人，只要肯在這個地點，潛下水去，找到那艘沉船，他就可以見到那個人。

只不過問題在於，如果他人根本不相信我的話，他們就不會跟我去潛水，最好的方法是，我用水底攝影機，將那人的照片，帶給世人看，這就是最好的證明!

一想到這裏，我已下了決心，我還要單獨再去作一次潛水，再和那人見一次面，然後，來揭開這個不可思議的大秘密。

我精神大振，當日就離開了醫院，搬進了酒店，同時，以長途電話通知家人替我匯錢來。

三天之內，我作好了一切準備，包括選購了一艘很可以用的船在內，我又出海，駛向我曾經去過兩次的那個地點，去作探索。

當船到達目的地之際，天色已黑，我決定等明早再說。

當晚，海面上十分平靜，月白風清，船身在輕輕搖晃著，我本來是想好好地睡上一覺的，可是在床上，說甚麼也睡不著。

翻來覆去了幾小時之後，已經是午夜了，我披了一件衣服，來到了甲板上。

海面上開始有霧，而且，霧在漸漸地加濃，我在甲板上坐了下來，點燃了一支煙，由於霧漸漸地濃了，海面的空氣，覺得很潮濕，所以我在吸煙的時候，煙上發出輕微的滋滋聲。

海面上有霧，這表示日出霧散之後，會有一個好天，這對我潛水是有幫助的，而且我來的時候，已算定了正確的位置，那艘沉船，可能就在我船停泊地方，不到五十公尺處。

想到天一亮，我就可以帶著攝影機下水，將那個在沉船中的人，攝進鏡頭之際，我的心跳得更厲害，一點睡意也沒有。

我吸了一支煙，又點燃另一支，一連吸了三支煙，霧更濃了，我忽然聽到，附近的海面上，有一種「泊泊」的聲響。

我陡地緊張起來，這種聲響，一聽就可以辨別出，是海水中有甚麼東西在移動，震動了海水而發出來的。

我立時站了起來，從聲音來辨別距離，那聲音發出的所在，離開我決不會很遠。可是，霧是如此之濃，我無法看到任何東西，向前望去，只是白茫茫的一片。

而那種聲音在持續著，不但在前面，而且在左面和右面，也有同樣的聲音傳來。

我變得十分緊張，突然之間，我想起這種聲音，我也不是第一次聽到了！

當「毛里人」號在行駛之際，有一次，摩亞船長就曾將我和麥爾倫兩人叫醒，叫我們靜靜地傾聽。那一次，海面上的霧，和現在一樣濃，只不過，那一次，聲響聽來較遠，而這次，聲響卻來得十分近。我慌張地朝三個有聲響傳來的方向轉動著，也不知道是由於甚麼衝動，我大聲叫了起，問道：「甚麼人！」

我聲嘶力竭地叫著，叫了七八遍，那種水聲，竟在漸漸移近，陡然之間，我看到東西了！

那是一艘古代的帆船，正以相當高的速度，向我的船，迎面撞了過來！

那真正是突如其來的意外，當這艘船，突然衝過濃霧，出現在我面前的時候，離開我的船，只不過三十公尺左右，我在那一剎間，變得目定口呆。

緊接著，我想，至多不過是兩秒鐘吧，我又看到了那艘船的前半截，和它高大的桅。

同時，我聽得船頭之上，有人在發出可怕的笑聲，而且，我立即看到了那個人！那人半伏在一堆纜繩之上，張大口，向我笑著。

我認得出他，他就是那個在沉船的船艙之中，持著鐵鎚，向我襲擊的人！

我踉蹌後退，在我剛退到艙口之際，我又看到，一左一右，另外有兩艘同樣的船，在駛過來，船頭上，一樣有著那種盤繞著海怪的徽飾！

三艘鬼船！

現在，我完全相信摩亞船長的話了！

摩亞船長的船，就是為了要逃避這三艘鬼船的撞擊，而改變航道，終於造成了沉船的慘劇的。當摩亞船長向我說起這一段經過的時候，我無論如何不肯相信，而且試圖用種種「科學」的觀點去解釋。

但是我現在卻不需要任何解釋，因為我自己也見到了這三艘鬼船！

而且，我的處境，比摩亞船長當日遇見鬼船之際，更來得糟糕，他當時一看到鬼船，還可以立時下令，改變航道去避開它們，但現在，我卻無法這樣做。

我並不是說，我沒有機會這樣做，如果我有足夠的鎮定的話，在迎面而來的那一艘船，衝破濃霧，突然出現之際，我或者可以立時奔回艙中，發動機器逃走的。

但是我卻沒有這份鎮定。

當我發現第一艘船，陡地從濃霧中冒出來之際，我完全驚呆了，先是呆立了幾秒鐘，接著，踉蹌退到了艙門口，又發現了自左、右而來的兩艘船，我僵呆在艙口，一動也不能動。

三艘船一起向我的船撞來，我看得十分清楚，那是三艘三桅大船，我也聽得那人在迎面而來的船上，發出淒厲的怪笑聲。

在這時候，我腦子異常清醒，可是我的身子，卻因爲過度的震駭，一動也不能動。

我眼看著那三艘船的船頭，冒著浪花，向我的船撞了過來。

而在那一刹間，我所想的，是一個十分可笑的念頭，我在想，這三艘是鬼船，鬼船是雖然看得到，而實際上並不存在的東西，就像是影子一樣，它們雖然聲勢洶洶地向我的船撞了過來，但是事實上，它們就像是三個巨大的影子，並不能傷害我的，它們就快過去了，就快要透過我的船駛過去了，我只不過受一場虛驚而已。

這時候，我作這樣的想法，證明我的神經，已經緊張到了推翻了平時對科學的信念的地步，已到了毫無保留地相信鬼船的存在的程度，這證明，我的神經，已經開始有點錯亂了！

我只記得，當那三艘鬼船，離我的船來得更近之際，一切動作，好像在突然之際，慢了下來，就像是電影上的慢鏡頭一樣。

三艘船繼續向我的船衝過來，船頭所激起的浪花，像是花朵一樣的美麗，慢慢地揚起、散開、落下，然後巨大的聲響。

濺起的浪花，已經落在我船的甲板上，三艘船來得更近，它們的來勢，看來雖然緩慢，但是卻絲毫沒有停止的意思，越壓越近，到最後，那三艘船，船上的徽飾，像是三面盾牌一樣，要將我活生生夾死。

我所期待的鬼船「透過」我的船，並沒有發生，相反地，我聽到一陣「軋軋」的聲響。我的那艘船，像是被夾在三塊岩石中的雞蛋一樣，剎那之間，變成粉碎，在那最後的一刻，我只來得及慘叫一聲，就失去了知覺。在我失去知覺之前，好像曾有一個巨浪，打了過來，將我的全身，淋了個透濕，但是我已經不大記得起來了。

我不知是過了多久，才又有了知覺的，當我又有了知覺的一剎間，我聽到一陣嗡嗡的語聲，但是我卻聽不清那些人在講些甚麼，我甚至還未曾睜開眼來，一陣異樣的恐懼，就震撼著我的全身，那真是難以形容的一種恐懼感，我彷彿又回到了海面之上，在深夜、濃霧之中，有三艘鬼船，向我撞過來。

我彷彿又看到了那三個船徽，那個怪笑著的人，我真正感到害怕，極度的害怕，我要躲起來，要躲起來！

我陡地覺得，有人在推我的肩頭，那使我立時尖叫了起來，也睜開了眼，我看到在我面前有許多人，但是我根本認不清那是些甚麼人，我只覺得異樣的明亮，而我討厭明亮，我需要黑暗，黑暗可以供我躲藏！

我一面尖叫著，一面用力推開在我面前的一個人，然後，一躍而起，向前衝去，好像撞到了許多東西，也聽到不少人的呼叫聲，直到我的身子，撞在一個無法將之推動的硬物上。

我仍然找不到黑暗，可是我需要黑暗，我本能地用雙手遮住了眼，那樣，我總算又獲得了暫時的黑暗，但我仍然尖叫著，一面亂奔亂撞。

我覺出有許多東西在阻礙我，像是那三艘船上徽飾之中的怪物，已然復活了一樣，正用牠們長長的、滑膩的、長滿了吸盤的觸鬚，在纏著我的身子。

我只知道，我需要拚命地掙扎，我要用我的每一分力量來掙扎，不能被他們纏住我，不能由他們將我拉到海底去，我無法在海水中生存，我是一個陸地上的人，他們是海水中的人！

我在掙扎期間，力道是如此之大，好幾次，我身上已十分輕鬆了，可是更大力量的羈絆，又隨之而來，我尖叫著、掙扎著，雙手緊掩著眼，直到突然之間，我又人事不省，昏了過去。

第七部：白素的日記

到這裏爲止，要插上大段白素的日記。

爲甚麼忽然要插入白素的一段日記，各位看下去，就會明白的。

日記一段一段地敘述著發生的事，每一段，是代表一天。自然，在日記中，第一人稱「我」，是白素。

他醒了！

我呆呆地看著他，心中想哭，真的想哭，可是，卻一點眼淚也流不出來，我悲痛得完全不能使自己身體的機能，聽我的指揮了。

他曾受過各種各樣的打擊，但是我從來也想不到，他竟會發瘋。

我不知道他因為甚麼而發瘋，只知道在九天之前，他要我匯寄大量的錢——沒有說明用途。

我看到他的時候，已經是他進了那間瘋人院之後的第三天了。

他們——我指一艘舊式的貨船——是在大西洋海面上發現他的，當時，他抱著一大塊木板，在海洋上漂流，昏迷不醒，他們將他救起，但是他卻尖叫著襲擊船員，船員將他綁縛起來，打昏過去，送進了瘋人院。

幸而他身上的記事簿還在，所以才知道他的身份，但是沒有人知道他在海上遭遇到了甚麼，他瘋得那麼厲害，醫生說完全沒有希望了，但是我不相信，他會有希望的，雖然他根本不認識我了，一個人連妻子都不認識了，他還會有希望嗎？

他仍然是那樣子，我真不忍心再去看他了，我只能在門口的小洞中窺視他，因為他見到了任何人，甚至見到了我，都一樣恐懼。

他為甚麼害怕，真的，為甚麼？他在怕甚麼？

我看到他進食，他根本不像是一個人，這真是很殘酷的事，但是真的，他一手遮著眼，一手胡亂抓著食物向口中塞，天啊，為甚麼這種事會發生，會發生在我丈夫的身上，為甚麼？

今天，我才開始了第一次痛哭。

眼淚是在見到了一位摩亞先生，在他安慰我，要我勇敢一點，面對現實時湧出來的。好幾天欲哭無淚，而眼淚一旦湧出來之後，就再也收不住了。

我知道他曾和一個姓摩亞的紐西蘭船長見過面，這位摩亞先生，是摩亞船長的父親，他向我說了許多話，全然是無法相信的。

然而，我卻知道摩亞先生的話是真的，他說，他兒子的情形，就像我丈夫目前的情形一樣，在海中，未知的恐怖事件，令他們發瘋，還有一個極其著名的專家，因之自殺。

我雖然不信他的話，但是我無法不接受事實，他是瘋了，醫生說他因為過度的恐懼和刺激，以致如此。而摩亞先生則說，事情和鬼船，以及和一個在水中生活的人有關，他曾在海中的一艘沉船中，見過那個人。

我不知道該怎樣才好，誰能幫助我？誰能幫助我？

摩亞先生每天都來看我，他在紐西蘭有龐大的事業，但是他卻很關心衛。衛的情形毫無好轉，我哭了又哭，他一點也沒有好轉。

或許，我不該哭，應該做些甚麼，至少，應該保持鎮定，衛的一生之中，曾遇到不少驚險絕倫的事，但這一次，似乎全然例外，他瘋了？

我是不是應該到那地方去看看呢？

我向摩亞先生提出了我昨天的想法，摩亞先生是一個直率的人，他一聽之後，就將我當作晚輩一樣地責斥了一頓，叫我放棄這種只有使事情更壞的念頭。

我並沒有反駁他，因為我和他對事情的看法不同。因為在他看來，事情還能更壞，但是在我看來，事情卻不能再壞了！

我想，應該是到了我有決定的時候了。

遠在印度建造水壩的哥哥，也聞訊趕來了，他說衛可能會認識他，我忍著淚帶他去見衛，衛見到了他，全身發著抖，額上的青筋，幾乎要裂膚而出，我連忙將他拖了出來，將事實的經過講給他聽。

我本來是不想對他說那些事的，因為我知道哥哥的脾氣，他不知道還好，知道了之後，他根本不作任何考慮，就一定會去察看那三艘鬼船的。

果然，我才將事情講了一半，他就嚷叫了起來，等我講完，他表示一定要去。

我已經決定要去了，他或許還不知道我的決定，我也沒有對他說，但是我卻勸他不要去，因為實在是一件太過危險的事情，那是完全不可測的，連衛也成了瘋子，我實在不相信我神經會比他更堅強，哥哥的情形也是一樣，我們兩個人若是一起去，最大的可能就是：世界上多了兩個瘋子！

但是，我可能犯了錯誤，因為我對哥哥說了一切，沒有甚麼力量再可以阻止他的。我做錯了，還是做對了？

摩亞先生又嚴厲地申斥我，和哥哥吵了起來，哥哥罵他是懦夫，他回罵哥哥是只知衝動的匹夫，摩亞先生在我的印象中完全是一個極容易控制自己情緒和彬彬有禮的紳士，想不到他也會變得如此激動。

他自然是因為關心我們，所以才會那樣子的，可是，我已經決定了，哥哥也決定了，我到現在才發現，原來我們兄妹兩人的脾氣竟是那麼相同，任何事情，一經決定，就再難改變的了！

摩亞先生今天一早又來，今天我們已開始著手準備一切，但是最重要的是，我們需要資料，例如摩亞船長第一次發現鬼船的地點，「毛里人」號停泊的準確方位等等，這些資料，不能在衛的身上得到，只有摩亞先生，才能供給我們。

但是摩亞先生卻堅決地拒絕了我們的要求，他的話說得很明白，他說他絕不能謀殺兩個人，尤其，其中一個是因為幫助他兒子而遭到了不幸的人的妻子。

哥哥又和他吵了起來，哥哥的脾氣，實在太暴躁了，但也難怪他發怒的，因為只有這一條路，可以救衛，就像當日，衛想用這個辦法去救摩亞船長一樣。

哥哥和摩亞先生越吵越大聲，摩亞先生竟然動了手，他先打出一拳，哥哥立時還手，一拳將摩亞先生打得跌出了六七步，撞在牆上，又滾跌在地。

摩亞先生沒有昏過去，雖然他的頭撞在牆上，他撫著頭，搖搖晃晃地站了起來，可是他的神色，卻出奇地興奮，他先是望著我們兩人，然後道：「我沒有對你們說過我兒子臨死前的情形，是不是？」

我和哥哥互望了一眼，當時絕不知道他這樣說，是甚麼意思。

而他不等我們明白過來，就對我們講起摩亞船長臨死前的情形來，原來摩亞船長在臨死前的半分鐘，神智竟是清醒的。

但是我們仍然不知道他那樣說是甚麼用意。

摩亞先生道：「醫院已經用盡一切法子，可是有一樣未曾試過，那就是打擊他的頭部！」

哥哥直覺地叫了起來：「為了清醒半分鐘，你想他死去？」

摩亞先生痛苦地抽搐了一下：「我兒子頭部遭受打擊，是因為那護士要自衛，而我們可以作有限度的打擊，使他恢復正常！」

哥哥望著我，我緩緩吸了一口氣。

摩亞先生十分焦切地道：「至少，我們可以和醫生去商量一下！」

我和哥哥都沒有說甚麼。

醫生在辦公室中，足足踱了二十個圈，才停了下來，我、哥哥和摩亞先生三人一起望著他，這一刻，真是緊張之至，我真怕自醫生口中，說出一個「不」字來，那我們的希望又絕了一條。

醫生停了下來之後，托了托眼鏡：「有過這樣突然撞擊之後，完全恢復正常的記載，但是，卻沒有這樣的醫療方法！」

他講到這裏，頓了一頓，又道：「而且這是一件十分困難的事，正常的人腦部受了重擊，也會受傷，何況是他？你們有甚麼法子，可以掌握力量恰好不使他受傷，而又能恢復正常？」

哥哥立時嚷道：「我們沒有方法，可是你有甚麼方法可以使他恢復正常？」

醫生緩緩地搖了搖頭：「我沒有。」

哥哥道：「那就讓我們試試！」

醫生的回答是道：「在醫院中，責任上不許你們那樣做，但是在醫院之外，我就不負任何責任！」

他的話說得很明白，只要搬出醫院，他就任得我們怎樣做。

摩亞先生和哥哥，幾乎是同時作出決定，他們異口同聲地道：「好，我們將他搬離醫院！」

要將衛搬離醫院，真不是一件容易的事，起先我們想將他扶走，可是他見到人，立時掙扎，他的氣力之大，五六個男護士，給他打得七零八落，最後，還是哥哥抓住了他的雙手，由醫生替他注射鎮靜劑。

可是，就在醫生走到他面前的時候，他抬腳踢倒了醫生，向前衝出去。

他衝出了房門，整個醫院沸騰起來，他在走廊中亂衝亂撞，我和哥哥一起追出去，他已疾奔出了醫院的大門，攔阻他的人，全被他擊倒。

哥哥在他的身後，拚命追著，終於飛身將他撲倒在地，那時，已經出了花園了。

當哥哥和他，一起倒下去的時候，任何人都可以聽到那「咚」地一下響，那是衛的頭，撞在路面石板上所發出來的聲響。

我正向前奔去，聽到那一下聲響，雙腳一軟，就跌了一跤，因為我感到這一下，撞得那麼重，他的頭骨，一定被撞碎了！

我伏在地上喘氣，哥哥站了起來，衛倒在地上不動，然後，我看到他慢慢睜開眼來，他看到了我，他叫道：「素！」

天，他認得我了，他在叫我的名字，我一生之中，最快樂、最激動的就是那一剎間了，雖然他以前，千百次叫過我。

我竟不知回答，只是哭了起來。

第八部：大規模探索失敗

白素的日記引到這裏爲止。爲甚麼要用白素的日記，現在已很明白了，因爲在那十幾天中，我是在瘋人院中的一個瘋子，根本不能想，不能作任何有條理的思考，只知道害怕、尖叫、掙扎！

當我第一眼看到白素的時候，我心中還是茫然一片，根本不知道曾發生甚麼事，但是我一眼就認出了白素來，她伏在地上，流著淚，我隨即發現，我也倒在地上，許多穿白色衣服的人，正在奔過來，我不知道那是怎麼一回事，我轉過身，看到白勇站在我的面前，他是白素的哥哥，我們已好幾年沒有見面了，接著，我又看到喘著氣的摩亞先生。

我又叫道：「素！」

可是白素只是哭著，淚水像泉水一樣湧出來，不可遏止，我站了起來，白勇扶起了他的妹妹，所有人將我圍住，我望著他們，又望了我自己，再抬頭看了看眼前的一幢建築物，和它門口的招牌！

突然之間，我明白了，我打了一個寒顫：「我……我是一個瘋子？曾是一個瘋子？」

白勇發出了一下呼叫聲，在那時，我也很難辨認得出他這一下呼叫聲是甚麼意思，究竟是高興呢還是吃驚。接著，他奔了過來，拉住了我的手臂，將我扶直。

他是一個十分健壯的人，我感到他的手指，緊緊地抓住我的手臂，像是怕我逃走一樣，同時，他不由自主地喘著氣，道：「你，你——」

他一連說了兩個「你」字，下面的話，卻說不出口來，我用手按住了他的手臂，道：「白勇，是不是我曾經發瘋，現在突然好了？」

白勇激動得講不出話來，只是點著頭。

我連忙推開了他，向白素奔了過去，白素也已掙扎著站了起來，我一奔到她的身前，她立時向我撲過來，緊緊地擁住了我，她仍在不住流淚，我胸前的白衣服，立時濕了一大片。

我想，當時的情景，一定相當動人，因爲圍在我們周圍的那些人，神情大都很激動，有幾位女士，甚至忍不住在啜泣。

我輕拍著白素的臂，道：「好了，就算我曾經發瘋，事情也已完全過去了！」

白素仍然緊靠著我，她淚痕滿面地抬頭望著我，唉，直到這時，我才發現，剛才我一眼就認出她來，實在不是一件容易的事，因爲她變得如此憔悴，如此清瘦。

她斷斷續續地道：「現在，我不因爲難過而流淚，我是高興，太高興了！」

白勇也走了過來：「她是最勇敢的女人，在你發瘋的時候，勇敢地面對事實，現在讓她高興一下吧！」

我雖然已對周圍的事物，完全有了認識，但是腦中仍脹得厲害，一片渾噩，甚至無法想起，我何以會成爲瘋子的，大約我的臉色也不很好看，是以兩位醫生立時走了過來，一個滿頭銀髮的老醫生道：「謝天謝地，這是神的奇蹟，你需要安靜的休息和詳細的檢查！」

我當時的反應，是點了點頭，的確，我感到極度的疲倦，需要休息。

我在這家精神病院中，又休息了七天之久。

事實上，在第二天，我便已完全恢復了正常，而且，將一切經過的事，全記了起來，當然，對我發瘋之後，曾發生過一些甚麼事，我是一無所知的，但是，在白素和白勇兩人的敘述中，我也可以知道，那一段時間中，我和摩亞船長，完全一樣。

摩亞先生是第二天，當我完全清醒之後就走的，他走的時候，緊握住我的手，十分激動，我也很感謝他對我的關懷，在他對我說了「再見」之後，隔了片刻，他又道：「請聽我的話，一切全讓它過去了，千萬別再去冒險，那對你們全沒有好處！」

我完全知道他的忠告是出自心底的，摩亞船長不幸死亡的慘痛教訓，在他的心底，烙下了一個難忘的傷痕，他絕不希望我們之中，再有人發生悲劇。

但是當時，我卻沒有給他明確的保證，我只是含糊地說了幾句不相干的話，他嘆了幾口氣，走了。

醫生輪流替我作各種檢查，來了好幾個權威的精神病學家，他們檢查的結果，一致確定我已完全恢復正常，完全是因為腦神經受了適當的震盪之故。

那「適當的震盪」，就在我自醫院的大門口跌下石階時發生。

要腦神經發生震盪，是很容易的事，問題就是在於「適當的震盪」。「適度」與否，是完全無法由人力去控制的，我之能夠突然復原，完全是極其偶然的機會，大約在同類的精神病患者之中，只是萬分之一的機會而已，這就不能不歸諸天意了，所以，當我復原的一剎間，那位銀頭髮的醫生，稱之為「神施展的奇蹟」了。

一星期後，我離開了精神病院，白勇已在近海的地方，租下了一幢美麗又幽靜的房子。

白素知道她哥哥和我兩人，決不肯就此干休的，可是她也料不到，他竟會如此大張旗鼓地來對付這件事，而我是早料到了的。

我了解白勇這個人，任何事，他不做則已，要做，一定弄得越大越好，像這件事，交給我來處理，我至多請幾個好友，再去組織一支探險隊而已。

但是白勇的做法，卻驚人得很，他先在一份專門報導神秘事物的暢銷雜誌之中，將這件事情的始末，詳詳細細地報導出來，然後，公開徵求志願探險者，鼓勵他們，一起參加尋找「在水中生活了幾百年的人」和「隨時出沒的鬼船」。

他在文章中，提出了種種證據，證明我的遭遇，完全是實在的經歷。

他那篇文章發表之後，電話、電報和信件，自全世界各地，湧了過來。他租的那幢房子，本來是極其幽靜的，可是在不到一個月的時間內，不但房子的每一間房間，連地板上都睡滿了人，房子左近，還搭起了許多帳幕和臨時房屋，人從四面八方湧來。白勇挑選探險隊員的限制很嚴，又足足忙了一個月，揀了又揀，還有一百三十四人，無論從哪一方面來看，都是足夠資格成為這次探險的成員的。所謂「資格」是包括自願支付這次探險的一切費用在內的，或者能供給船隻、直升機，以及各種器材。

白勇的生意頭腦，的確無人可及，他利用了人的好奇心，只不過花了一個半月的時間，就組織成了一支設備齊全，人才鼎盛，史無前例的浩大探險隊。

這支探險隊在出發之際，真是浩浩蕩蕩，壯觀之極，我和白素自然隨行。

而當白勇組織探險隊的消息傳開去之後，摩亞先生顯然也想不到他會有此一著，是以在了解詳情之後，也表示支持，而將一切資料全部寄了來。

要詳細描述這支探險隊的成員，以及出海後發生的種種事情，那是不可能的，因為人實在太多了，但是這支探險隊，工作了二十天之後，其結果只用兩個字，就可以講完，那便是：

「失望」。

探險前後工作日，是二十天，但事實上，從第十天開始，隊員已自行陸續離去，到第十五天，剩下的還不到二分之一，到十八天，只剩下三個人了。

那三個人是我、白勇和白素。

到了探險隊只剩下我們三個人的時候，我們所有的設備，不過是一條船而已。

所有人陸續離去的原因是我們毫無發現。

在這二十天中間，也有好幾天，海上是大霧瀰漫的，很多人都犧牲睡眠，在大霧之中，等待「鬼船」的出現，然而，除了霧之外，甚麼也沒有，不但未曾見到船，也聽不到任何聲響。

在二十天中，每一個隊員，平均都有十次以上的潛水紀錄，我也多次下水。

但是，海底平靜得出奇，除了海底應有的東西之外，甚麼也沒有，細沙上沒有沉船，更不用說是那個在海底生活、揮動鐵鎚的人了。

地點是對的，我甚至可以辨認出看到那艘船時海底附近的岩石來，但是，卻沒有那艘船。

幸而，白勇在徵求隊員的時候，曾預先聲明，他只不過指出有這樣一件事，是不是有結果，他是不負責任的，所以，陸續離去的隊員，倒也沒有埋怨他，不過在見到我的時候，那種難看的面色，就不用提了！

而白勇事實上也惹下了不少麻煩，在我們也回去之後，警方足足對他調查了一個月之久，調查他這次行動，有沒有欺詐的成分在內。幸而後來結論是沒有甚麼，但白勇也已經夠麻煩的了！

這是以後的事了，當大海之上，只剩下我們三人的時候，我們三個在船艙中，也已準備回去了。在一小時之後，我和白勇還不死心，又下了一次水，但仍然沒有任何發現。

回到艙中，換好了衣服，白勇大口地喝著酒：「現在沒有話好說了，我看，一切可能完全是幻覺。」

我冷冷地道：「將一切歸諸幻覺，這是最簡單的辦法！」

白勇攤了攤手：「那麼——」

我立時打斷了他的話頭：「別向我問問題，我甚麼都答不上來，但是有一點，卻是我能夠絕對肯定的，那就是：我曾經經歷的一切，決非幻覺。」

白素道：「好了，不必爭了，我們現在怎麼樣，是回去，還是繼續？」

我在那一剎間，只感到無比的沮喪：「當然回去，還等甚麼？」

白素也嘆了一聲，我們沒有再說甚麼，就啓程回去，當我們到達岸邊之際，還有不少記者在等我們，白勇去見記者，他張著手臂，大聲道：「我們失敗了，失敗者，是無可奉告的！」

他總算憑著一句話而將記者支走了，而我們也立時離開。白勇回印度去，我和白素，一起回家。

在歸家途中，白素盡量不和我提起這件事來，我也不說，因爲，實在沒有甚麼可說的了，我一千遍，一萬遍，回想我當時的經歷，無論如何，那不是幻覺，這是我可以肯定的事！

但是，大規模的搜索，結果既然是如此，還有甚麼可說的呢？

回家之後，在我身上發生的事，由於十分轟動之故，是以有不少人來向我問長問短，漸漸地，這些經歷，變成我最不願提起的事，有幾個不識趣的人，好像一定要問出一個道理來，我甚至和他們翻了臉。

又過了幾個月，我當然沒有忘記那些經歷，因爲那是我一生之中，最最難忘的經歷，但是，向我提起的人，卻少得多了。

如果不是那天晚上，我參加了那個宴會的話，那麼，這些經歷，就可能和世界上其它許多古怪而不可思議的事一樣，永遠不了了之了。

但是，卻有了那樣的一個宴會。

宴會是在一個英國朋友的家中舉行的，參加的人，大約有二十個，全是外交人員，或是外國的商務代表，我之所以會參加這個宴會，是因爲在會後有一項節目，是請人來發表關於「外來人」的問題。所謂「外來人」，就是地球之外，其他星球人到達地球的問題。我被邀請，作爲主要發言人和解答各種問題，由於我堅信其他星球上，有著具有高度智慧的高級生物。

宴會也沒有甚麼可以描寫的，每一個人都彬彬有禮，事實上，女賓的華美衣服和男賓漿得發硬的襯衣領，也使人無法不彬彬有禮。

等到最後的一個節目，在愉快的氣氛中結束，大家告辭的時候，我和一個個子很高，有著一頭黑髮、兩道濃眉和一雙十分精明的眼睛的年輕人，在門口的時候，他道：「衛先生，我想對你說幾句話！」

當時，我很尷尬，自然，主人曾逐個介紹過所有的來賓，但是我當然無法記得他們每一個人的名字，我只好道：「好好，閣下有甚麼指教？」

那年輕人諒解地笑了笑：「我叫雲林，雲林狄加度，自西班牙來。」

在他未曾說出「自西班牙來」之前，我對他這個名字，還起不了絲毫的印象。

第九部：隱蔽的歷史秘密

可是，一聽得他來自西班牙之後，「狄加度」這個姓氏，卻像是針一樣地，在我的心中，刺了一下，一時之間，我張大了口，一句話也說不出來。狄加度又道：「本來，我很久就想來找你的了，但是我總覺得這件事很無稽，甚至連開口說也難，但今天既然遇上了，我覺得無論如何該說一說。」

我點著頭：「我想，你想對我說的是，關於我在大西洋的那段經歷？」

狄加度道：「是的，衛先生，我詳細讀過白先生寫的那篇文章，他文章中提及你和一位摩亞船長，都曾見到過鬼船的船徽，狄加度家族的徽飾。」

我吸了一口氣。

狄加度望了我一眼，才又道：「我是這個古老凋零的家族的唯一傳人。」

我們一面說，一面向前走著，已經來到了我的車旁，我道：「在我家中，還有更多的有關狄加度家族的資料，你可有興趣去看一看？」

狄加度搖著頭：「對於狄加度家族，世界上沒有人比我更清楚它的興衰，我想請你到我的住所去，我還有一點東西給你看。」

我的好奇心，在那一剎間熊熊燃燒了起來，我在研究狄加度家族的歷史之際，就有一個很奇怪的感覺，這個曾在西班牙航海史上，喧赫一時的一個航海世家，像是突然在歷史上被抹殺了一樣，只有極少量的歷史書籍之中，提到一兩次。

但是，即便是那僅有的一兩次，也全是含糊其詞，完全看不出他是爲甚麼會衰敗下去的。當時我就感到這其間，一定有著極大的隱秘。

類似這種晦澀難解的歷史隱秘，在中國歷史上也多的是，根本的真相如何，已經完全無法查攷了，但是現在，狄加度家族，還有唯一的傳人在世，他是不是可以提供我有關這個家族的資料呢？

老實說，在我想到這一點的時候，我還根本沒有將狄加度家族，和我在海底的奇異經歷聯繫起來想，但是那三艘「鬼船」上既然有著狄加度家族的徽飾，這事當然使我感到興趣。

所以，我忙道：「如果不是太打擾你的話，我當然願意去！」

狄加度微笑著：「我等這個時刻很久了，請你跟著我的車子。」

他到了他自已的車前，發動了車子，向前駛去，我駕著車跟在後面。

二十分鐘後，車子駛進了一條十分幽靜的道路，在一幢小巧精緻的房子前，停了下來，我們下了車，狄加度用鑰匙打開了門：「我一個人住，我因一個文化交流計劃而來，快回國了！」

我和他一起走了進去，雖然這房子只是他暫住的地方，但是也佈置得十分精緻，他將我直接帶到了書房之中，然後我們一起寬了外衣。

他一面打開一隻櫃，一面道：「有一些東西，不論我到何處去，我總是帶在身邊的，因爲這是我們家族唯一保存的紀錄了。我們的家族，曾有著輝煌的作戰紀錄，但是後來，卻被視爲國家的叛徒，蒙受著極度的恥辱，歷史上已將這個家族的一切抹去了！」

我點頭道：「是的，我在查攷有關狄加度家族的歷史時，就找不到任何資料。」

狄加度打開櫃子之後，取出了一隻箱子來，箱子是金屬的，但看來一片黝黑，顯然年代久遠。箱子不很大。他又打開了箱子，我看到，箱蓋上，兩個金屬環，扣著一串鑰匙。

那些鑰匙，全是形式很古老的那種，現在，早就沒有人使用這種鎖了。

而在箱中，則是一疊紙，他拿起一張來，道：「你看看這座古堡。」

我看到了這座古堡，古堡是用炭筆繪在羊皮紙上的，紙已經發黃了，有不少地方已經破損。古堡建造在一個懸崖上，懸崖下面是海。

古堡畫得十分傳神，似乎在畫上，也可以體會到古堡中的一股陰森之氣。

狄加度小心地將紙撫平，道：「這座古堡，是狄加度家族全盛時期建造的。」

我望著他：「古堡現在還在麼？」

狄加度點了點頭：「還在！」

他又伸手拍著那串鑰匙，道：「這就是古堡中的鑰匙，全部用來開啓古堡的各個部分的，而這座古堡，現在是我的產業！」

我向他望了一眼，他立時道：「你不要以爲我擁有一座古堡，就很富有，事實上，如果不是基於我對於家族的感情，我早就放棄它了，你知道，保持一座古堡整齊清潔，得花多少維持費？那會使得我破產。所以事實上，自從它的主人突然不回來之後，根本就沒有人進過這座古堡，只是讓它鎖著。」

我皺著眉：「你也未曾進去過？」

狄加度道：「我進去過一次，但只打開了大門，就退了出來，因爲裏面實在已破敗得無法使人踏足其間了。」

我「嗯」地一聲：「那麼，你現在讓我看這幅畫，有甚麼用意呢？」

狄加度略頓了一頓，已取出了一疊紙來，將之攤開，那三張羊皮紙上，畫的是三艘船。

一看到了那三艘船，我心頭便狂跳了起來。

這三艘船之上，各有著我所熟悉的那種徽飾，而且，這三艘船的樣子，我也絕不陌生，這就是我見到過的那三艘船，在一個濃霧之夜，它們曾向我的船撞來，撞沉了我的船！

我的呼吸，在不由自主之間，變得十分急促，雲林狄加度望著我，道：「衛先生，我相信你看到的，就是這三艘船！」

我發出了一下如同呻吟也似的聲音，指著其中的一艘船：「這艘，在海底，我曾經過它的舷，進入它空無所有的船艙之中，我還在這艘船上，見過——」

我講到這裏，沒有再講下去，突然停了口，因爲狄加度既然知道了整件事的經過，自然知道我在沉船中見到了甚麼，根本不必再說甚麼。

狄加度點了點頭：「這三艘船，是當時最好的三艘船，是我的一位祖先親自監造的，他的名字是維司，維司狄加度。」

我深深地吸了一口氣，狄加度又道：「等一會，我會給你看一些記載，我的這位祖先，是一個怪異到極點的人，船造成之後，就是他帶船出海的，從此之後，他就沒有再回來過，從他起，我們的家族，就被視爲國家的叛徒，表面上的原因，是他欺騙了王室，帶走了王室的許多珍寶，但是我相信另有原因。」

我皺著眉，這些，我是沒有興趣的，因爲我並不是考查歷史的人。

但就在這時，狄加度望著我：「現在，我要請你鎮定一些。」

我揚了揚眉：「為甚麼？」

狄加度又從箱中取出一張紙來，但是卻並不立時打開，而是用手按著。

然後，他又望定了我：「這是一張畫像，畫中人，就是我那怪異的祖先，這三艘船的督造人，維司狄加度將軍。」

一聽得他那樣說，我不由自主緊張了起來，心也跳得很厲害。

狄加度仍然不展開紙來，只是道：「我不過想求證一下，我知道那是沒有甚麼可能的，但是我要你看一看他的樣子，他——」

狄加度講到這裏，展開了那張紙。

而當我一看到紙上所畫的那個人時，我發出了一下極其刺耳的驚呼聲。

這一下驚呼聲，實在是無法控制的，陡地自我的口中，衝了出來，而接著，我便感到了一陣昏眩，身子搖搖欲倒，狄加度連忙扶住了我，而我立時轉過頭去，不願意再看那幅畫，同時急速地喘著氣。

那個維司狄加度，就是我在海底見過的那個揮動著鐵鎚，向我頭上襲擊的那個人，也就是當三艘船一起在濃霧中向我撞來，在其中一艘船的船頭之上，發出淒厲笑聲的那個人！

這其實是不可能的，但是我可以肯定，就是他！

我在剎那間，感到自己十分虛弱，喘著氣：「請你收起這幅畫來。」

狄加度道：「你不要再看得仔細些？」

我尖聲叫道：「不用，我一看就知道他是甚麼人，他就是那個人！」

狄加度道：「是你在沉船中見到的那個人？」

我推開了狄加度，向前走了兩步，竭力使自己鎮定下來，直到我已完全恢復平靜，我才道：「是的，就是他，一點也不錯，是他！」

狄加度在我對面坐了下來：「你是說，你見過他的幽靈？」

我呆了一呆，才苦笑了一下：「先生，不是幽靈，我確確實實見過他，並且還和這個人，在水中搏鬥過！不是幽靈！」

狄加度吸了一口氣：「他是一六一四年出生的。」

我知道狄加度這樣說的意思，他只說他是一六一四年出生的，而不說他是甚麼時候死的，自然，他是尊重我剛才的話。

然而，那也明顯地表示他不同意我的話，人的壽命的極限，似乎無法打破兩百年，而一六一四年至現在，有三百幾十年了！

我所發出的聲音，像是在呻吟一樣：「不論他是哪一年出生的，但是我的的確確見過他，他用鐵鎚襲擊我，他幾乎將我打死，後來，他又指揮著三艘船撞我，將我的船撞沉，令我發瘋！」

我不住地喘著氣，我已經無法再向下說去了，我有強烈的預感，我可能再度陷於瘋狂！大約當時我的神情和臉色十分可怕，是以狄加度忙給了我一杯酒，我一口就吞了下去。

狄加度將一切放進了箱子，又合上了箱蓋，等我稍爲鎮定了一些，他才道：「真對不起！」

他看來是不想再提這件事了。但是，在他說了「真對不起」之後，他終於又忍不住，加了一句：「在我家族的記載中，曾說明他是一個脾氣十分暴烈的人。而且，他曾親手打死過船員。」

我沒有說甚麼，狄加度又道：「真對不起，我令得你的情緒如此激動，本來我想有一個提議的，但是現在，我看算了！」

我苦笑了起來：「本來你有甚麼提議？可是再一次到海底去？」

狄加度搖著頭：「不，再去也沒有用，你們不是去過了麼？甚麼也沒有發現，所有的人，都認爲那是你的幻覺，是不是？」

我苦笑著：「幻覺？我怎能在幻覺中，看到一個事實上真的存在過的人？在此以前，我從來也未曾見過這個人，但是剛才我一眼就認出了他來！」

狄加度道：「如果不是你的幻覺——我們可以肯定不是你的幻覺，那麼，就必須假定另一點了！」

我軟弱地道：「是的，那就必須肯定，這位老狄加度先生還活著，而且可以自由在海底生活，他和他的船，都還在！」

我一口氣講到這裏，才急速地喘了一口氣，又道：「然而，有這個可能麼？」

狄加度來回踱著，道：「如果你有興趣，我還可以告訴你一些事情，他生前脾氣壞極，而且生活過得十分神秘，有一個時期，他獨自一個人住在那古堡中，不許任何人接近，也不要任何人侍候。」

我望著狄加度，一時之間，難以明白狄加度告訴我這些，有甚麼用意。

狄加度道：「我猜想，他在那一段時期中，一定是在古堡之中，從事一種極其秘密的工作，雖然後來人說，他那時候，就是在密謀叛變，但是我相信不是！」

我道：「那麼你認爲他在作甚麼？」

狄加度攤開了手：「不知道，這就是我本來的主意，我是想——」

他講到這裏，我陡地揮了揮手，打斷了他的話頭：「等一等，你說，自從他出海未歸之後，肯定從沒有人再進過古堡？」

狄加度眨著眼，點著頭。

我又道：「那就是說，在三百年以後，那古堡都還保持著原來的狀況？」

狄加度又點著頭。

我吸了一口氣：「我明白了，你是想到那古堡中去探索一下，如果有甚麼東西留下來的話，我們就可以知道他曾在古堡中做過甚麼了！」

狄加度顯得很興奮：「不錯，這就是我本來的主意，我打算請你一起去！」

我站了起來，但立時又坐下，過了半晌，我才道：「在古堡中，只不過能發現他過去的生活情形，對於我在海底所遇到的事，是不會有甚麼幫助的。」

狄加度搖著頭道：「不然，你在海底遇到過他，現在無法再找到他，何以他能在隔了三百年之後，又被人在海底見到？這一點，我相信可以在他過去的生活情形中，獲得一定的資料！」

我又考慮了半晌，才道：「狄加度先生，在這件事中，已先後有幾個人，遭到了不幸，我自己如果不是由於百分之一百的運氣，現在還在瘋人院裏，你有甚麼真正特別的原因，要去研究這件事？」

狄加度道：「爲了弄淸我家族中最特出的一個人物的歷史，就足夠使我那麼做了！」

我望了他片刻，他又道：「一星期之後，你不去，我一個人也要去，你可以有足夠的時間考慮！」

我用手撫著臉：「我和你一起去，但是，不必再邀別人了！」

狄加度道：「當然，而且，也絕不公開！」

狄加度很興奮，又和我乾杯，然後，我勉力鎭定，又要求他將箱中的資料取出來，一起研究。

當晚，我們一起研究那些資料，幾乎一直到天亮。接下來的幾天中，每天我都和他在一起。

經過了幾天的研究，發現了好幾個値得注意的地方。

第一、那三艘船在建造期間，由老狄加度親自負責監工，但是卻極其神秘，除了參加工作的人外，任何人都不能參觀，甚至拒絕了皇帝的特使。爲了這件事，引起當時的一場政治風暴，當時便有人指責維司狄加度將軍，對皇帝不敬，可是總算平息了下去。

第二、在那三艘船建造期間，所有的工匠，全是分開來工作的，而且，嚴禁互通消息，有幾個違例的工匠，當場被處死。

第三、這三艘船的建造費用，極其驚人，用當時的幣值來計算，至少可以造三十條同樣的船，也就是說，超出了通常的價值十倍以上。這件事，也曾引起大風浪，奇怪的是，皇帝卻容忍了這件事。

第四、這三艘船，只有外表的形狀留下來，內部的情形如何，別說是現在，就是在當時，也沒有人知道，只有一個木匠，事後對人說起來過，這三艘船的木料，非但是最好的，而且皆經過特殊的防腐液的處理，而這個木匠不久便失了蹤。

綜合以上的四點看來，當時，維司狄加度將軍一定擔任著一項極其怪異的任務，而在這三艘船上，一定也有著不可告人的、重大的秘密。

而且，知道這種秘密的說不定不止是維司狄加度將軍一個人，至少，他和當時的西班牙皇帝之間，有著默契，要不然，老狄加度花了那麼多錢，皇帝決不會容忍他那麼做的。

然而，如果說，這三艘船，直到現在，還在海面上航行，隨時出沒，那是無法令人相信的，可是我卻的確見過它們，不但見過，而且，它們還撞碎了我的船！

而且，我曾經進入過其中的一艘，我還可以記得船中的情形，那絕不像是在海中沉沒了幾百年的船！這些，全是我一輩子也不會忘記的事！

我們肯定了當年，老狄加度——維司狄加度將軍，一定曾從事過一件極其詭秘的工作，而這件工作，和那三艘船又是有關係的之後，對於到那座古堡中探索的興趣，自然也提高了。

白素堅持要與我同行，因為上一次，我一個人單獨行動，結果發生了如此可怕的事，我幾乎要在瘋人院中度過一生！

但是我卻說服了她，告訴她這一次，不會有甚麼意外，在那座古堡中，不會有甚麼危險發生的，我們所要做的事，連兩個少年人也可以擔當得了，我們要做的，不過是用鑰匙逐間去打開古堡中房間的門，檢查一下房間中的東西而已。

當我對白素那樣講的時候，我心中的確是這樣想的，倒並不是存心哄騙白素，至於以後事情的發展，絕不如我起初想像的那樣簡單，那只好說是非始料所及，連我自己也想不到的罷了。

我和狄加度一起到了西班牙，狄加度在西班牙有相當高的社會地位，開始兩天，我跟著他一起，參加了不少社交酬酢，那是相當無聊的事，也不必記載，第二天晚上，我們才開始了長途旅行。

旅行的方式是駕車，我和狄加度輪流駕駛，在路上，度過了將近四十小時，在到達那座古堡之前時，正在中午時分，陽光普照。

站在那座古堡之前，可以看到懸崖下的海，海水拍在岩石上，發出聽來很空洞的聲響和濺起老高的水花來，當年之所以選擇這樣的一個地方來建造古堡，我想和老狄加度對海洋有一股狂熱，是有關係的。

至於那座古堡本身，比我想像更來得殘舊，它是用相當大的石塊砌成的，這或許是它能夠支持了數百年而不倒的原因，只不過，整座古堡，都在籐蔓遮蓋之下，在一片枯黃的藤蔓下，古堡看來更加殘舊，就像是童話世界中巫師所居住的一樣。

當我抬頭，仔細打量這座古堡之際，我好像感到那些窗口，隨時會打開，有一群烏鴉會衝出來，而在烏鴉之後，則跟著一個坐在掃帚柄上的女巫。

我將我的感覺說給狄加度聽，但是狄加度卻完全不欣賞我的想像，他也沒有甚麼幽默感，他道：「我不認爲我的家族，會和巫術發生任何關係！」

我本來想說，我也不想說狄加度家族和巫術有關係，但是我卻沒有說出口來，因爲我發現，狄加度對他家族的聲譽，十分重視，只怕我越是解釋，越是要引起他的誤會和不快。我們兩人站在車前，打量著古堡，離鐵門約有十多碼，看了一會，我們一起向鐵門走去，狄加度喟嘆道：「比我上次來的時候，又舊得多了，我上次來了之後，曾想召工匠來修葺的——」

他講到這裏，沒有再講下去，只是苦笑了一下。

我自然知道他是爲甚麼不講下去，因爲這樣的古堡，如果要將之修葺得煥然一新，所需要的費用只怕會令得很多一流富豪破產！

我們來到了鐵門前，鐵門上，有著巨大的狄加度家族的徽飾，但是金屬已經銹腐不堪，鐵門的鐵絞更銹得厲害，手指隨便蹤上去，就會有一大片鐵銹隨之落下來。鐵門上，有著巨大的鎖孔，狄加度將一柄鑰匙塞進鎖孔之中，不少鐵銹落了下來，鑰匙根本沒有法子轉動，狄加度苦笑了一下，用力一推，就推斷了幾根鐵枝，我也用力扳著，不一會，一扇鐵門，就整個倒了下來。我們回到車中，駕著車，駛過了鐵門，鐵門內，是一片很大的空地。

空地上，還有許多殘破的石像和一個早已乾了、全是枯葉的池，池中心，是一座石頭刻成的海怪像，自然也已殘破不堪了。

草地上長滿了草，汽車在根本已辨認不出何處是路的草地上駛過去，草被汽車的輪胎壓著，發出異樣的聲響來。車子停在古堡的大門之前。

第十部：古堡

古堡的大門是橡木的，看來倒還像樣，大門前的石階上，也全被野草所侵佔，我們走上石階時，褲腳上已經被不少有刺的草種籽附在上面。

來到了門前，狄加度用力推了推門，立時後退，一大陣塵屑落了下來，在這樣的情形下，雖然是陽光普照的白天，都不禁令人感到一股寒意。

我們在塵屑落過之後，再度來到大門前，狄加度在那一大串鑰匙中，挑出了大門口的那一柄，插了進去，用力扭動著。

木門上的鎖，居然並沒有銹壞，在扭動之後，發出了「格」地一聲響，狄加度忙道：「準備！」

一時之間，我還不知道他叫我「準備」，究竟是甚麼意思，我只是看到他一手遮著頭，一手推開了門。

大門是在一陣難聽之極的「吱格」聲中被推開來的。門才被推開一尺許，一陣極其難聞，形容不出的氣味，就撲鼻而來——或者說，是迎面撲了過來，那種氣味，竟像是一股有形力量一樣，將我和狄加度兩人，撞得不由自主，後退了一步。

那種氣味，我實在沒有法子形容，但是就感覺上而言，稱之爲「死亡的氣味」，倒是很合適的！

狄加度在後退了一步之後，又一腳踢在木門上，門又被踢開了一些。

就在那時，我看到了裏面，宏偉的大堂的奇景，只見上面，有數以千計的蝙蝠，想是因爲突如其來的光亮，而受到了驚嚇，一起飛了起來，撲著翅，亂撲亂撲，而隨著上千蝙蝠的撲動，塵屑像是大雪一樣，向下落了下來。

我一見這等情形，就吃了一驚，立時道：「不能進去，裏面蝙蝠太多了！」

狄加度搖著頭：「上次我來的時候，也曾試過，想將蝙蝠全驅出來，但是結果，卻無法做到這一點，我們只好這樣進去！」

我仍然在猶豫著：「蝙蝠會傳染瘋犬症，甚至於不必和蝙蝠碰到，光是呼吸到蝙蝠聚居的空氣，也會有不測！」

狄加度連連點頭：「我知道，但是我上次來過，後來沒有意外。」

我早不知道這古堡裏面有那麼多蝙蝠，如果知道，至少可以帶一些預防的東西來，但現在，我們只好除了外衣，包在頭上，只露出眼睛，慢慢向前走著。

我們一走進了大廳，立時將大門關上，大廳中立時暗了下來，上千蝙蝠，也漸漸安定了下來。

我們一直來到大廳的中心，那大廳有六條巨大的柱，正中是一具極其高大的人像，一隻腳踏在一艘半沉的船上，另一手持著劍。

這座人像，可能是狄加度家族中的一位英雄，也有可能是維司狄加度本人，已經無法深究，因爲人像的身上，全是蝙蝠糞，根本無法看得淸他的面目。

在人像之後，是兩扇門，兩旁則是樓梯。

狄加度道：「這座古堡，並沒有內部的圖樣留下來！」

我道：「你上次來的時候——」

狄加度搖了搖頭：「上次，我只來到現在所站的地方，看看情形不對，又退出去了！」

我並不怪狄加度沒有探險的精神，因爲任何人在進入了這座古堡的大堂之後，如果不是有甚麼獨特的目的，看到了這種情形，是一定會退出去的。

但是現在，我們卻是有特殊的目的而來的，當然不會退出去，我打量四面的情形：「一般來說，大堂後面的房間，是主人的書房，我們可以先從那裏開始。」

狄加度同意我的話，我們一起繞過了那人像，來到了那兩扇門前。

本來，在石像和門之間，還有一道絲絨簾帷的，但現在只不過在積塵之下有好些碎片而已。看到了那些碎片，我苦笑道：「看來，我們的危機，還不單是蝙蝠，我敢斷定，在這古堡之中，至少有一萬頭以上的老鼠！」

狄加度沒有出聲，只是低著頭，揀著鑰匙。

光線十分黑暗，只有高處的幾扇窗中，有光透過來，那些窗子，本來倒也足以提供充分光線的，但是外面有籐蔓遮隔，裏面有積塵，變得光線僅堪辨別人形了。

狄加度終於找到了鑰匙，不一會就已經旋轉鑰匙，門是向兩旁移的，他移開了一邊，門內很黑，但是看樣子，不像有蝙蝠。

我們甚至連電筒也沒有帶來，我和他走了進去，爲了不驚動在大堂中的蝙蝠，我們又將門移上，然後摸索著，向前走去。

我在一張桌子上摸了一下，狄加度取出了打火機，打著了火。

在打火機微弱光芒的照映下，我看到了厚厚的窗帘，走過去，想將窗帘拉開來，誰知道我才一伸手，一整幅窗帘，一起落了下來，罩在我的頭上，刹那之間，我像是進了地獄一樣，在毫無防備的情形之下，大蓬積塵向我的鼻中、口中、眼中、一起襲了進來。

我大力地嗆咳起來，雙手亂撕著，那情形，倒和在海中潛水，忽然被海蛇纏住了一樣。

我，和狄加度幫著我，足足忙了兩分鐘，才算將窗帘撕了下來，窗帘已經舊到了隨手破裂的地步，我又有好幾分鐘，甚麼也看不見，只是流著淚。

等到我平靜下來，喘著氣，狄加度拍著我的背：「在封閉了數百年的古堡之中，幾乎每一處都是陷阱，我們要小心些！」

我才吃過苦頭，聽得他那樣警告，實在有點啼笑皆非，雖然我已吐了幾十口口水，但是仍然覺得口中全是灰塵，狼狽之極。

我苦笑了一下：「算了，開始工作吧！」

窗帘落下，窗中有光線透進來，但是也只不過是僅堪辨物的程度。

我看到那是一間極其巨大的書房，四面全是架子，不過在架子上放的，並不是書，而是各種各樣船的模型。那些船的模型，都有兩公尺長，我相信新的時候，一定極其精緻，大船上所有的東西，應有盡有的。但現在，能夠認出它們是船來，已經不容易了！

船的模型，少說也有七八十隻，在正中，則是一張巨大的書桌。

書桌上積塵十分厚，可以看得出，有點東西，被蓋在積塵之下，我向狄加度招了招手：「先來看看，桌上有些甚麼？」

狄加度這時，正在審視一艘船的模型，聽得我叫，就轉過身，來到了桌前。

桌上的積塵，實在太厚，已經連成了像是海綿也似的一層，可以整層揭起來。我用手拂開了一層塵，看到塵下，是一枝鵝毛筆。

鵝毛筆是放在一張紙上的，那張紙上，有著一行字，字跡還可以看得很清楚，那一行字是：「我是人類之中最偉大的一個人！」

在那行字之下，則是一個簽名。

狄加度先是震了一震，然後才道：「這，就是他的簽字，我見過。」

我也自然知道，狄加度口中的「他」，是指維司狄加度而言，我望著那行字：「他口氣倒不小，自稱爲最偉大的人！」

狄加度苦笑道：「這是他狂妄性格的表現！」

我將那張紙取了起來，那是一張相當堅韌的羊皮紙，是以經歷了數百年，我取了起來，紙並沒有碎裂，我心中感到很奇怪：「他留下了這行字，像是唯恐人家不知道他的偉大一樣！」講了這句話之後，我略頓了一頓：「如果他真的到現在爲止，還在水中生活的話，那麼，我也承認他是最偉大的人！」

狄加度「嘿嘿」苦笑著，又拂開了桌面上的積塵，我們又發現了一些航海家用的規尺，和一本薄薄的書。可是那本書，一取起來，就幾乎碎成了紙片，我連忙雙手捧住了紙片，那本書的內容，出乎我們的意料之外，是一本當時研究海洋生物的書。

我和狄加度又先後移開了書桌上的抽屜，但是卻並沒有發現甚麼特別的東西，有幾枚金幣，也有一點無關緊要的雜物。

狄加度失望地道：「看來，在他的書房中，再找不到甚麼了！」

我皺著眉：「如果他在監造那三艘船的時候，有甚麼秘密，那麼，除非沒有甚麼秘密留下來，不然，一定應該在他的書房之中！」

狄加度挺直了身子，四面看看，這時，我們的眼睛，已然適應了昏暗的光線，我看到他的目光，停留在那許多艘船的模型上。

我走過去，順手拿起其中的一艘來，才一拿起，船身就斷折了開來。

船身斷開之後，我才發現，那些船模型，是製造得如此之精緻，不但外面可以看得見的東西，具體而微，應有盡有，連船艙的間隔，艙內的擺設，也幾乎應有盡有。我失聲道：「狄加度，你來看，這些船做得多麼精緻！」

狄加度走了過來，道：「要是我們能找到那三艘船的模型，那就好了。」我知道他的意思，因為到現在為止，我們只知道那三艘船的外形，我雖然曾進過其中的一艘，但是船艙之中，卻是空無所有。如果我們能找到那三艘船的模型，就這些模型的精緻程度來看，那三艘船的秘密，一定可以揭開的了！

於是，我們小心地逐艘逐艘地觀察著，但結果卻是失望，等到我也同意了狄加度的話，在這間書房中，不可能有甚麼發現之後，已過去了兩三個小時。

我們退出了書房，在一腳踏下去就發出可怕聲響的樓梯上，上了樓。樓上的房間很多，我們在每一間房間之中，大約花上半小時，在到了第六間房間之後，天色已然迅速地黑了下來，幾乎看不到甚麼了！

我們仍然沒有甚麼發現，而在天色黑了下來之後，這座古堡，顯得分外恐怖，下面大堂的上千蝙蝠，發出一陣怪異莫名的聲音。

我道：「我們該暫時離開了，我想不到古堡中的情形，這樣糟糕，我們明天再來時，要攜帶一些必要的工具，才能繼續工作！」

狄加度卻像是未曾聽到我的話一樣，一直到我又說了一遍，他才道：「你離開吧，我不走！」

我吃了一驚：「你說甚麼？不走？甚麼意思？」

狄加度道：「是的，我不走，我要在這裏過夜！」

我提高了聲音：「你瘋了，你不能在這裏過夜，這座古堡雖然大，但是沒有一處地方，是可以供你睡覺的！」

狄加度固執地道：「可以，下面書房的那張木椅子還能坐人！」

我又道：「為甚麼不離開這裏，明天再來？」

狄加度道：「這是你的想法，你對這座堡壘，沒有感情，所以一到天黑就想走，但是，我卻不同，這是我祖先建造的，屬於我的！」

他講到這裏，略停了一停，又道：「你可以將車駕走，明天再來。」

我又用各種各樣的話，勸了他十七八次，可是狄加度只是不聽，我只好嘆了一聲，和他一起下了樓，當我用上衣包著頭，衝出大廳的時候，我看到他正站在那尊人像之後，在黑暗中看來，他也像是一尊人像。

一小時之後，我在一個小鎮的酒吧之中喝啤酒。這種小鎮的酒吧，顧客可以說是固定的，所以多了我這個陌生人之後，人人矚目，不一會，就有人抓著酒杯，來到了我的身邊。

那人的年紀很輕，他用友善的笑容，望著我：「我們這裏是小地方，很少外地人來的，你的車子很漂亮，我們從來未曾見過！」

當那年輕人對我說話的時候，整個酒吧中的人，都靜了下來。我也笑著：「車子不是我的，是狄加度先生的，他是我的朋友。」

當我說到「狄加度先生」時，我就看到那年輕人陡地震動了一下，杯中的酒也震了出來，而其他人，也現出了駭然的神色來。

我略停了一停：「怎麼，有甚麼不妥？」

那年輕人勉強地笑著：「沒有甚麼，不過你那朋友的姓氏，和離這裏不遠的一座古堡有關係，我說的是狄加度古堡。」

我點頭道：「是的，我整個下午，在狄加度古堡之中，那是狄加度先生的產業。」

當我說出了這兩句話之際，那年輕人倉皇地向後退去，他退得如此之急，甚至於撞倒了一張椅子。而一個老年人，像是來保護他一樣，立時過來，扶住了他，所有的人，全都以極其異樣的眼光望著我！

我站了起來，那年輕人站穩了身子，急促地叫道：「你在撒謊，沒有人敢去那個古堡，那古堡中有鬼，誰去了都會死！」

我笑了一下，重又坐了下來：「那麼你就錯了，年輕人，我去過，沒有死，而且，狄加度先生，還在古堡中留宿，我相信他也不會死！」

酒吧所有的人都不出聲，有一個老婦人，雙手合什，喃喃禱告起來，酒吧中人有這樣的態度，我一點也不覺得奇怪，凡是古屋，總有鬼的傳說，而如果不是當地人堅信那裏有鬼的話，那麼，古堡早已被人破壞，決不會幾百年來，沒有人進去過了。

我不想破壞當地人在酒吧中尋找樂趣的氣氛，是以付賬離去，回到了一家小酒店中，睡得十分好。第二天一早就醒，忙了一個上午，在這個小鎮之中，買了一些應用的東西。

我駕著車，在中午時分，來到古堡的門口，我大聲叫道：「狄加度，看我替你帶來了甚麼食物！」

我替他帶來的食物，相當豐富，可是我叫了兩聲，卻得不到他的回答。

我將一個竹簍，罩在頭上，手中持著一支電筒，推開門，走了進去。有那個竹簍罩在頭上，那真好得多了。我來到了書房門口，移開了門，看到狄加度歪著頭，坐在那張椅子上，看來睡得很沉。

我除下了竹簍，來到了他的面前，搖著他：「你一定餓了！」

狄加度慢慢地抬起頭來，直到這時，我才看出，他的臉色，白得可怕。

我皺著眉：「你昨天一定睡得不好，我早就勸你別在這裏過夜的了！」

狄加度口唇掀動，半晌，才道：「有酒麼？」

我看他的情形，不怎麼對頭，扶著他站了起來，將竹簍罩在他的頭上，半拖半扶，將他拖出了大廳，來到了陽光普照的草地上。

我一鬆手，他立時跌倒，竹簍滾了開來，他雙手撐在地上，急速地喘著氣。

我急忙從車中取出了熱水瓶，自熱水瓶中，傾出了一杯熱咖啡，送到了他的身前，他手仍然發著抖，在喝完了那杯熱咖啡之後，他的臉上總算才有一點活人的樣子，掙扎著站了起來。

我忙道：「怎麼了？昨晚上發生了甚麼事？」

狄加度深深地吸了一口氣，然後搖著頭：「沒有甚麼事，我一直留在那書房中！」

我望著他：「你的臉色那麼可怕！」

狄加度苦笑道：「不瞞你說，在過了半夜之後不久，我就因為自己的幻想，而陷入了極度的恐怖之中，幾乎已是在半昏迷狀態了，你知道，一個人，在這樣的一座古堡中，這是難免的！」

我並無意嘲笑他，但是我還是忍不住道：「這座古堡是屬於你的，你和這古堡有感情，也會這樣？」

狄加度苦笑著：「你不知道，在寂靜的深夜中，這座古堡中，有多少怪異的聲音發出來！」

我笑著，拍著他的肩頭：「你沒有看到甚麼？」

狄加度的神情已漸漸回復正常了，他道：「我倒希望能看到些甚麼，不過沒有，我只不過被極度的恐懼，弄得神智不清了！」

我望著在陽光下滿是藤蔓的那座古堡：「那麼你是不是還有勇氣，繼續搜索？」

狄加度立時回答道：「當然，有你和我在一起，我才不會感到害怕！」

我點了點頭，攤開了一條蓆，在草地上，一起吃著我帶來的食物，喝了差不多一瓶酒，才又走進古堡去。

今天和昨天不同，有了我帶來的一些工具，探索起來，要方便得多，我們打開了所有房間的窗子，大多窗子根本是在一推之下，便整個窗框，一起倒了下來的，可是時間慢慢過去，甚麼也沒有發現。

最後，我們將希望寄在地窖中，那古堡有一個極大的地窖，地窖中有藏酒，有許多許多雜物，可是就是沒有我們想找到的東西。

然後，天色漸漸黑了下來。

我道：「行了，我們明天再來！」

狄加度像是完全忘了他今天早上，被我從書房中拖出來的那種半死不活的情形了，他竟然又道：「你一個人回去，我留在這裏！」

我聽得他那樣講，不禁又好氣，又好笑：「今天早上我找到你的時候，你半死不活，我不想明天早上，在這裏拖出一條死屍來！」

狄加度固執地搖著頭，道：「不會的！」

他那種不負責任的、固執的態度，使我冒火，我大聲道：「你留在這裏，除了使你逐步逐步變成瘋子之外，沒有別的好處！」

狄加度卻對我惡顏相向：「我高興怎樣就怎樣，你無權干涉我！」

這時候，我並不明白，狄加度的態度，何以忽然之間，變得如此惡劣，而且，照他今天上午的情形看來，他昨天晚上，分明並不好受，實在沒有理由，再堅持要在古堡中過夜的。

一直等到這件事了結之後，很久很久，我和一些朋友，談起這件事來，講到了當時狄加度的情形，有一位心理學博士才分析狄加度當時的心理，是由於特殊的環境影響而成的，在他的內心深處，交織著家族的榮譽，他對這座古堡的情形，感到痛心，是以在潛意識之中，對古堡產生了強烈的愛護感，儘管他曾在一夜之中，飽受驚恐，但是卻仍然不願捨之而去。我不知道這位心理學家的分析是不是對，都是很久以後的事了，當時我根本不及想到這一點，我只是冷笑著，道：「你不用大聲說話，今晚我一定要將你帶走！」

我一面說，一面就抓住他的手臂，拉著他便走！

他雖然掙扎著，但是他的氣力沒有我大，當時我們是在地窖中，他身不由主地被我拖走，一面大發脾氣，亂踢地窖中的雜物。

我也不去理會他，將他直拉上了地窖，又拉過了一條通道，來到了大廳那尊人像附近，才鬆開了手。

我以為他一定知道，強不過我，我鬆開手之後，一定會跟我走出古堡去了！

卻不料事情完全出乎我的意料之外，我才一鬆手，狄加度便大叫了一聲，一拳向我擊來！這是我全然未曾料到的事，而且這一擊，對狄加度來說，一定是傾全力的一擊，力道十分之大，我下頦中拳，發出了一下憤怒的呼叫聲，身子已向後倒去。

我無法穩住身形，身子向後一倒，恰好撞在那尊人像之上，當我想去反手在人像上扶住身子之際，「轟」地一聲巨響，那座人像，已然跟著被我撞倒，倒在地上。

那座人像是石像，向下倒了下去，如果是在一座新房子中，那還不算甚麼，可是這時，卻是在一幢廢棄了數百年的古堡之中發生！剎那之間，像是世界末日來臨了一般，隨著人像倒下去的轟然巨響，一段樓梯，突然齊中塌了下來，緊接著，大廳上面的天花板，稀哩嘩啦，坍下了一大片來，上千蝙蝠，亂飛亂撲，天花板下塌，又影響到二樓的一些房間，我也不知道塌了些甚麼，只聽得乒乒乓乓之聲，不絕於耳，那種情形，就像是整座古堡，會在片刻之間，變成一片廢墟一樣！

我當真嚇得呆了，我猜想狄加度一定也嚇呆了，我聽得他的一下呼叫聲，好像是在叫我的名字，但是我卻無法聽得真切，我離他不會太遠，可是我根本無法聽得見他，因為天花板下塌之際，揚起的灰塵，濃得難以言喻，我只好緊緊閉著眼睛，雙手遮著頭，蹲下身子來。

人像倒下，所引起的連鎖倒坍，足足在十分鐘之後，才停了下來，等到我聽不到甚麼聲響，重又睜開眼來時，才發現大門處的牆，也倒下了一大片。

第十一部：秘道下的白骨

雖然剛才那十分鐘，像是處在世界末日之中一樣，滋味絕不好受，但是現在靜了下來，情形卻還不壞，所有的蝙蝠，全飛了出去，斜陽的餘暉，自斷牆之中，射了進來，向外看去，只見大群蝙蝠，在夕陽之中，亂飛亂撲，蔚為奇觀。

這時候，我當然沒有甚麼心情，去欣賞這種奇景，我立時去找狄加度，只見狄加度在地上伏著，這時，正搖晃著身子站起來，他可能還沒有看到我，只是失神地在叫道：「天，衛，我不是有意傷害你的，我真是無心傷害你的！天！」

我望著他，心中又是好氣，又是好笑：「別叫天了，你沒有傷害到我！」

狄加度立時向我望來，當他看到我的時候，他臉上那種高興的神情，使我完全相信他的確是無意傷害我的，他來到我的身前，握住了我的手。

我輕拍著他的肩頭，想再要他跟我一起到鎮上去，可是，狄加度忽然叫了起來：「看！」

他一面叫，一面伸手指著，指的是我的身後。

我立時轉過身去，也不禁呆了一呆。

那座極高大的人像，是站在一個石座之上的，人像倒了下去，早已碎裂為無數石塊，可是那石座，卻只是被揭去了一小半，我和狄加度，都可以淸淸楚楚看到，石座的中間是空的，在其中的中空部分，有一個絞盤，絞盤上，有鐵纜纏著。

那些鐵纜上全是油，竟未曾生銹！

一看到這種情形，我們都呆了一呆，狄加度無意識地揮著手：「這是甚麼？」

我大叫道：「傻瓜，這還不明白？這古堡中另有密室，這個絞盤上的鐵纜，就是連接開啓密室的機關的，還不快動手！」

我伸手，自絞盤之上，扳下一個柄來，我們兩人，合力握柄，向下壓去，開始的時候，十分沉重，要出盡全力，才能轉動那柄，但是在絞盤轉了一轉之後，就比較容易得多了，當絞盤轉動到了第二周時，我們已聽到，大堂的中心，傳來「格格」的聲響。

我們一起向聲音發出的地方看去，只見有一塊方形的地板，正在漸漸向上翹了起來。

這個發現，令我們兩人都興奮莫名，我們又用力轉動著絞盤，直到那塊地板，完全豎了起來，我們急忙奔到了豎起的地板之前，用電筒向下照去。

我們看到，那地板之下，是一道石級，通向下面去，究竟有多深，卻看不出來，因爲電筒的光芒無法照得到。我吸了一口氣，狄加度忙道：「別對我說明天再來，我現在就要下去！」

我笑了一下：「沒有人提議明天再來！」

當我說完這句話的時候，狄加度已經向下走去了，石級相當狹窄，我無法和他一起下去，是以只好跟在他的後面，兩人各自亮著電筒。

在開始下去的時候，可以看得出，石級是人工建成的，但是，下了約莫三十餘級石級，已到了盡頭，下面，是一道相當窄的石縫，那石縫，看來是天然的。

狄加度在用電筒向下照著，他抬起頭來：「石壁上許多鐵環，一直伸展到下面去。」

我道：「試試那些鐵環，可靠不可靠！」

狄加度伸下腳去，我拉住了他的手，他將一隻腳，伸進鐵環之中，用力踏著，鐵環發出「格格」的聲響，並沒有掉下來。

狄加度高興地道：「可靠得很！」

我鬆開了手，眼看他的身子，慢慢沉了下去，那情形，就像是我看著他被一張黑沉沉的怪口，吞了下去一樣，我的神情，不免怪異，是以當他身子全沉了下去，仰起頭來看我的時候：「不如你在上面，等我下去，看了究竟再說！」

我不假思索，便拒絕了他的提議：「當然我們一起下去，你小心，我來了！」

他的身子繼續向下縮去，我伸右腳踏住了第一個環，雙手扳住石壁，左腳又向下探索著，鐵環大約每隔一尺就有一個，所以很容易就踏到了第二個。

這些鐵環，當然是人工裝上去的，但是這條通道，一定是山腹之中天然形成的，決非人工所能開鑿得成，可能是在建造古堡之際無意間發現，也可能是先發現了這條可以通向山腹之中的通道，再在上面建造堡壘，有意將通道出口處遮蓋住的，究竟如何，現在自然是無法加以肯定！

狄加度在下，我在上，在山腹的通道中，向下移動著。那條通道，有時候相當寬，有時候，卻窄得要擠著才能下去，太胖的人，弄得不好，可能會不上不下卡在山腹之中，再難移動分毫！

我一面向下移，一面在計算著鐵環的數字，我們全將電筒咬在口中，山腹的通道，暗得可以，連呼吸也有點感到困難。

我計算著，我們至少已向下移動了有兩百個鐵環，我問道：「下面還有多深？」

我的聲音，在通道中，響起了轟然的回聲，狄加度道：「看不到，好像直通到地中心！」

我道：「不會的，這座峭壁，約莫三百多呎，我想，可能通到海邊。」

狄加度的聲音，十分興奮，道：「是的，海，我已聞到了海的氣息！」

當狄加度那樣說的時候，我只感到好笑，可是，當我們繼續向下移動之際，我的確聞到了海的氣息，我們一直向下落著，鐵環上的銹，好像越來越甚，終於，在電筒的照耀下，我們看到了水，過了不久，我們已然站在一塊極大的岩石之上。

而這時候，我們也看清了存身的所在。

那是一個相當大的岩洞，在我們所站的那塊大石之前，海水中，還有幾塊極大的石頭，都很平整，可以看出，是人工鑿成的，而石與石之間，有橋連接著，不過所有的橋都已經斷了。

岩洞並沒有通向外的通道，整個岩洞，如果不是有一條自山頂上直通下來的通道的話，就是密封的，海水在腳下，我相信，如果潛水，一定可以通到外面去，但會遇上甚麼樣的凶險，就不知道了。

我們用電筒掃射著，看到在岩洞中的一塊大石，有一口巨大的鐵箱。

這樣巨大的鐵箱，是根本無法搬進岩洞來的，那一定是將材料運進洞來建造的。

那口大鐵箱，足有三公尺高，五六公尺長，和近四公尺寬，看得出它是用一塊一塊鐵板，拼接起來的，不過鐵板上的銹，已然相當厚。

在那口大鐵箱之旁，另外還有兩隻小鐵箱，那兩隻小鐵箱的大小和形狀，恰像是兩口鐵棺材。

一看到了那大小三隻鐵箱，我不由自主心跳了起來，我和狄加度互望了一眼，從他那種興奮的神色上，我可以看得出，他和我有同樣想法，那便是：我們的探索，快要有結果了，我們所要找的秘密，一定就在這三口鐵箱之中。

我們這樣想，自然是有根據的，因爲這個岩洞，要經過一條秘密的通道才能到達，而這條秘密通道的入口處，又是如此隱秘，如果說，在岩洞中的東西，不是極度隱密的話，又怎會放在這裏？

狄加度雙手伸向前，看他的樣子，像是準備跳進水裏，游到那塊大石去，可是我立時伸手，將他一把拉住：「你準備幹甚麼？」

狄加度大聲叫了起來，他一叫，聲音在岩洞之中，響起了一陣空洞而奇異的回聲，他道：「我準備幹甚麼？當然是游向前去，看看那三口鐵箱中有甚麼！」

我用電筒照著，岩洞中的海水，看來是漆黑的，我很佩服狄加度有毫不考慮便向下跳的勇氣，我道：「你怎能肯定海水沒有危險？我看我們得先上去，拿了足夠的照明設備，再開始行動！」

狄加度猶豫了一下，但是他立即搖著頭：「不，我看不會有危險，你看，我們只要游二十多尺，就可以到那塊大石上了！」

我並不立時回答他，只是俯下身，用手探進海水去，海水很冷，自然，不論海水多麼冷，以我和狄加度的體質而論，支持游上二十多尺，是沒有問題的。

可是我總有一種感覺，感到在這黝黑的海水之中，藏有某種不可測的危機。當然，那只是我的感覺，沒有任何事實根據，不過這種感覺，卻使我要小心從事。

我用手掬起海水來，一小掬海水在掌心，看來很清澈，可知海水看來黝黑，完全是因爲光線問題。

我又取出了幾張紙，團成一團，拋進了水中，狄加度一臉不耐煩的神色望著我，我向他瞪了一眼：「像這種岩洞，水中常有看不見的暗渦，你一下水，暗渦就會將你拖到海底去！」

我看著那幾團在水面上漂浮的紙，它們全向同一個方向，慢慢向前浮著，可知看來平靜的海水，的確有暗流在，但是這種緩慢的暗流，也決不至於影響甚麼。

等到紙團漂到了那塊大石附近，我還未曾出聲，狄加度已經大聲道：「好了，我看沒有危險！」

他話才出口，人已經看不見，滑下了水中，當他滑下水去的時候，身子略沉了一沉，但隨即浮了起來，向前迅速地游了過去。

不到一分鐘，他已經攀上了那塊大石！

我將手電筒高舉著，也向前游去，水很冷，可是水程很短，不一會，我也上了那塊大石，我們將濕衣服脫了下來，絞乾，鋪在石上。

然後，我們開始察看那三口鐵箱子。那三口鐵箱子都上著鎖，兩口小鐵箱的鎖是在外面的，我只伸手略扭了一扭，便將鎖連著鎖耳，一起扭了下來。

狄加度學著我，也將另一具小鐵箱的鎖，扭了下來，我和他各自撐開了一具小鐵箱的蓋，由於我們各自揭開了一隻小鐵箱的蓋，箱蓋被揭了起來，遮住了視線，是以我們只能看到各自面前鐵箱中的東西。

而我們兩人動作，幾乎是一致的，我揭開了箱蓋，向箱中一看，雙手一鬆，「砰」地一聲響，箱蓋又合攏，震得鐵箱上的積銹一起落了下來。

我們兩人，立時抬頭互望，他的神情，古怪之極，而我的神情，我相信同樣的古怪，因爲我可以感到，我面上的肌肉，在不受控制的情形下，作有規律的抽搐。

過了足足有半分鐘之久，我們兩人望著，最後還是我先開口，我道：「你那口箱子中有著甚麼？」

狄加度反問道：「你的呢？」

我道：「一副人骨！」

狄加度苦笑了起來，指著他面前的那口鐵箱，道：「這裏面也是！」

我一見這兩口小鐵箱子之際，就覺得它們的形狀大小，恰如兩口棺材。

但是，我怎麼也想不到，在這兩口鐵箱子之中，真的是兩副人骨。

剛才，我一揭開鐵箱之際，看到了森森的白骨，心中著實吃了一驚，是以才突然鬆開手的，我相信狄加度的情形，也是一樣。

這時，我們互相說了幾句話，都已鎮定了下來。在鎮定了下來之後，死人骨頭自然嚇不倒我們，是以我們又一起打開箱蓋來。

這一次，我用的力道大了些，在箱蓋打開之後，向下壓了一壓，「啪」地一聲，銹壞了的鐵鏈斷裂，箱蓋落到了石上，彈了一彈，潑起一陣水花，滑進了水中。

我看著鐵箱中的那具白骨，顯然，那口鐵箱，是被當作棺材用的，因為我立時發現，在白骨之下，還有東西襯著，可能是綢緞之類。

那些綢緞，當然早已腐爛了，那具白骨相當長，一定是一個殘廢人的骸骨，因為只有一條腿，那條腿骨十分長，也沒有腳趾骨。

我在看著，狄加度已叫了起來：「是一個獨腳人的骸骨！」

我呆了一呆，抬頭向他看去。

他在對我說話，但是手中的電筒，照著鐵箱內，而且還低著頭，那麼，他所說的「獨腳人」，顯然是指他面前那一口鐵箱中的骸骨而言。

而在我面前的那口鐵箱中，也是一個「獨腳人」！

我連忙走了過去，來到了他的身邊，向他面前的那口鐵箱望去。

不錯，那一口鐵箱中的那具白骨，也是一個獨腳人，看來，兩具白骨，差不多大小，我俯下身去，電筒光在白骨上緩緩移過。

鐵箱中有一股極其難聞的腐臭之氣沖了上來，以致我要用一隻手掩住了鼻子。

毫無疑問，那是人的骸骨，頭骨上的七個孔，兩排牙齒，細而尖利，胸骨和脊骨，都十分強健。手臂骨相當長，手指骨尤其長。

可是，在腰際以下，我不禁有點疑惑，兩具白骨都是相同的，盆骨相當小，長而單獨的腿骨，有著六七節之多，這不像是人的腿骨，人的腿骨，有臼巢聯接的，只有三節，而這具骸骨又沒有腳骨，在最尾端處，是一塊相當扁平的骨頭。

而且，我也明白了狄加度第一次叫出來「獨腳人」這三個字的真正意義了。

他說那骸骨是一個「獨腳人」，而不說是一個「一隻腳的人」，是有道理的。

「一隻腳的人」，是指一個人本來有兩條腿，後來喪失了一條，但是「獨腳人」，則是指這個人，生下來就只有一條腿而言的。

現在，在這兩口鐵箱內的白骨，顯然是兩個生下來就只有一條腿的人，因爲在骨盆之下，看不出有另外一條腿的痕跡，那奇異的、多關節的腿骨，是沿著骨盆的正中，直伸展下來的。

等我將電筒，在白骨自頭至尾，照了一遍之後，我直起身子來：「狄加度，你看，這是甚麼樣人的遺骨，這人活著的時候，應該是甚麼樣子的？」

狄加度的臉上，也充滿了疑惑的神色：「這人很高，比你和我都高，他只有一條腿……」

他一面說，一面比劃著，然後，聳了聳肩：「只有一條腿，他當然只能跳著走，你看他的腿骨，我想他一定具有很高的彈跳力……」

我在他講到這裏的時候，打斷了他的話頭：「我不同意你的說法！」

狄加度望定了我，我道：「你看他的腳骨，根本沒有腳趾，而且那麼扁平的腳，也不會有很高的彈跳力，世上任何擅於跳躍的動物，都要藉腳部肌肉的運動，而使身子跳起來。」

狄加度望了望鐵箱內的骸骨，又望了望我，突然之間，他的呼吸，變得急促了起來，嘴唇掀動著，想說甚麼，但是卻又沒有發出聲來。

我知道他一定是想到甚麼了，而且，還可以肯定，他所想到的，一定是極其怪異的事，不然，他不會有這種駭然的神情。

我說道：「你想到了甚麼？」

狄加度指著鐵箱中的白骨，又以手擊著頭，過了半晌，他才道：「那一定是我的幻想！」

我催他道：「你究竟想到了甚麼？」

狄加度道：「我想，我們全想錯了，這個人，他根本沒有腿！」

我聽後呆了一呆，這是甚麼意思？這個人根本沒有腿？明明有一條那麼長的腿骨在，怎麼說沒有腿？可是，就在那一剎間，我腦中像是被某種力量，衝擊了一下，緊接著，陡地一亮，我也想到了！

和狄加度不同的是，狄加度在想到了之後，半晌出不了聲，但是我卻立時叫了起來，道：「不錯，那不是腿，那是一條尾！」

狄加度望著我：「那麼，這個人是甚麼樣子的呢？拖著一條長尾？」

我發覺自己的聲音，聽來和呻吟差不多，但是我還是堅持著將話說完，我道：「狄加度，那不是一條獸尾，而是一條魚尾，這人，上半身是人，下半身是魚，他是人魚！在海中生活的人魚！」

狄加度的雙手，在毫無意義地揮動著，也不知道他心中是興奮，還是高興，他口中在喃喃地道：「人魚，不錯，他是人魚！」

這時候，我唯一想的，就是坐下來，於是我就坐在鐵箱的邊上。

人魚，這個名詞，任何人聽來，都不會覺得陌生，或者說，美人魚，更容易使人覺得熟悉。

人魚就是一半是人，一半是魚的怪物，有不少航海者，堅持他們見過人魚，但是他們的話，卻被科學家否定，科學家說，航海者所見到的人魚，其實是一種叫作「儒艮」的海象。

然而，那種海象，卻是臃腫醜陋不堪的東西，任何人都可以分得出牠和傳說中的美人魚，是如何地不同！

不過，航海者也無法反駁科學家的否定，因爲真正的人魚是怎樣的，也沒有人說得上來，更未曾有人試過捉住過一條人魚！

當然，大海是那麼遼闊，人類對海洋的知識是如此薄弱，沒有一個生物學家敢說海中的生物，已全被人類所認識了，但是人魚總被認爲是無稽之談。

然而，如今在鐵箱中的那兩具白骨，如果不是人魚，又是甚麼呢？

我坐在鐵箱邊上，雙手托著頭，狄加度只是呆呆地站著，我們誰也不想說話。

過了好久，我才站起身來，我是將手電筒放在臉上的，一站起身來，手電筒就滑跌了下來，幾乎沉下海水中去，我連忙俯身，將手電筒接住。

由於我的動作太匆忙了，是以身子在鐵箱上碰了一下，蹭下了大量鐵銹來，而我按亮了電筒，一轉身間，發現箱子的一邊，有字刻著。

我忙道：「快來看，這裏有字刻著！」

狄加度也忙蹲了下來，我們都看到了字跡，但是字跡的大部分，全被鐵銹遮蓋著。

我們合力用手，將鐵銹弄去，鐵箱的一邊上，刻著好幾行字，雖然已經模糊不清了，但是仔細辨認起來，卻還可以認得清。

我們花了半小時左右，將那幾行字讀完，狄加度和我面面相覷，我們猜得不錯，這鐵箱中的白骨，的確是兩個人魚骸骨！

那幾行鑄在鐵箱上的文字如此記載著：

> 貝當的屍體，他是我的好友，沒有人知道他的存在，而他的確是存在的，相信他是世上碩果僅存的兩位人魚之一，他真正是人，雖然他一半身子是魚，願他安息！

我立時又到了另一口鐵箱之旁，用手抹著鐵銹。不錯，那隻箱子上，也有著相同的記載，只不過名字不同，被稱爲「貝絲」，可能是女性人魚。

狄加度直起身來，道：「我們原來是想來找三艘船的秘密，卻不料發現了兩具人魚的骸骨。」

我深深地吸了一口氣：「這是極其偉大的發現，狄加度，而且，我認爲對我們探索的目的，也很接近，你記得麼，維司狄加度，你的祖先，到現在，還在海底生活著！」

狄加度皺著眉：「你說得太肯定了，你應該說，你曾在海底見過他！」

我道：「好，不管怎樣說法，這是和人魚有關的，人魚是在海中生活的！」

狄加度尖聲叫了起來：「可是你遇到的是人，你從來沒有說你遇到的是人魚！」

他的情緒看來十分激動，而我也知道他神情激動的原因，我忙搖手道：「我並沒有說你的祖先是人魚，但是有一點是不能否認的，那就是，狄加度曾經和這個人魚做朋友！」

狄加度點著頭，我又道：「他是在甚麼地方，怎樣發現那兩條人魚的，我們無法知道，也不必深究，但是我想他一定和那兩條人魚，相處了一段時期！」

狄加度看來極不願意他的祖先之中有一個是人魚，是以他翻著眼：「那又怎樣？」

我道：「那怎樣？他可能在人魚處，學會了如何在海中生活！」

狄加度張大了口，然後，又迅速閉上了口。

他的胸脯起伏著，過了半晌，才道：「你說，他一直活在海中，活到如今？」

我攤著手：「那是你說的，我只說我在海底的沉船之中見過他！」

狄加度尖聲道：「那有甚麼分別？」

我高興地笑了起來：「本來沒有甚麼分別，是你硬要將這兩種說法區分開來的！」

狄加度又呆了半晌：「他真有那本事？在水中生活，而且又如此長命？」

我感到有點冷，拿起在石上未乾的衣服披上，直到這時，我才想起，還有一口大鐵箱，箱中是甚麼，我們還沒有弄開來看過！

本來，那大鐵箱如此巨大，我們就在大鐵箱旁邊，轉來轉去，是不應將它忘記了的，可是，由於在小鐵箱中發現的那兩具骸骨，太令人震驚了，以致我們暫時忘記了那口大鐵箱。

第十二部：人魚

這時，我向大鐵箱踢了一腳，道：「別忙猜想，先看看這裏面有甚麼？」

大鐵箱十分高，我們要站在小鐵箱的邊上，才能合力去頂大鐵箱的箱蓋，可是忙了半晌，箱蓋卻一動也不動。箱子是鎖著的，而且，是有鎖孔的那種鎖，不可能將之扭下來，一定要找到鑰匙。

我和狄加度，各自跳了下來，拾了一塊石頭在手，又站了上去，在鎖孔附近，用力砸著，我們希望鎖的機括，早已銹壞，在猛烈的撞擊下，可以使我們打開箱蓋。

我們兩人忙得滿頭大汗，終於將鎖孔周圍，砸得一起凹陷了下去，再合力去頂箱蓋，箱蓋已經可以動了，但是那麼大的鐵箱蓋，其重可知，要將它頂起來，也不是容易的事情。

我們出盡了九牛二虎之力，才將之頂開了一些，用一塊石頭，塞了進去，再也沒有能力揭開多些了。

然後，我們一起踮起腳，從打開的隙縫中向內張望，自然，我們將電筒伸進縫中，一起向內照著。

那鐵箱是如此之大，簡直像是一間房間，在電筒光的照射下，我們看到很多奇怪的、生了銹的東西，包括幾個鐵環，一張好像是床，還有許多像是刀一樣的東西。

我和狄加度互望了一眼，狄加度道：「這是甚麼？爲甚麼要鄭而重之的鎖在大鐵箱中？」

我搖了搖頭，這正是我想問的問題。

在電筒光芒的照耀下，大鐵箱的一角，還有一只相當大的陶盆，陶盆中好像有一點東西，我和狄加度一起用電筒照看那陶盆，那盆中的東西，黑黑的一堆，看來像是甚麼動物的內臟，有一種令人作嘔之感。

我道：「我們得想法子爬進去看個究竟。」

狄加度還在猶疑，電筒光在掃來掃去，又看到了一口很小的鐵箱，鎖著，我已經一個人用力在抬箱蓋，狄加度幫著我。

終於，我們合力將箱蓋又揭高了尺許，用力向前一推，沉重的箱蓋，發出了一聲巨響。跌了下去。大箱蓋在跌下去的時候，撞在兩口小鐵箱上。

那一撞之力極大，我和狄加度覺得身子向下一沉，連忙用力抓了大鐵箱的邊緣，只聽得轟隆轟隆的回聲不絕，水花濺起老高，在大鐵箱箱蓋的撞擊下，兩口小鐵箱，連同大鐵箱的箱蓋，一起跌進了水中！狄加度和我，一起發出了一下驚呼聲來。

我和他都知道，這兩具人魚的骨骼，在科學上的價值，是無可比擬的，憑這兩具骨骼，就可以肯定，世界上的確有人魚這種動物的存在。

不但如此，而且可以進一步，證明人在海中長期生活的可能性，這是可以使整個人類歷史改寫的大事。

可是現在，這兩具骨骼，卻跌進水中去了！

我們呆在大鐵箱的上邊，心中都有著說不出的懊喪，過了片刻，狄加度像是在安慰我，又像是在安慰他自己，道：「不要緊，我們可以潛水將這些遺骨一件一件地撈上來。」

我點了點頭，我們一起翻過了大鐵箱的邊緣，鬆開手，落到了大鐵箱的底部，我先用腳踢動著那些生了銹的刀和鉗子：「看來，這些東西，全是外科醫生用的工具一樣！」

狄加度則來到了那隻小鐵箱之前，將小鐵箱抱了起來，用力撞在大鐵箱的底部，「砰」地一聲響，小鐵箱撞了開來，從裏面，跌出了一疊紙來。

狄加度將這疊紙，拾了起來，用電筒照著，我看到狄加度只不過看了幾行，就面上變色，將這疊紙，緊緊抓在手中，同時，熄了電筒。我忙道：「上面記載著甚麼？」

狄加度像是未曾聽到我的問話一樣，直到我問了兩次，他才陡地抬起頭來：「沒甚麼，全是無關重要的東西，沒甚麼！」

他顯然是在說謊，這不禁令我極其氣惱，我們兩人合作，已經有了這樣重大的發現，可是在這樣的情形下，他還要對我說謊。

更令人忍無可忍的是，他說謊的技巧，竟然是如此之拙劣！

我無法掩飾我的憤怒，立時大聲道：「狄加度，走過來，我們一起看看，這些紙上寫的是甚麼？」

狄加度後退了一步，以一種十分兇狠的眼神望著我，將手中抓著的那團紙，放到了背後。那團紙被他這樣抓著，已然有不少碎片，碎裂了開來，我疾聲道：「小心你自已也會失去了它們！」

狄加度喘著氣：「算了，我們的探索，到此爲止，這是我的地方，請你離去！」

他竟說出了這樣的話來，我實在也不必對他客氣了，我將手中的電筒，直射向他的臉上，令得他睜不開眼來，然後，我迅速地接近他。

可是他的行動，更出乎我的意料之外，我才向前走了兩步，他就向我直撲了過來，我手中的電筒，首先被他擊落，同時熄滅。

眼前成了一片漆黑，狄加度在漆黑之中，像是瘋了一樣，向我進襲。在大鐵箱之中，我和人打架，這還是有生以來第一次！

要打贏狄加度，在我來說，決不是甚麼難事，可是他卻像瘋了一樣地進攻，終於，我將他擊退，然後，俯下身來，摸索著，想找回電筒來。

在這段時間中，我聽到狄加度的喘息聲，走動聲，在鐵箱壁上的撞擊聲，等到我找到了電筒，著亮時，我照到狄加度，他已經攀出了大鐵箱。

我用電筒直射著他，同時大叫道：「狄加度！」

狄加度在我叫喚他的時候，轉過頭來，我手中的電筒光芒，直射在他的臉上。

在那一剎間，我可以清楚地看到他臉上那種驚恐的、急欲逃避的神情，接著，他的身子向外翻去，我聽得他發出了一下慘叫聲，接著，便是整個人跌出大鐵箱，落到了大石上的聲音。

我連忙大聲叫他，可是卻得不到他的回答，我也急忙向外攀去，當我攀上了大鐵箱之後，我才看到狄加度的身子矮屈著，躺在大鐵箱旁，一動也不動。

我大吃一驚，連忙跳了下去，落在他的身旁，他並沒有死，可是顯然是在極嚴重的昏迷狀態之中，我連續搖動他的身子，他一點也沒有醒過來的意思。

我真是沒有辦法了，我是無法將他帶出這個岩洞去的，因爲從岩洞通向上面的通道是如此之狹窄，就算是一個全然未曾受傷的人，要上去也不是容易的事，我當然無法帶他上去！

而看情形，狄加度的傷勢，十分嚴重，他無論如何，需要立即得到治療。我在他的身邊，只呆立了極短的時間，立時便想到，我不能再耽擱下去，時間的拖延，可能奪去狄加度的生命，我必須立即上去，去找醫生來。

我立時轉身，跳進水中，游到了通道口，抓住那些鐵環，向上攀著，我一直向上攀，喘著氣，由於攀得太急，是以我的身上，被岩石的尖角，擦破了好幾處，好不容易，我攀上了出口處，大廳中一片漆黑，我也不敢著亮電筒，跌跌撞撞地出了大廳。

天氣很好，月白風清，重新又站在天空底下，我好像到了另一個世界一樣，奔到了車旁，我發動車子，直衝了下去，等到我到了那個小鎮上時，正好是午夜時分，小鎮上的人早睡了。

我記得鎮上有一間藥房，那藥房的主人，也就是鎮上唯一的醫生，是以我將車直駛到藥房門口，跳下車來，用力拍著藥房的門。

在寂靜的街道上，我的拍門聲和呼叫聲，真可以稱得上驚天動地，結果，在五分鐘後，我不但叫醒了醫生，而且，還吵醒了其他很多人。

我對那披著衣服，睡眼矇矓走出來的醫生道：「狄加度先生跌傷了，需要你的幫助，請你跟我來！」

老醫生皺著眉，望著我，我道：「他在那座古堡，狄加度古堡的一條地道下面的一座岩洞中，我們在那岩洞之中，發現了——」

我講到這裏，陡地停了下來。

因為我發現我絕對無法在短時間內將事情講得明白的，而狄加度的傷勢，卻不容許多耽擱，是以我住了口，道：「我離開他的時候，他正昏迷不醒，請你立即帶著藥品，和我一起去！」

當我講完這幾句話時，我才覺出，情形有點不對頭。本來，在我和醫生的四周圍已經圍了不少人，還有不少人在奔過來，堪稱人聲嘈雜。

可是當我講完了那一番話之後，四周圍都靜得出奇，當我四面望去時，我發現他們所有人，都充滿了驚駭的神色，在外層的人，正在悄悄退去，離我近的人，也作假地打著呵欠走開去！

我略呆了一呆，但是我立即明白，那是他們聽到了「狄加度古堡」的緣故。我已經有過一次經驗，知道當地人對這座古堡，懷有極度的恐懼，他們相信這座古堡是邪惡的，是有鬼魂盤踞的。

我知道他們忽然靜下來，退了開去，是由於害怕與狄加度古堡牽涉上任何關係之故。我也不在乎他們這種態度，因為我根本不需要多人的幫忙，我只需要醫生跟我去救狄加度！

是以，我四面望了一下之後，立時轉回頭來，可是當我轉回頭來之後，我卻陡地一呆，我看到那位上了年紀的醫生，也正轉過身，走進屋子去！

我連忙伸手，拉住了他的手臂：「醫生，你得跟我去救人！」

醫生轉過身來，望著我，好一會不出聲，我著急道：「你是醫生，是不是？有人受了傷，你應該去救他！」

我的話已說得很重了，相信世界上的任何醫生，都不會拒絕我的要求的。

可是，那位醫生，居然搖了搖頭：「年輕人，我聽說過你們兩個人的故事，剛才你提到狄加度古堡？」

我急忙道：「是的，在那古堡之中，有一條秘道，通到山腹中的一個岩洞，我的同伴，狄加度先生，在那裏遇到了意外。」

老醫生的神情，一望而知，他是要置身事外了。他搖著頭：「你回旅店去，睡到天亮離去，或者，現在就立即離去！」

這時，我們的身邊，已經一個人也沒有了，我只覺得怒不可遏，我要竭力克制著自己，才可以使自己不大叫起來。我的聲音，卻無可避免，變得十分嚴厲：「醫生，你怕甚麼？你怕甚麼？」

醫生攤著手：「不是我怕甚麼，而是我們這個鎮上的人，從來不接近狄加度古堡，這已經有好幾百年的歷史了，從來也沒有人接近過狄加度古堡。」

我大聲道：「爲甚麼？」

醫生吸了一口氣：「你是外地來的，很難了解這種情形，這個鎮上，沒有外地的居民，我們全是世世代代在這裏居住的，我們的祖先，全是出色的造船匠，他們全在一夜之間，死在當時古堡的主人維司狄加度將軍的劊子手之下！」

我不由自主，打了一個寒噤。

醫生繼續道：「當時，只有一個人，受了重傷之後，還未曾立時死去，他掙扎回到了鎮上，說出了這個事實，並且告訴我們，在那座古堡中，發生過極其可怕的事情，可怕到不能再可怕，他要我們不論相隔多久，都不要走近那座古堡，講完之後就死了！」

醫生講到這裏，略停了一停，才又道：「當時，鎮上的人，在極度的痛楚之下，葬了那人，將他的話，刻在一塊石碑上，豎在他的墓旁，如果你稍爲留意的話，你早就可以看到那塊石碑了，幾百年來，我們世世代代，一直記著這些話！」

我苦笑著，搖頭道：「然而，那是幾百年之前的事了，我曾去過那古堡許多次，一點沒有甚麼特別，那是早已廢棄了的古堡，現在，有人等著你去救！」

醫生翻著眼，固執地道：「對不起，尤其是那個人，是維司狄加度的後代，我不會去的！」

我看已經沒有辦法說服醫生了，我只好退而求其次：「那麼，你至少可以給我急救藥品，讓我去救他，這樣可以吧？」

醫生只考慮了極短的時間，才點了點頭。

十五分鐘之後，我帶著藥箱，重又在荒僻的路上，駛向古堡。

我將車子駛得飛快，同時，心中也急速地轉著念頭。在醫生的口中，我知道了維司狄加度竟是一個如此殘忍的人，他竟然下了毒手，將當時替他造船的船匠，全都殺死了，那自然是不想他的秘密洩露之故。

然而，他那三艘船，究竟有甚麼秘密呢？

從他殺死所有造船匠的行為來看，他在海上，將我的船擠碎，在海底，不由分說，就舉起鐵鎚來襲擊我，那種暴行，簡直是不值一提了。

這樣兇暴殘忍的一個人，如果他還活著，活在水中，這真是叫人一想起來就不寒而慄的事。

路雖然不平，而且曲折，但是由於根本沒有別的車輛的緣故，是以我可以開足馬力，橫衝直撞。

我一面駕著車，一面察看著路程，在我知道，離山頂的古堡，約莫還有三四公里路程之際，我已經可以肯定，山頂一定有甚麼事發生了！

首先，是大批蝙蝠，發出可怕的聲音，整群整群，向下撲了下來，漫山遍野地亂飛，有不少撞在汽車的擋風玻璃上，發出不斷的「啪啪」聲。

接著，我聽到一連串的轟隆聲，自山頂古堡的所在處，傳了下來。

那種轟隆聲，在我越是接近山頂時，聽來越是驚心動魄，我將汽車駕得跳動著，竄上山去，等到我可以看到那座古堡時，我正趕得及看到它最後的一面牆，搖動著，像是用沙砌成的一樣，緩慢地倒了下來，發出轟然的巨響，和騰起漫天的塵埃。

我停住了車，奔出車去。

奔了十來碼，我就停了下來。我整個人都呆住了，整座古堡，已完全傾圮了！

這樣巍峨的一座古堡，我離開了才多久？絕不會超過一個半小時。然而，就在這一小時半中，整座古堡不見了，變成了一大蓬凝聚不散的塵埃所籠罩下的一大堆廢墟，這怎麼不叫人驚呆莫名？

我站著，連我自己也不知站了多久，被海風吹散的塵埃，不斷撲面而來，我也不知趨避。

在那段呆立的時間內，我也不及去研究，古堡是何以會突然傾圮的，我只是想到：狄加度怎麼了！

在那一大堆廢墟中，再要找尋那條通道的入口處，那簡直是不可能的事情了！而且，就算找到了入口處，那應該是多少天之後的事情？狄如度當然已經沒有希望了！

我不但感到難過，而且感到極度的駭然，我想，如果不是我和狄加度，在那大鐵箱之中起了爭執，如果不是狄加度急急攀出鐵箱而受了傷，如果不是我立即離開古堡的話，那麼，古堡傾塌，我一定也被困在古堡下面山腹中的那個岩洞之中了！

這時候，我唯一的希望，就是希望狄加度根本不要在昏迷中醒過來，他索性一直昏迷著，由昏迷到死亡，就不會有甚麼額外的痛苦了。

我一直呆立著，直到出現了曙光，才又慢慢向前走去，直到太陽升起，我完全可以看清那一堆廢墟的情形了，古堡的傾塌，是如此之徹底，看來簡直不再有兩塊石塊，是在它們原來的位置上了！

我又默立了片刻，然後才轉身進了車，回到了小鎮上。在歸途中，我已有了新的決定。到了小鎮之後，鎮上的所有人，像是完全沒有我這個人存在一樣，連望也不向我望上一眼。

我留下了房錢，帶著我和狄加度簡單的行李，離開了這個小鎮。

我曾提及過我的新決定，我的決定便是，無論如何，我還要再進那岩洞一次。

當我身在那岩洞之中的時候，我覺得，不由秘道進來，或許也可以從海中潛水進來的。我的新決定，就是要實現我的這個想法。

大半個月之後，我又舊地重遊。當然，我不再經過那個小鎮，我是從海上去的，和我在一起的，是兩個相當出色的潛水人，我有一條相當好的船，也有一切完善的潛水設備。

我在望遠鏡中，可以清楚地看到山頂上，那座古堡變成一大堆廢墟。

和我一起來的兩個潛水人，對這一帶的海岸，十分熟悉，他們都知道，在這一帶沿海的峭壁下，有著不少岩洞，他們也曾潛進過其中的幾個，不過並沒有到過我所說的那個。

我們將船駛近峭壁，略爲休息一下，就開始潛水。我記得自狄加度古堡之中，直通到那個岩洞之中，並未曾經過多少曲折，由此可知，那岩洞幾乎就在古堡的垂直線之下的，有了這一點辨別方位的根據，要找尋那兩個岩洞，應該不是甚麼困難的事。

但是第一天，我們還是沒有甚麼收穫，只不過在海底，發現了許多木架和一些木塊、鐵架等物事。經我和那兩位潛水人研究的結果，認爲那是以前這裏，曾經作爲一個造船廠時，所留下來的東西。

那也就是說，當年，維司狄加度就是在這座峭壁之下，建造他那三艘極是古怪的船隻。

第二天，我們潛得更深，範圍也更廣，這一天，我們發現了更多的鐵製品，自然，這些鐵製品，都已經銹腐損壞到了令人難以辨認出它們的原來面目了。但是我相信，就算它們是極其完整的話，我們一定也難以明白這些是些甚麼東西。

因爲就「殘骸」看來，這些東西的形狀，是如此之古怪，看來好像是某種機件，然而，難道幾百年前，維司狄加度已經懂得製造一些我們現代人也認不出來的機器？

我和那兩位潛水人，都帶了一些生滿了銹的這類鐵製品上船來，弄去了銹，仔細研究，不錯，那的確是一些機件，其中有些明顯地有著齒輪，不過我們絕對無法猜測這些機件的用途，一位潛水人表示，這可能是當時船廠，某些特別聰明的技師所設計的工具，例如滑車和起重機之類，對他這種說法，我只好存疑。

第三天，一位潛水人首先發現了一道窄縫，在經過了聯絡之後，我們三個人聚在一起，用強力的水底照明燈，向那條窄縫照射，在燈光下，有兩條巨大的海鰻，蠕動著身子，縮進了石縫中。我們發現這個狹窄的通道十分深，於是決定游進去看看，我在最前面，由強光燈開道，前面全是一團團的海藻，幾乎沒有去路，但繼續前進，水中的岩石，越來越高，當我冒出水面的時候，我已經身在那個岩洞之中。

毫無疑問，這就是那個岩洞，那兩位潛水人，也跟著冒上了水面，看到了那口大鐵箱，他們都咋舌不止，我立時游到了大石旁。

在我一進洞時，我心中第一件想到的事是：狄加度怎麼了？狄如度當然死了，他被困在這岩洞中，已經有二十天了，毫無生還的機會，我應該說，我第一件所想的事，是狄加度的屍體怎麼了。

可是，當我來到大石旁的時候，我呆了一呆。大鐵箱在那塊大石上，可是大石上，除了大鐵箱之外，沒有任何東西。

在我上次離開的時候，我是將昏迷不醒的狄加度，推近鐵箱的，可是現在，他不在那裏。

他可能是清醒過，或許他還有力向上攀去，但是他必然會發現，出路已被阻塞，當他發現了這一點之後，他會怎麼樣呢？

這實在是太可怕的事，可怕得令我無法再向下想去，那兩位潛水人，也上了大石，他們知道我是為了找人而來的，是以一齊向我道：「看來你的同伴不在了！」

我心裏很難過，嘆了一口氣：「他能到哪裏去呢？出路已經被塞住了！」一位潛水人道：「或許他想游出去，但是結果卻死在水中了！」

我搖著頭：「那也不可能，他沒有潛水設備，不可能由水中離去的！」

我一面說，一面指著那口大鐵箱：「當時，我們就在鐵箱中起了爭執，他從鐵箱的邊緣上，直跌了下來，就昏了過去！」那兩個潛水人可能是由於好奇，一個站在另一個的肩上，攀上了鐵箱，向內看去，在上面的那個，看了一眼之後，轉過頭來：「那麼大的一口鐵箱，竟完全是空的，甚麼也沒有！」

我聽得他那樣說，不禁陡地呆了一呆：「不是一無所有，還有些莫名其妙的東西！」

他聽了我的話，又轉回頭去，提起手中的燈來，向大鐵箱中照了一下，然後又轉頭向我笑道：「我不和你爭，但是你可以來看看！」

他身子一聳，跳了下來，我心中充滿了疑惑，提著燈，踏上了他的肩頭。

當他直起身子來，而我可以看到大鐵箱中的情形時，我也呆住了。

的確，大鐵箱中甚麼也沒有，一點東西也沒有！

這真令我呆住了。當我發現狄加度蹤影不見的時候，我雖然曾呆了一下，但是我離去的時候，狄加度畢竟還未曾死，他自然可以清醒過來，然後，最大的可能，是死在水中！

然而，鐵箱中的那東西，到甚麼地方去了呢？

鐵箱中的東西，著實不少，有另外一口小鐵箱，還有不少碎紙，還有一只盆子。鐵箱裏面不知是腐爛了的甚麼東西，還有許多生了銹的刀和鉗子，當時我認爲那是外科手術的工具，而且，還有一個相當大的架子。

就算狄加度走了，他也決不可能帶著那麼多東西離開的，何況，他何必帶走那些東西呢？

我覺得我的身子，在不住地發抖，站在大石上的那兩個潛水人，齊聲道：「沒有甚麼可看的了，走吧，我們不想在這裏多耽擱，這裏很古怪！」

他們兩人是受僱而來的，當然可以拒絕在這樣的情形之下多作耽擱，我也同意他們的話，儘管我的心中充滿了疑團，但的確，已經沒有甚麼可以再逗留的了！

我嘆了一口氣，準備離開，可是就在那一剎間，我手中的燈一移，在燈光的照耀下，我看到鐵箱內壁的銹層，被刮去了一塊。

在鐵誘被刮去的地方，留著一行字。我連忙將燈光集中在那地方，同時叫道：「等一等，我有了發現！」

我看到那行字，很簡單，只是一行字：「他將我帶走了。」

那一行字，可能是用刀子刻上去的，不過，卻是英文，我幾乎立時可以認得出，那是狄加度的筆跡！

剎那之間，我只覺得一股寒意，自脊樑上直透了出來！

「他將我帶走了」，這是甚麼意思呢？

意思自然是容易明白的，有一個人，將狄加度帶出了這個岩洞。

然而，這個人是誰？

大石上的兩位潛水人不斷地問著：「你發現了甚麼？」

可是我卻答不上來，一句也講不出，事實上，我不但講不出來，根本出不了聲。

我沒有出聲，也沒有多逗留，就從那位潛水人的肩頭上，跳了下來，道：「我們該走了！」

那兩個潛水人，本就巴不得離開這個岩洞，一聽我那樣說，立時咬上了氧氣筒，跳進了水中。

我向後退著，在那塊大石上，並沒有停留了多久，也跳進了水中。

順著那條狹窄的通道游了出來，回到了船上，我不禁坐著發呆。

在我一生之中，有過許多奇異的遭遇，但是，卻沒有一件事像這件事一樣如此一波三折的，從摩亞船長來找我開始，時間已經過去許久了，每一次，好像事情有了新的頭緒，但是結果，卻更加複雜。

我吩咐那兩個潛水人將船駛開去，我獨自坐在甲板上，閉著眼睛，將事情從頭至尾，又想了一遍，可是，我竟無法歸納得出一個初步的結論來。

所有的關鍵，似乎集中在維司狄加度一個人的身上。

當我想到這一點的時候，我整個人都跳了起來：會不會將狄加度帶走的，正是他的祖先，維司狄加度？

可是，這實在是太荒唐的想法，維司狄加度現在還活著，這已經有點匪夷所思了，而他居然還能自由來去，隨心所欲，這更是不可思議了！

而且，就算我想到的這一點是真的，那又怎樣？我又有甚麼辦法？我找不到維司狄加度，而且，老實說，我根本永遠不想再見到他！

事情從摩亞船長開始，一直發展到這種程度，那是事先無論如何意想不到的，我決定將這件事，完全忘記，不過事實上，那是相當困難的一件事。

所以，當若干時日之後，在一個純閒談性質的聚會中，當我知道有一位著名的海洋生物學家在座之際，我不期然向他問起人魚的事。

那位生物學家望著我，笑了起來：「人魚？閣下定是看了太多的幻想小說了！」

我感到很不高興，我喜歡對任何問題態度嚴肅的人，我認爲那樣才是科學的態度，而不喜歡對問題採取輕佻的、隨便否定態度的人。

本來，我不會再和這位海洋生物學家談下去的，但是由於心中氣惱，所以我忍受不住，反唇相譏了一句：「我不是看得太多，而是我根本就是寫幻想小說的人！」

那位海洋生物學家，略呆了一呆，笑道：「對不起，我以爲你是隨便問問的，我的意思是，就幻想的觀點而論，人魚是存在的，但是在科學觀點上，人魚絕不存在！」

我立時道：「為甚麼？海洋生物，千奇百怪，哺乳類生物，也有在海洋中生活的例子，鯨魚就是，為甚麼人魚不可能有？」

生物學家皺著眉，道：「如果有一種生物，半身像人，半身像魚，那麼，這種生物，也必然不會是人，仍然是一條魚，不會像人一樣，在海洋中生活，而又具有高度的智慧——」

他講到這裏，略頓了一頓，然後才用較肯定的語氣：「不會有這樣的情形！」

我反駁道：「提到海洋生物的智慧，海豚的智慧，決不比猩猩低，難道人魚的存在，或曾經存在，是一點可能都沒有的事？」

生物學家攤開了手：「這不能憑我們的臆測，科學上，肯定一種生物的存在，唯一的辦法，就是獲得這種生物的標本或者骨骼的化石，我們不能憑空想像有一種怪物，有八個頭，七十幾條尾巴！」

聽得那生物學家這樣說，我不禁長嘆了一聲。

生物學家奇怪地望著我：「怎麼啦？」

我沒有說甚麼，只是要了一張紙，在紙上，將我在岩洞中，那兩口小鐵箱中見到的兩具骨骼，畫了出來。

由於這兩具骨骼，給我的印象，極其深刻，所以儘管我沒有甚麼繪畫天分，但是等畫好了之後，我仍然可以肯定，它們正是這個樣子的。

我將紙放在生物學家的面前：「隨便你信還是不信，我見過兩具這樣的骸骨，在你看來，它們是甚麼？」

那位海洋生物學家，接過了我畫了骨骼的紙來，皺著眉，神情十分嚴肅，他看了好一會，才道：「這些骸骨，在甚麼地方？」

我苦笑道：「我看見過它們，後來，它們跌進了海中，我第二次再去的時候，想找它們，我知道它們在生物學上，有極高的價值，可是我卻一點也找不到了！」

這時候，已有另外幾個人，在一旁聽我和那位生物學家交談，其中一個道：「哈，這就像是有人曾見過外太空來的人一樣！」

我聽了不禁冒火，立時轉頭，大聲道：「我不是在和你們討論這件事，最好請你別參加你那種膚淺的意見！」

我甚至不認識那個人，我的態度，自然令得那人極為尷尬，但是我卻不理會他，我正想在一個專家身上得到解決疑點的意見，這種亂來插口，而又沒有知識的人，真是再討厭不過了！

那位海洋生物學家仍然望著我畫的骸骨，過了好一會，他才緩緩地道：「如果你見到的骸骨，真是這樣的話，那麼，這是人魚，不過，這實在是不可能的，除了你提出過這一點之外，沒有任何人提及過這種生物？」

我苦笑了一下：「如果我說，有一個人，完全是人，並不是一半是人，一半是魚，而一樣可以在海中生活，你自然更不相信了？」

這個問題，我理解到，作爲一個生物學家來說，是完全無法回答的，當對方「哈哈」大笑起來的時候，我也沒有甚麼異樣的感覺！

他笑了半晌，拍著我的肩頭，道：「算了，我們還是不要再討論下去了！」

我卻還不肯就此停止：「等一等，我們先假設有人魚——在海中生活，和人一樣的生物，只是假設，然後，我有一個問題。」

生物學家望定了我，我又道：「那麼，一個正常的人，是不是有可能從人魚處，學會在海洋中生活？」

生物學家搖頭道：「當然不可能，維持生物生命的最主要的元素是氧，人在空氣中生活，直接呼吸氧，魚在水中生活，間接呼吸水中的氧，兩者的呼吸系統、組織是完全不同的，不能變通，除非——」

我立時緊張起來，道：「除非怎樣？」

生物學家笑了笑：「除非將人魚的呼吸系統——假定有人魚的話，移植在這個人的體內，而這個人又不排斥這些器官，那麼，他自然可以在水中生活了！」

我昂起了頭，發著呆，可能是我呆了很久，也可能是那位生物學家，不想再和我這個專作無稽之談的人多談下去，是以，當我定神過來之際，發現只有我一個人坐在這一組沙發上。

在那一段時間中，我思緒極其混亂，對於一切的事，我只能假定，但有一點我是可以肯定的，那便是有人魚，那麼，整件事件，用那位生物學家的話來說，用幻想的觀點來看，應該可以組織如下：

（一）維司狄加度捉到了兩條人魚。

（二）維司狄加度造了三艘船，這三艘船的構造極其特殊，其中可能有若干機械裝置，使船可以在水中升沉，如同潛艇。

（三）維司狄加度移植了人魚的呼吸器官——那大鐵箱中的許多刀，看來十足是外科手術的工具。

（四）維司狄加度現在還活著，誰知道是爲了甚麼原因，或許是人在海中生活，比在空氣中生活長壽。

（五）維司狄加度還時時出現，那就是摩亞、我先後遇到過的「鬼船」。

（六）維司狄加度帶走了他的後代，小狄加度能在海中生活麼？還是他又找到了人魚，重施故技？

（七）我只能憑幻想的觀點，組織成這樣的一個輪廓，真的情形如何，除非能找到維司狄加度，才能有真正的答案。可是海洋是如此遼闊，聽說二次世界大戰時，美國空軍爲了尋找一艘日本大戰艦，也花了上年的時間，要是有人有興趣到海中去找維司狄加度，我不反對，但是我，卻不會再去了！

尾聲

故事完了。

有人說，你每一個故事，不論通與不通，都有一個自圓其說，似是而非的結論，爲甚麼這個故事，卻是無頭無尾的呢？

這個故事，其實也不能算是無頭無尾的。頭，開始在摩亞船長來找我，結束在狄加度的消失。

狄加度到甚麼地方去了，沒有人知道，從他刻在大鐵箱銹上的字跡來看，是被人帶走的，能帶走他的，沒有別人，當然只有維司狄加度。

如果不願意相信這一點的話，那麼，只好相信他在臨死之前，已在昏迷之中，幻想看到了維司狄加度，而「跟他去了」——跳進了海水中。

如果是這樣的話，他自然死了，那是不幸的事，和世界上其他不幸的事一樣。

世界上，太多不幸的事了！

〈完〉

倪匡珍藏限量紀念版 6

衛斯理傳奇之**奇門**

作者：倪匡
發行人：陳曉林
出版所：風雲時代出版股份有限公司
地址：10576台北市民生東路五段178號7樓之3
電話：(02) 2756-0949　　傳真：(02) 2765-3799
執行主編：朱墨菲
美術設計：許惠芳
行銷企劃：林安莉
業務總監：張瑋鳳
出版日期：2023年3月倪匡珍藏限量紀念版一刷
版權授權：倪匡
ISBN ：978-626-7153-77-2
風雲書網：http://www.eastbooks.com.tw
官方部落格：http://eastbooks.pixnet.net/blog
Facebook：http://www.facebook.com/h7560949
E-mail：h7560949@ms15.hinet.net
劃撥帳號：12043291
戶名：風雲時代出版股份有限公司

風雲發行所：33373桃園市龜山區公西村2鄰復興街304巷96號
電話：(03) 318-1378
傳真：(03) 318-1378
法律顧問：永然法律事務所 李永然律師
　　　　　北辰著作權事務所 蕭雄淋律師

行政院新聞局局版台業字第3595號 營利事業統一編號22759935

國家圖書館出版品預行編目資料

衛斯理傳奇之奇門／倪匡著. -- 三版. --
臺北市：風雲時代出版股份有限公司，2022.11
面；公分　倪匡珍藏限量紀念版

ISBN 978-626-7153-77-2（平裝）

857.83　　111018520